AMÉRICA DEL SUR

BELICE
HONDURAS
NICARAGUA
EL SALVADOR
GUATEMALA
COSTA RICA
PANAMÁ

Lago de Nicaragua

MAR CARIBE

OCÉANO ATLÁNTICO

P9-CRO-132

Barranquilla
Cartagena
Maracaibo
Caracas
Lago de Maracaibo
San Cristóbal
Río Orinoco
Georgetown
Paramaribo
Cayena
Medellín
VENEZUELA
GUAYANA
SURINAM
Bogotá
Boa Vista
GUAYANA FRANCESA
Calí
COLOMBIA

Quito
ECUADOR
Guayaquil
Cuenca
Iquitos
ECUADOR
0°

ISLAS GALÁPAGOS (Ecuador)

Río Amazonas

L O S   A N D E S

PERÚ

A M A Z O N A S

BRASIL

Lima
Machu Picchu
Cuzco
Ayacucho
BOLIVIA
Lago Titicaca
La Paz
Santa Cruz
Sucre
Potosí
Brasilia

OCÉANO PACÍFICO

PARAGUAY
Río Paraná
Río de Janeiro
São Paulo
Asunción
Iguazú

TRÓPICO DE CAPRICORNIO

CHILE
Córdoba
URUGUAY
Río Uruguay

OCÉANO ATLÁNTICO

Viña del Mar
Valparaíso
Santiago
Buenos Aires
Montevideo
Río de la Plata
Concepción
ARGENTINA
Bahía Blanca
Viedma

Elevación en metros
4.000+
2.000–4.000
500–2.000
200–500
0–200
Nivel del mar

0   250   500   750 MILLAS
0   500   1.000 KILÓMETROS

ISLAS MALVINAS (Br.)
Estrecho de Magallanes
TIERRA DEL FUEGO

Inset — ÁFRICA
ÁFRICA
NIGERIA
CAMERÚN
Malabo
GUINEA ECUATORIAL
GABÓN
0°
0   MILLAS   250
0   KILÓMETROS   500
10°

80°   70°   60°   50°   10°   0°   10°   20°   30°   40°

110°   100°   90°   80°   70°   60°   50°   40°   30°   20°

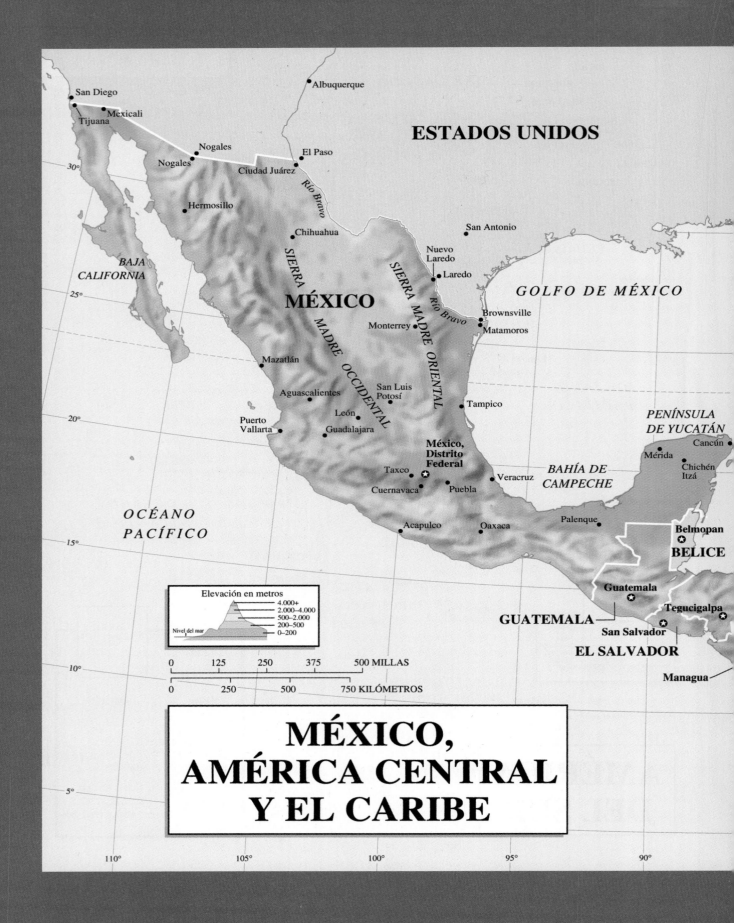

MÉXICO,
AMÉRICA CENTRAL
Y EL CARIBE

ESTADOS UNIDOS

San Diego
Mexicali
Tijuana
Nogales
Nogales
Hermosillo
Albuquerque
El Paso
Ciudad Juárez
Río Bravo
Chihuahua
San Antonio
Nuevo Laredo
Laredo
Río Bravo
Brownsville
Matamoros
Monterrey
GOLFO DE MÉXICO

BAJA CALIFORNIA
MÉXICO
SIERRA MADRE OCCIDENTAL
SIERRA MADRE ORIENTAL
Mazatlán
San Luis Potosí
Aguascalientes
León
Puerto Vallarta
Guadalajara
Tampico
México, Distrito Federal
Taxco
Cuernavaca
Puebla
Veracruz
Acapulco
Oaxaca
Palenque

PENÍNSULA DE YUCATÁN
Cancún
Mérida
Chichén Itzá
BAHÍA DE CAMPECHE

Belmopan
BELICE
OCÉANO PACÍFICO

Guatemala
GUATEMALA
San Salvador
EL SALVADOR
Tegucigalpa
Managua

Elevación en metros
4.000+
2.000–4.000
500–2.000
200–500
0–200
Nivel del mar

0   125   250   375   500 MILLAS
0   250   500   750 KILÓMETROS

30°
25°
20°
15°
10°
5°

110°   105°   100°   95°   90°

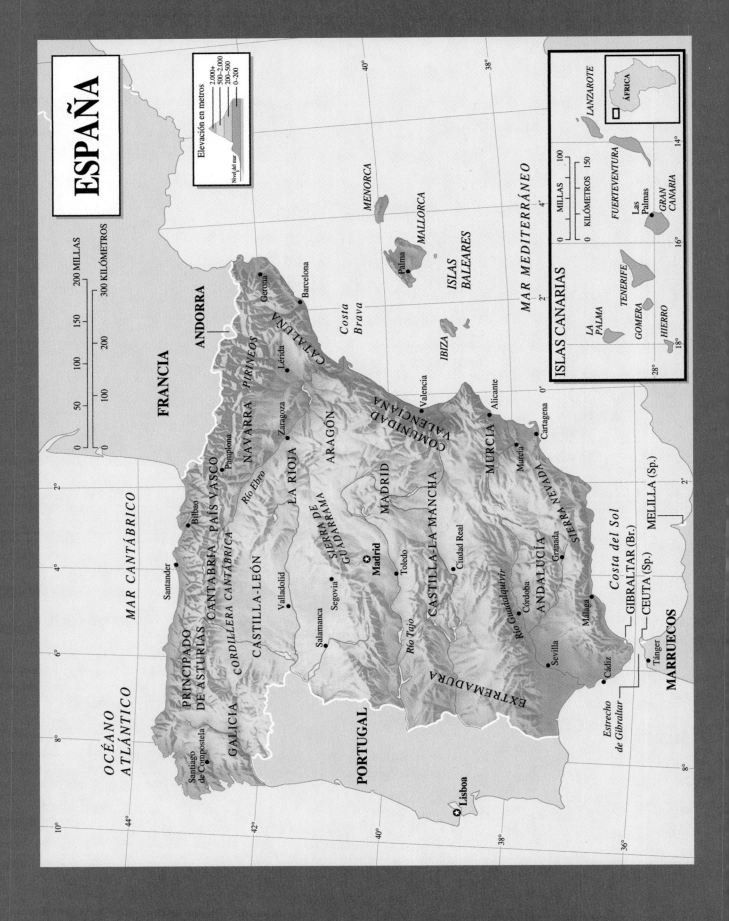

CIVILIZACIÓN Y CULTURA

EIGHTH EDITION

INTERMEDIATE SPANISH

Lynn Sandstedt

Professor Emeritus
University of Northern Colorado

Ralph Kite

John G. Copeland

Late, of the University of Colorado

THOMSON

HEINLE

Australia | Canada | Mexico | Singapore | Spain | United Kingdom | United States

THOMSON

HEINLE

Intermediate Spanish
Civilización y cultura
Eighth Edition
Sandstedt / Kite / Copeland

Publisher: Janet Dracksdorf
Acquisitions Editor: Helen A. Richardson
Managing Editor: Glenn A. Wilson
Development Editor: Viki Kellar
Senior Production Editor: Esther Marshall
Marketing Manager: Jill Garrett
Manufacturing Manager: Marcia Locke

Compositor: Greg Johnson, Art Directions
Project Manager: Dan Y. Ben Dror
Photo Research Manager: Sheri Blaney
Text Designer: Circa 86
Cover Designer: Ha Nguyen
Cover Photo: © Jacob P. Halaska/Index Stock Imagery
Printer: Transcontinental Interglobe Printing

Printed in Canada.
1 2 3 4 5 6 7 8   9 10 08 07 06 05 04 03

For more information contact Heinle, 25 Thomson Place,
Boston, Massachusetts 02210 USA, or you can visit our Internet
site at **http://www.heinle.com**

For permission to use material from this text or product
contact us:

Tel	1-800-730-2214
Fax	1-800-730-2215
Web	www.thomsonrights.com

ISBN 0-8384-5779-7

Library of Congress Cataloging-in-Publication Data
Sandstedt, Lynn A.
    Intermediate Spanish. Civilización y cultura / Lynn A. Sandstedt,
Ralph Kite, John G. Copeland. — 8th ed.
        p. cm.
    Copeland's name appears first on the earlier ed.
    ISBN 0-8384-5779-7
        1. Spanish language—Readers—Civilization, Hispanic.
2. Civilization, Hispanic. I Title: Civilización y cultura. II. Kite, Ralph.
III. Copeland, John G. IV. Title.

PC4127.C5C63 2003
468.6'421—dc21   2003053724

This Eighth Edition of the **Intermediate Spanish Series**
is dedicated to the memory of John G. "Pete" Copeland,
an inspirational teacher and an equally inspired
friend and colleague.

Ralph Kite and Lynn A. Sandstedt

Índice

UNIDAD **1** **Orígenes de la cultura hispánica: Europa**   2

Lecturas culturas

UNIDAD **2** **Orígenes de la cultura hispánica: América**   16

Lecturas culturas

UNIDAD **3** **La religión en el mundo hispánico**   32

Lecturas culturas

UNIDAD **4** **Aspectos de la familia en el mundo hispánico**   46

Lecturas culturas

UNIDAD **5** **El hombre y la mujer en la sociedad hispánica**   60

Lecturas culturas

UNIDAD **6** **Costumbres y creencias**   74

Lecturas culturas

Preface

With the publication of the **Intermediate Spanish Series,** the materials available for use at the intermediate level took a step in a new direction. We had long believed that it would be desirable to have a "package" of materials, unified in content but varied in the possibilities for use in the classroom, that would be flexible enough that the instructor could easily adapt them to his or her own teaching style and particular interests.

With this in mind, we devised the three highly successful textbooks that made up our intermediate level program. *Conversación y repaso* reviews and expands upon the essential points of grammar covered in the first year and also includes dialogues for listening and reading practice, listening exercises, abundant personalized exercises, speaking strategies, and a variety of activities intended to stimulate conversation. *Civilización y cultura* presents a variety of topics related to Hispanic culture. The approach in this reader is thematic rather than purely historical, and the topics have been chosen both for the insights that they offer into Hispanic culture and for their interest to students. The exercises are designed to reinforce the development of reading, writing, and speaking skills, to build vocabulary, and to stimulate class discussion. *Literatura y arte* introduces the student to literary works by both Spanish and Spanish-American writers and to the rich and diverse contributions of Hispanic artists to the fine arts. The accompanying exercises also stress the development of reading, writing, and speaking skills and include vocabulary-building and conversational activities.

One of the unique features of the program is the thematic unity of the texts. Each unit of each textbook has the same theme as the corresponding unit of the others. For example, Unit 7 of the grammar textbook deals with the subject of poverty and the problem of the migration of workers in Hispanic culture in its dialogues and conversational activities. The same theme "Aspectos económicos de Hispanoamérica," is treated in the seventh unit of the civilization and culture reader, and further explored in Unit 7 of the literature and art reader in the short story "Es que somos muy pobres" and in the essay on the murals of Diego Rivera.

We have found that this thematic unity offers several advantages to the teacher and student: (1) the teacher may combine the basic grammar and conversation book with either or both of the readers and be assured that essentially the same cultural and linguistic information will be presented to the students; (2) the amount of material to be covered may be adjusted through the choice of one textbook or more, making it possible to balance the quantity of material and the amount of classroom contact available; (3) if one book is used in the classroom, another may be used for outside work by those students who wish additional contact with the language; (4) for individualized programs, only those units may be assigned that are relevant to the student's particular interests. Learning also may be reinforced by using the workbook and Student Audio CD Program that accompanies the series. If several books are used, the students will absorb a considerable amount of vocabulary related to the theme, and by the end of their study of the topic, they will have overcome, at least in part, their reluctance to express their own ideas in Spanish. We have tested this "saturation" method in our own classrooms and have found it to be quite effective. We suggest that if several books are used, the grammar and initial dialogue should be studied first, followed by one or more of the other textbooks, and finally, the conversation stimulus section of the grammar and conversation text.

Like the earlier editions, this Eighth Edition of the the **Intermediate Spanish Series** contains materials that will be of interest to students of different disciplines. Throughout, our goal has been to present materials that will enable students to develop effective communicative skills in Spanish and motivate them to want to know more about the culture they are studying.

We would like to thank the following colleagues for their valuable comments and suggestions:

Lisa Barboun, *Coastal Carolina University*
Mara-Lee Bierman, *Rockland Community College*
Kathleen Boykin, *Slippery Rock University*
Roberto Bravo, *Texas Tech University*
John Chaston, *University of New Hampshire*
An Chung Cheng, *University of Toledo*
William Deaver, *Armstrong Atlantic State University*
Susana Durán, *Gulf Coast Community College*
Lynda Durham, *Casper College*
Noble Goss, *Harding University*
Elena Grajeda, *Pima Community College*
Manuel J. Gutiérrez, *University of Houston*
Peggy Hartley, *Appalachian State University*
Steve Hunsaker, *Brigham Young University–Idaho*
Magali Jerez, *Bergen Community College*
Kathleen Johnson, *North Carolina Central University*
Richard Klein, *Clemson University*
Iraida López, *Ramapo College of New Jersey*
Anita McCollester, *Indiana University South Bend*
Luis Clay-Méndez, *Eastern Illinois University*
Oralia Preble-Niemi, *University of Tennessee at Chattanooga*
Margarita Nodarse, *Barry University*
Carmen Sualdea Pérez, *Florida State University*
John Reed, *Saint Mary's University of Minnesota*
Sharon Robinson, *Lynchburg College*
David Rock, *Huntingdon College*
Christina Sanicky, *California State University–Chico*
Anthony J. Vetrano, *Le Moyne College*
Jaime Zambrano, *University of Central Arkansas*

Furthermore, we express our deepest appreciation to the great team at Heinle for their support and collaboration in every phase of this project. Throughout the development and the production of this program, the team at Heinle has provided invaluable guidance and expertise, and in particular to Viki (Vasiliki) Kellar, Esther Marshall, Helen Richardson, Glenn Wilson, Sheri Blaney. Our thanks also go to all the other people at Heinle involved with this project and to the freelancers: Luz Galante, Susan Lake, Greg Johnson, Peggy Hines, Patrice Titterington, Ha Nguyen, and Susan Van Etten.

The Intermediate Spanish Series and the Standards

The material found in each of the three texts that make up the **Intermediate Spanish Series** has been developed in the following way which will enable the student to achieve the five C's which are the goals of the National Student Standards.

Communication

The pair and group activities and tasks included in each of the three texts provide a variety of opportunities for the student to be actively engaged in the **interpersonal, interpretive,** and **presentational** aspects that constitute real communication. Through a series of activities the student has ample opportunities to develop the four language skills and then integrate them in authentic everyday, communicative activities.

Culture

Cultural themes related to the **perspectives, practices,** and **products** of the Spanish-speaking world are approached in a different way in each of the texts. In *Conversación y repaso,* the students encounter the **perspectives** of people from the Spanish-speaking world through a series of dialogues and listening exercises. The **practices** found in the Spanish-speaking world which are the results of how the people of those regions perceive their own reality are discussed in greater depth in the *Civilización y cultura* text. Authentic material from newspapers and magazines give an accurate view of the various cultures and people of the Spanish-speaking world. A sampling of the major **products** of the Spanish-speaking world are presented in the *Literatura y arte* text via a selection of short stories and poetry written by well-known Hispanic writers. Representative examples of art of the Spanish-speaking world are also found at the end of each unit. This combination of literature and art provides students with a broader view of the cultures of the Spanish-speaking world which allows them to develop a greater understanding and appreciation of those cultures.

Connection

Through the material found in each unit of each of the three texts, students come in contact with other disciplines through their study of geography, religion, literature, art, and history of the Spanish-speaking world. The activities found in each text ask the student to access the Internet to find additional material that relates to some of the themes under study. Much of this material is only written in Spanish which helps the students to realize the importance of knowing a second language if they wish to research information found on the Internet that may only appear in Spanish.

Comparisons

As a student progresses through the material of the program, he or she cannot help but compare his or her language and cultures to those of the Spanish-speaking world. Through this comparison, the student not only learns to better appreciate and understand the cultures and language of other countries, but it also helps them to develop a better insight into the nature of their own culture and language.

Communities

The last two units of each text deal with the themes of "La presencia hispánica en los Estados Unidos" y "Los Estados Unidos y lo hispánico." Students readily see that it is essential to know other languages if they wish to function effectively outside the classroom in a multicultural world. With the growing Spanish-speaking population in this country, the students gain an understanding how a functional knowledge of this language will help them secure jobs that are only open to individuals that have a specific skill coupled with a high level of proficiency in Spanish.

The Intermediate Spanish Series and Heritage Language Speakers of Spanish

The material in the **Intermediate Spanish Series** is designed not only to meet the educational needs of the traditional students of the language, but also the needs of the heritage language speakers of Spanish who enter the Spanish program with some or all of the four language skills developed to varying degrees.

Depending on their home language background and their educational and life experiences, the heritage language student will demonstrate varying abilities and proficiencies in Spanish. Some will have minimally developed the listening and speaking skills while others will be fluent in these areas. The majority of heritage speakers, however, will need more instruction developing their ability to read and write. It is generally accepted that most heritage language speakers will need to continue the study of the language in order to maintain and further perfect the four language skills, which in turn will enable them to communicate more effectively in Spanish.

Each of the three texts in the series and the accompanying workbook, interactive multimedia CD-ROM, and audio program provides a wide variety of opportunities and activities in which the student can explore and further develop his or her language skills. The communicative focus of the series allows the student to practice the interpersonal, interpretive, and presentational modes of communication through a wide variety of authentic tasks and activities. The student will also examine various cultural aspects of the Spanish-speaking world, which will provide the heritage language speaker with a better understanding and appreciation of his or her own heritage language and culture. One of the major goals in the series is to teach the student when to use the language appropriately and strategically depending upon the situation in which the student finds himself or herself and the status of the individual (child, adult, person in authority) with whom he or she wishes to communicate.

Introduction

Intermediate Spanish: *Civilización y cultura* is a thematic approach to Hispanic culture consisting of essays written for the third or fourth semester college course. It is designed to be used with the authors' **Intermediate Spanish:** *Conversación y repaso* and is linked thematically with that textbook. It is complete in itself, however, and may be used with other intermediate materials. The essays present twelve topics, both historical and contemporary, that serve to introduce the student to various aspects of Hispanic tradition, customs, and values. Most of the points apply equally to Spain and to Spanish America, although some treat one or the other exclusively. A strong emphasis is placed on culture contrast in order for the student to more readily relate the material to his or her own experience.

Each unit opens with a short section called **Enfoque** that presents an overview of the topic. This is followed by a **Vocabulario útil** section which is a list of vocabulary along with a set of questions for students to work with in pairs, using the new vocabulary and designed to increase interaction among students in addition to providing vocabulary practice. The **Anticipación** section then poses some questions that urge the student to examine his or her knowledge of the topic before reading the selection.

The reading selection has marginal glosses and supplementary footnotes. The questions on the text and the personal questions at the end of each reading segment encourage the students to relate the topic to their own experience. The reading is followed by vocabulary-building exercises, cultural contrast points, a writing-skill exercise and debate, composition, and role-playing topics. Units 7 through 12 also incorporate brief journalistic articles on contemporary topics related to the reading themes. The exercise material is all designed to encourage close and repeated reading of the textbook in an effort to provide a constant contact with the structures and vocabulary.

There is some progression in difficulty and length between the first and last units. Abundant use has been made of cognates in order to maintain a mature and interesting level of content while avoiding the discouragement often experienced by students at this level when confronted with material written for native speakers of the language.

Since a variety of academic disciplines are touched upon, it should be possible to devise outside reading assignments, when desired, relating to the special academic interests of the individual student.

It is clear that any such treatment of Hispanic cultures must leave many things unsaid and may at times lead to broad generalizations. It is hoped that these features will serve to stimulate class discussion and to encourage individual investigation on the part of the students using the materials. The variety of topics presented should allow the instructor to add personal material in those areas where he or she possesses special knowledge or experience.

About the Eighth Edition of *Civilización y cultura*

In response to suggestions made by users of the previous editions as well as reviewers, the following changes have been implemented in the Eighth Edition of the *Civilización y cultura.*

- Units 7 and beyond incorporate authentic newspaper articles in unit summary sections for additional cultural information and exploration.

- Unit openers now include more detailed content and a unit map to make information more accessible and easier to review.

- Readings and realia have been updated to reflect a more contemporary view of the Spanish-speaking world.

- Internet activities have been expanded to include more searchable links exposing students to a greater variety of Hispanic cultural elements.

- A new Instructor's Resource CD-ROM contains a testbank with new test items specific to the content found in *Civilización y cultura.*

Orígenes de la cultura hispánica: Europa

Lecturas culturales

I. La cultura romana
II. La cultura visigoda
III. La cultura árabe
IV. Los idiomas de España

◄ La Mezquita de Córdoba fue un gran centro árabe entre los siglos VIII y X. El exterior no tiene decoración y parece una fortaleza. ¿Cómo es el interior?

Lecturas culturales

Enfoque

Muchas culturas actuales son el producto de una mezcla de otras culturas que existían antes. Esta mezcla puede resultar de actos de guerra o de inmigración. La Península Ibérica, situada entre el mar Mediterráneo y el océano Atlántico, ha recibido varias influencias de otras civilizaciones y muchas de ellas se han transmitido al Nuevo Mundo. En las lecturas que siguen se van a describir algunas de las contribuciones de estos pueblos a la cultura hispánica.

Vocabulario útil

Estudie estas palabras.

Verbos
adoptar *to adopt*
contribuir (contribuye) *to contribute*
convertir (ie) *to convert*
desarrollar *to develop*
destacarse *to stand out, to be distinguished*
influir (influye) *to influence*
llegar a ser *to come to be*

Sustantivos
la costumbre *custom*
el gobierno *government*
el habitante *inhabitant*
la lucha *struggle, battle*

el pueblo *people, village*
la tribu *tribe*
la Península Ibérica *Iberian Peninsula (the entire land mass between the Pyrenees mountains and the Strait of Gibraltar containing the modern countries of Spain and Portugal)*

Otras palabras y expresiones
bilingüe *bilingual, able to speak two languages*
entre *between, among*
occidental *western*
posterior *later*

Para practicar

Trabajen en parejas, o como lo indique su profesor(a), para hacer y contestar estas preguntas, usando el vocabulario de la lista para descubrir algo sobre sus compañeros de clase.[1]

1. ¿De dónde eres? ¿Cuántos habitantes tiene tu pueblo natal?
2. ¿Contribuyes a alguna causa aportando tu tiempo, o dando dinero u objetos usados? ¿Qué causa es?
3. ¿De qué manera influye(n) en tu vida: el cine, un libro, el gobierno, tus padres, tus amigos?
4. ¿Adoptas las costumbres de tus amigos? ¿Qué costumbres? ¿Hay alguna costumbre que quieres seguir, como por ejemplo, empezar a estudiar antes del fin del semestre?
5. ¿En qué materia académica te destacas? ¿Qué quisieras llegar a ser algún día? ¿Quisieras llegar a ser bilingüe?

[1] These questions use the *tú* form since that is what students normally use with each other.

Anticipación

1-1 Responda a estas preguntas.

1. ¿Cuáles son algunos aspectos que incluye el concepto de cultura?
2. Véase *(Look at)* los mapas al principio de este libro. ¿Dónde está la Península Ibérica?
3. ¿Qué otro país la comparte *(shares)* con España? ¿Cuál es más grande?
4. ¿Cuáles son los países vecinos de España?
5. En grupos de tres o cuatro estudiantes, según lo indique su profesor(a), busquen la siguiente información sobre España: (a) su población actual; (b) su tamaño en comparación con un estado norteamericano; (c) las seis ciudades principales; y (d) sus ríos y montañas principales. Prepárense para informarles a sus compañeros lo que han encontrado.

I. La cultura romana

Los primeros habitantes de la Península Ibérica, en tiempos históricos, fueron las tribus celtíberas°, de origen no muy bien conocido. En el siglo III a.C.[1] llegaron los romanos y convirtieron la península en una colonia romana. Establecieron la lengua latina, su sistema de gobierno y su
5 organización social y económica. Más tarde introdujeron la religión católica. Se ha dicho° que la península llegó a ser la colonia más romanizada de todas.

Los habitantes de la península adoptaron la lengua llamada históricamente «el romance» o «el latín vulgar», o sea° la lengua oral del pueblo, y no el latín clásico escrito. El idioma *(language)* usado hoy por los casi 400 millones de
10 personas del mundo hispánico proviene° de esa lengua oral. Las lenguas «neolatinas»[2] como el portugués, el francés, el italiano, el rumano y el español se parecen mucho porque todas tienen como base el latín.

La cultura romana también influyó en las costumbres y los hábitos diarios° del pueblo español. La conocida costumbre de la siesta toma su
15 nombre de la palabra latina *sexta,* o sea la sexta hora del día. Esto refleja el dicho° romano: «Las seis primeras horas del día son para trabajar; las otras son para vivir». Claro que esto se debe a° las necesidades físicas de la gente en un clima cálido°. En estas regiones es preferible trabajar durante las horas más frescas. Hasta hoy, en muchas partes del mundo hispánico es costumbre
20 dormir la siesta después del almuerzo. En algunas ciudades más tradicionales todas las tiendas y oficinas se cierran hasta las cuatro de la tarde. Vuelven a abrirse desde las cuatro hasta las siete u ocho de la noche.

Otra tradición famosísima en el mundo hispánico es la corrida de toros[3] que combina elementos de deporte, arte y diversión en un espectáculo lleno de
25 emoción. Los romanos la popularizaron en el circo, donde se ofrecía° toda

Celt-Iberian

It has been said

that is

comes from

daily

saying
is due to
hot

were provided

---

[1] **a.c. *(antes de Cristo)*** Before Christ, that is, B.C.

[2] ***las lenguas neolatinas*** The Romance languages, French, Provençal (southern France), Italian, Spanish, Portuguese, Romanian, Galician (northwest Spain), Catalan (northeast Spain), Sardinian, and Romansh (eastern Switzerland) are some of the known Romance languages and dialects.

[3] ***la corrida de toros*** Bullfight. Although the origin of the *corrida* is still debated, it is thought to have originated among the Celt-Iberians. The term stems from the fact that the bulls were "run" to the ring before the fight or *lidia.*

Even
learned to fight bulls; authorized

seats

clase de juegos para la diversión popular. Hasta° Julio César[4] aprendió a torear° en la península y autorizó° las primeras corridas.

El concepto de la ciudad como centro de la cultura y del gobierno también es una de las contribuciones importantes de los romanos. Esta
30 tendencia hacia la urbanización ha sido muy notable en Hispanoamérica desde la época colonial. Por ejemplo, la Ciudad de México, Lima y Buenos Aires sirvieron como sedes° del gobierno español y todavía se distinguen del resto del país por su influencia y poder.

Los romanos, pues, influyeron mucho en la formación básica de la
35 sociedad hispánica.

[4] *Julio César* Julius Caesar. Roman leader of the first century B.C., immortalized in the famous play of the same name by Shakespeare.

Comprensión

1-2 Decida si las siguientes oraciones son verdaderas o falsas según el texto. Corrija las falsas.

1. No se conoce muy bien el origen de las tribus que habitaban en la península antes de la llegada de los romanos.
2. Las lenguas neolatinas vienen del latín clásico.
3. Hoy se hablan más de cinco lenguas neolatinas.
4. La corrida de toros viene del dicho romano «Las seis primeras horas del día son para trabajar; las otras son para vivir».
5. La siesta se practica en muchas partes del mundo hispánico.
6. En la cultura romana la ciudad es el centro de la civilización.

Opiniones

1-3 Responda a las siguientes preguntas, expresando su opinión personal.

1. Entre el idioma, la religión y las costumbres diarias, ¿cuál es el elemento más importante en la formación de la cultura?
2. ¿Influyeron los romanos en nuestra sociedad? ¿Cómo?
3. ¿Seguimos la costumbre de la siesta? ¿Por qué sí o por qué no?
4. ¿Es importante la urbanización? ¿Por qué? ¿Prefiere Ud. vivir en una ciudad o en el campo? ¿Por qué?

Se pueden ver las ruinas de un anfiteatro romano en Mérida, España. ¿Cuáles son algunas características de la arquitectura romana? ¿Qué espectáculos se presentaban allí?

II. La cultura visigoda

found itself; support

En el siglo V de la época cristiana algunas tribus germánicas del norte de Europa invadieron el imperio romano que se hallaba° sin el apoyo° del pueblo para resistir. Estas tribus primitivas, también conocidas como visigodas, fueron influidas por la cultura romana. Se convirtieron al catolicismo, adoptaron
5 la lengua latina y se establecieron en los mismos centros que habían usado los romanos. En vez de contribuir con elementos nuevos a la cultura española, más

rather

bien° reforzaron y desarrollaron los elementos existentes.

Su mayor contribución original fue el feudalismo, sistema económico que

imposed

impusieron° en toda Europa. Este sistema —producto de una sociedad

warrior; lord
was protecting
ruled

10 guerrera°— daba el control de la tierra a un señor°. Éste recibía parte de los productos de la gente que habitaba su tierra y la protegía° de otros señores. El monarca de todos los señores reinaba° sólo con el permiso de éstos. Es éste el sistema que determinó la organización feudal de las colonias del Nuevo Mundo.

Comprensión

1-4 Responda según el texto.

1. ¿Quiénes fueron los visigodos?
2. ¿Cómo llegaron a practicar el catolicismo?
3. ¿Cuál fue la mayor contribución de los visigodos a la cultura española?
4. ¿De dónde vino el poder del monarca de los señores feudales?
5. ¿Cómo llegó el feudalismo al Nuevo Mundo?

Opiniones

1-5 Responda a las siguientes preguntas, expresando su opinión personal.

1. ¿Puede Ud. pensar en algunas ventajas del sistema feudal para el pueblo?
2. ¿Cuáles son las desventajas?

III. La cultura árabe

Los moros[5] estuvieron en España desde el año 711 hasta 1492, y fueron tal vez la influencia más importante para la formación de la cultura española después de los romanos. España es la única nación europea que conoció el dominio de la brillante cultura del norte de África. En el resto de Europa, la
5 misma época se caracterizaba por falta de progreso y de desarrollo cultural.

La historia popular de España considera que la Reconquista[6] de la península comenzó en el año 711 y terminó en 1492 cuando el último de los reyes árabes fue expulsado° de Granada. Esta convivencia° de ocho siglos dio como resultado una cultura muy heterogénea.
10 El centro del reino° moro en España se estableció en la ciudad de Córdoba. Esta ciudad llegó a ser un gran centro cultural, con una biblioteca de unos 400.000 libros. En su universidad se enseñaban medicina, astronomía, botánica, gramática, geografía y filosofía. A causa de la influencia árabe se usan hoy los números arábigos en lugar de los romanos. En parte, los
15 conocimientos de los árabes vinieron de la cultura griega antigua, que los moros divulgaron° con sus artes de traducción. Los califas[7] tenían una actitud generosa hacia el arte y la sabiduría° en general, porque los árabes pensaban que la creación de la belleza exterior era una forma de adoración° de Dios.

Muchas palabras árabes forman la base de los términos usados hoy en
20 varias lenguas occidentales. Palabras como alcachofa°, alfalfa, algodón° y azúcar son de procedencia árabe, como lo son también los productos a que se refieren. También las palabras relacionadas con las ciencias: alcohol, alcanfor°, alquimia, cero, cifra° y jarope°. Muchas otras como azul, escarlata, alcoba° y ajedrez° representan aspectos de la vida diaria. Otras palabras de origen árabe
25 son: almohada°, adobe, alfombra°, alcalde°, aduana°, barrio y los nombres de muchas plantas y flores, como azucenas° y zanahorias°. La mayoría de estas palabras comienzan con *a* o con *al* porque éste es el artículo en árabe.

En arquitectura, figuran varios ejemplos que todavía nos impresionan: la Alhambra de Granada, el Alcázar de Sevilla y la Mezquita de Córdoba con sus
30 1.418 columnas. Su estilo es muy elaborado en las fachadas° y los patios interiores y de ahí viene la palabra «arabesco». La religión musulmana prohíbe el uso de imágenes de seres° vivos en el decorado y por eso hay pocos ejemplos de ello. Otra característica particular de sus construcciones es el uso de azulejos°; sus métodos para hacer brillar° la loza° nunca han sido
35 igualados°. Su arquitectura ordinaria consiste en la típica casa blanca con techo° de tejas rojas. Este estilo es popular aún hoy desde la Tierra del Fuego (al sur de Chile y la Argentina) hasta el norte de California.

---

[5] *los moros* Moors. This is the general term applied to the Arabs *(árabes)* who invaded Spain from North Africa in the eighth century. Most were of the Islamic faith, followers of Mohammed *(Mahoma),* called Moslems *(musulmanes).* The Spanish Christians who submitted to Islamic rule were allowed to practice their own religion and were called *mozárabes.* Those who converted were *muladíes.*

[6] *la Reconquista* Reconquest. The period of Spanish history from 711 to 1492 (especially between 711 and 1254), when the Spanish Christians, who had taken refuge in the northern mountains, carried on a constant war in an effort to expel the Moors. The wars were mostly between individual feudal lords, but the religious factor gave some unity to each of the two sides.

[7] *los califas* Caliphs. Rulers who were successors of Mohammed and combined secular and religious authority over a given region called a caliphate *(califato).*

Margin glossary:

expelled; living together

kingdom

made known
knowledge
worship

artichoke; cotton

camphor
cipher; syrup; bedroom
chess
pillow; carpet; mayor; custom house
white lilies; carrots

facades

beings

ceramic tiles; to shine; porcelain
equaled
roof

Jews; lived together
managed

to exalt
In about the middle

diminish; fell into the hands
collision

Los judíos° de la península no sólo convivieron° con los musulmanes, sino que ocuparon puestos oficiales de importancia y lograron° crear la
40 brillante cultura sefardita[8] en Córdoba durante los siglos IX y X.

La cultura mora contribuyó a engrandecer° la cultura española en comparación con el resto de Europa entre los siglos VIII y XIII. A mediados° del siglo XIII la mayor parte de la península fue reconquistada y la influencia mora comenzó a disminuir°. La provincia de Granada pasó a manos° de los
45 españoles en 1492, año en que comenzó el gran choque° de culturas en América.

[8] *sefardita* Sephardic. The name comes from the biblical place name Sepharad, which scholars think referred to the Iberian Peninsula.

Comprensión

1-6 Responda según el texto.

1. Después de los visigodos, ¿qué grupo invadió la península?
2. ¿Cuáles son las fechas del período llamado Reconquista?
3. ¿Qué ocurrió en Granada en 1492?
4. ¿Qué aspectos culturales se encuentran en la Córdoba de los moros?
5. ¿Cuáles son algunas palabras de origen árabe que usamos en inglés?
6. Describa la cultura que crearon los judíos durante la época árabe en Córdoba.

Opiniones

1-7 Responda, expresando su opinión personal.

1. ¿Qué condiciones son necesarias para que una cultura adopte palabras de otra cultura?
2. ¿Cree Ud. que hoy día hay guerras a causa de la religión, o que ya no ocurren por esa razón? Explique su respuesta.

IV. Los idiomas de España

Aún hoy no se puede decir que haya «una» cultura española. Hoy se hablan cuatro idiomas en España y varios dialectos también. En el país vasco, en la zona central del norte de la península, hablan vascuence, un idioma de origen oscuro. En la región de Galicia, en el noroeste, hablan

5 gallego, un idioma parecido al° portugués. En el nordeste, en la región de Cataluña, hablan catalán, otro idioma neolatino.

El cuarto idioma es el idioma oficial de la nación, el castellano —el idioma de Castilla en el centro del país— o sea, el que llamamos muchas veces español.

10 Sobre la diferencia entre los nombres *español* y *castellano* para referirse al idioma nacional, un experto nos dice lo siguiente: *«El nombre de castellano había obedecido a una visión de paredes° peninsulares adentro; el de español miraba al mundo. Castellano y español situaban nuestro idioma intencionalmente en dos distintas esferas° de objetos: castellano había hecho*

15 *referencia, comparando y discerniendo, a una esfera de hablas° peninsulares —castellano, leonés, aragonés, catalán, gallego, árabe—; español aludía° explícitamente a la esfera de las grandes lenguas nacionales —francés, italiano, alemán, inglés.»*[9]

Y de otro experto viene un dato sobre la palabra *español:*

20 «La palabra *España* era pronunciada en esa forma por el vulgo° que hablaba latín en la península hacia el año 300 d. de C.°; *español,* por el contrario, es vocablo° venido del sur de Francia, del Languedoc, en el siglo XIII, comenzado a usar en Provenza desde el siglo XII en la lengua escrita. Que *español* no es vocablo castellano era un hecho que algunos

25 lingüistas conocíamos, aunque corresponde al suizo° Paul Aebischer haber demostrado el origen provenzal del nombre que los *españoles* se dan a sí mismos°…»[10]

Durante la dictadura de Francisco Franco (1939–1975), por razones de unidad nacional, se prohibió el uso de los idiomas regionales oficialmente,

30 pero se seguían usando en casa. En los casi treinta años desde la vuelta de la democracia a España, las culturas de las varias regiones han tenido un renacimiento°, especialmente en Cataluña (y su ciudad principal, Barcelona). Hoy todos los documentos oficiales y hasta los letreros° de la calle aparecen en catalán —a veces con su traducción al castellano, a veces no. Los catalanes

35 han desarrollado una «Política lingüística» que requiere que todos los niños de las escuelas primarias y secundarias de la región asistan a la escuela donde la lengua usada es catalán. Otras medidas° insisten en que un 50% de las películas más taquilleras° sean dobladas al catalán° y que una cuarta parte de todas las que se den estén en catalán. También se requieren semejantes usos de

40 catalán en la radio y la televisión. Se manda que las etiquetas° de los productos vendidos en Cataluña estén en catalán. Los españoles de habla

(marginal glosses)
similar to — *(line 5)*
walls — *(line 12)*
spheres — *(line 14)*
languages — *(line 15)*
referred — *(line 16)*
populace — *(line 20)*
A.D. — *(line 21)*
word — *(line 22)*
Swiss — *(line 25)*
give to themselves — *(line 27)*
rebirth — *(line 32)*
signs — *(line 33)*
measures — *(line 37)*
popular; dubbed into Catalan — *(line 38)*
labels — *(line 40)*

---

[9] Amado Alonso, *Castellano, español, idioma nacional,* 2da edición, Buenos Aires: Losada, 1943, págs. 33–34.

[10] Américo Castro, *Sobre el nombre y el quién de los españoles,* Madrid: Sarpe, 1985, pág. 29. This theory, disputed by some, would explain why *español* is the only nationality/language name in Spanish that ends in *-ol.*

castellana reaccionan negativamente cuando los catalanes se refieren al
castellano como segunda lengua o lengua extranjera. Pero en fin, la defensa
del catalán es natural frente al hecho de que hay millones de personas de habla
45 española, como se nota en este reportaje de un Congreso Internacional de
Lengua Española en Valladolid, España.

El español y su universo

El rey Juan Carlos, que cerró el acto, resaltó la importancia del español como
«patrimonio común de más de cuatrocientos millones de personas», y como
50 «herramienta insustituible para potenciar la comunidad hispanohablante en el
concierto de las naciones». «Nuestro idioma», afirmó, «es el instrumento que
permite y facilita la comunicación», lo que aproxima «a gentes y países
aprovechando así las aportaciones de todos ellos en un proceso de
enriquecimiento constante». Pero además, destacó, «el idioma español es cada
55 vez más un elemento que fortalece nuestra posición en las relaciones con el
resto del mundo».

En este futuro, el español «tiene ante sí una historia larga con páginas
prestigiosas aún por escribir. Es un idioma que se enriquece con las
60 aportaciones, voces y giros que le aportan los hombres y mujeres que pueblan
este inmenso universo lingüístico.»

América y España

signed statement · El manifiesto suscrito°, titulado *Una lengua para un milenio,* en un congreso
65 que se ha celebrado en el corazón de la Castilla profunda, Valladolid, no dejó
did not forget · de recordar° que la inmensa mayoría de los más de 300 millones de
hispanohablantes vive en el continente americano. Acentos de los Andes, de
have emphasized · Colombia, de México y de Centroamérica han puesto de relieve° que los
españoles apenas representan el 10% de los hablantes de uno de los idiomas
70 más universales. Pero todos han coincidido en el valor de la diversidad dentro
for five centuries · de una unidad básica que se ha mantenido a lo largo de cinco siglos°.

«Es lindo escuchar la complejidad, la riqueza, los distintos acentos del
español», observó Ernesto Sábato [conocido escritor argentino]. Así pues, el
center of gravity · centro de gravedad° del español está en América y por ello las conclusiones
note · 75 del congreso remarcan° que «en esta comunidad hispánica de naciones y de
gentes donde las tierras, las costumbres, las leyes y los problemas son
set the columns · diversos, la lengua es común y es donde debemos sentar los pilares° de una
fruitful · fructífera° convivencia».

El País Internacional (Madrid)

Algunas regiones de España son bilingües. ¿Sabe Ud. en qué parte del país está esta manifestación con letreros en catalán?

Comprensión

1-8 Responda según el texto.

1. ¿Cuáles son los cuatro idiomas de España y dónde se hablan?
2. ¿Quiénes hablan castellano?
3. ¿Qué hay de raro en la palabra *español*?
4. ¿Cuánto tiempo hace que España tiene un gobierno democrático?
5. ¿Qué medidas ha tomado Cataluña para defender su lengua?
6. Según el informe del Congreso Internacional, ¿dónde está el «centro de gravedad» del español?

Opiniones

1-9 Responda a las siguientes preguntas, expresando su opinión personal.

1. ¿Hay un programa de educación bilingüe donde Ud. vive? ¿Por qué?
2. Los Estados Unidos no tienen un idioma oficial. ¿Debe tener uno? ¿Por qué? ¿Cuál debe ser el idioma oficial?
3. ¿Cuáles son las ventajas *(advantages)* de aprender un segundo idioma?

Videomundo: La cocina hispánica (20:32–28:45)

Hay costumbres variadas que se asocian con la comida. Mire estos dos segmentos, luego con un(a) compañero(a) de clase háganse y contesten estas preguntas según lo indique su profesor(a).

1. ¿Cuáles son algunas diferencias entre la comida caribeña y la española?
2. ¿Cuáles serán las causas más importantes de estas diferencias?
3. ¿Qué influencias muestra la comida caribeña que no se encuentran en la comida de Valencia?
4. ¿Qué otra comida sirven en el Café Atlántico? ¿Por qué?

A explorar

1-10 Ejercicios de vocabulario. En grupos de dos o tres personas hagan las siguientes actividades.

A. Busque 10 palabras en el texto que sean semejantes *(similar)* en forma y significado a sus equivalentes en inglés.

B. Busque una palabra en la segunda columna que tenga el mismo significado de otra palabra en la primera.

I.	II.
1. cargar	a. únicamente
2. sólo	b. origen
3. procedencia	c. contribuir
4. aportar	d. romano
5. latino	e. llevar
6. utilizar	f. usar

C. Junte las palabras relacionadas.

Modelo saber sabiduría

I.	II.
1. calor	a. lingüístico
2. emperador	b. cálido
3. pueblo	c. reino
4. antes	d. imperio
5. rey	e. poblador
6. lengua	f. anterior

D. Complete las siguientes formas.

1. convertir **conversión**
   divertir _____
   _____ **inversión**

2. comenzar **comienzo**
   _____ **encuentro**
   gobernar _____

3. filólogo **filología**
   filósofo _____
   _____ **psicología**

4. trabajar **trabajador**
   observar _____
   _____ **poblador**

E. Señale los verbos contenidos en los siguientes derivados.

Modelo desorganizar organizar

1. convivir
2. mantener
3. desocupar
4. reconstruir
5. desaparecer
6. desacostumbrar

1-11 Puntos de contraste cultural. En grupos de dos o tres personas contesten las siguientes preguntas.

1. ¿Cuáles son algunas diferencias entre la cultura española y la norteamericana en cuanto a *(as far as):* la duración de la cultura, los contactos con otras culturas y los componentes que resultan y el idioma?
2. ¿Cuáles son algunas de las diferencias y semejanzas básicas entre la situación de los que hablan «los otros idiomas de España» y los que hablan «los otros idiomas de los Estados Unidos»?

1-12 Debate. Organice dos equipos para que ataquen o apoyen esta resolución.

Es la obligación de todo residente norteamericano aprender inglés y por eso los programas de educación bilingüe no son necesarios.

1-13 El arte de escribir: El resumen (primera parte). La preparación para escribir un resumen *(summary)* consiste principalmente en tomar apuntes *(notes)* sobre el contenido. Para tomar apuntes es muy útil reconocer dos aspectos estructurales: el párrafo *(paragraph)* y la oración temática *(topic sentence),* o sea la idea principal.

Cada párrafo se distingue de los otros por contener información diferente. Dentro de cada párrafo hay una oración temática que es prácticamente un resumen del párrafo. Ésta puede ser explícita o implícita o puede ser una oración explícita modificada.

Si se examina la primera sección de esta unidad (La cultura romana), se ve que en el primer párrafo la oración temática es la segunda: «En el siglo III A.C. llegaron los romanos y convirtieron la península en una colonia romana.» En el segundo párrafo es necesario modificar la segunda oración sustituyendo «esa lengua oral» por «el latín vulgar». En todos los otros párrafos la oración temática es la primera. Los apuntes, entonces, pueden consistir en estas oraciones. Se puede acortar frecuentemente como es el caso de la primera oración del cuarto párrafo donde se omite lo que viene después de «toros».

Ahora, tome Ud. apuntes para un resumen de las otras secciones de las lecturas.

1-14 Ejercicios de composición dirigida. Complete las oraciones según el texto, utilizando las palabras entre paréntesis y otras que sean necesarias.

1. La cultura hispánica… (producto, siglos, contactos, muchos, con, culturas, varias, es)
2. Se ha dicho que la Península Ibérica… (todas, romanizada, ser, colonia, llega a, más)
3. Otra tradición… (hispánico, toros, famosísima, mundo, corrida, es)
4. El feudalismo es el sistema que… (Nuevo Mundo, colonias, determina, económica, organización)
5. En España… (bilingüe, problema, existe, educación, también)

Colón llega a lo que hoy es San Salvador

1-15 Situación. Imagínese que Ud. es un(a) indígena americano(a) y la fecha es el 12 de octubre de 1492 en la isla de San Salvador en el Caribe. Tiene la oportunidad de conocer a Cristóbal Colón *(Christopher Columbus).* Afortunadamente Ud. habla español. ¿Qué preguntas le hace Ud. sobre España y qué le responde él?

Orígenes de la cultura hispánica: América

Lecturas culturales

◄ Estas estatuas toltecas se encuentran en Tula, México, una ruina al norte de la Ciudad de México. ¿Cree Ud. que son estatuas de guerreros o de dioses?

17

Lecturas culturales

Enfoque

On arriving

awe

Both . . . and
by means of; tribes
almost

pre-Columbian, before Columbus

Al llegar° los conquistadores españoles al Nuevo Mundo en el siglo XVI se encontraron con las grandes civilizaciones de México y del Perú. Tal vez nosotros, en el siglo XXI, podemos entender el asombro° que causaron estos descubrimientos si pensamos en nuestra reacción si encontráramos nuevas civilizaciones en otros planetas.

Tanto los aztecas de México como° los incas del Perú formaron grandes imperios que se habían establecido por medio de° la conquista violenta de las tribus° anteriores. La civilización maya, que casi° había desaparecido, tenía varios siglos de existencia y desarrollo. Las tres culturas presentaban diversos aspectos interesantes y aportaron nuevos elementos a la cultura hispánica. Estas lecturas van a describir algunos de los aspectos más interesantes de estas tres culturas precolombinas°.

Vocabulario útil

Estudie estas palabras.

Verbos
conducir *to conduct; to drive*
construir (construye) *to build*
crear *to create*
dominar *to dominate*
fundar *to found*
gobernar (ie) *to govern, to rule*
incluir (incluye) *to include*
requerir (ie) *to require*
utilizar *to utilize, to use*

Sustantivos
el (la) arqueólogo(a) *archaeologist*
el conocimiento *knowledge*

el desarrollo *development*
el descubrimiento *discovery*
el (la) dios(a) *god, goddess*
el emperador, la emperatriz *emperor, empress*
el hecho *fact*
el imperio *empire*
el nivel *level*
la piedra *stone, rock*

Otras palabras y expresiones
algo *something, somewhat*
reciente *recent*

Para practicar

Trabajen en parejas, o como lo indique su profesor(a), para hacer y contestar estas preguntas, usando el vocabulario de la lista para saber algo sobre sus compañeros de clase cuando estaban en el colegio.

1. ¿Construiste una casita en un árbol alguna vez? ¿Qué otras cosas construiste cuando eras niño(a)?
2. ¿Inventabas *(used to make up)* vidas de fantasía cuando eras niño(a)? ¿Cómo eran?
3. ¿Ibas en bicicleta para ir a la escuela?
4. ¿Dónde vivías en el siglo pasado?
5. ¿Qué pasó la primera vez que condujiste solo? ¿Cuántos años tenías?

Anticipación

2-1 En grupos de dos o tres personas respondan a estas preguntas.

1. ¿En qué país se encontraba la civilización azteca?
2. ¿Qué región ocupó la civilización incaica?
3. En grupos de cinco, hagan una lista de lo que saben de esas culturas.

I. Los aztecas

En el lugar llamado Anáhuac, donde está hoy la capital de México, los aztecas habían dominado a otras tribus durante unos dos siglos.

En 1325 fundaron Tenochtitlán, una ciudad que dejó mudo° a Cortés[1] cuando la vio por primera vez. Bernal Díaz,[2] uno de los 400 soldados de Cortés, la describió así: «Y… vimos cosas tan admirables [que] no sabíamos qué decir… si era verdad lo que por delante° parecía°, que por una parte° en tierra había grandes ciudades, y en la laguna° otras muchas, y veíamos todo lleno° de canoas,… y por delante estaba la gran ciudad de México». Los aztecas habían fundado la ciudad en un lago° con puentes° que la conectaban con la tierra.

Al llegar al valle de México los aztecas absorbieron° la cultura tolteca[3] cuya° religión incluía el mito de Quetzalcóatl, un hombre-dios de la civilización, benévolo°, que enseñaba las artes y los oficios necesarios para el hombre en la tierra. Al mismo tiempo, el dios protector de la tribu, Huitzilopochtli, era el dios de la guerra, quien° exigía° continuas ofrendas° de sangre humana. Es difícil explicar cómo los aztecas llegaron a adorar° a dos dioses tan antagónicos°. Creían que Quetzalcóatl había creado al hombre regando° su propia sangre sobre la tierra. Por consiguiente, pensaban que era necesario recompensar° a los dioses con sangre.

Los conceptos religiosos sutiles° se combinaban con un sistema político algo avanzado°. El emperador era a la vez sacerdote° y su poder fluía° de esta combinación de autoridad religiosa y políticomilitar. El imperio se basaba en la completa subyugación° de casi todas las tribus del centro de México en una región del tamaño de Italia. Este hecho hizo relativamente fácil la conquista por los españoles en 1521, ya que formaron alianzas° con las tribus subyugadas para derrotar° a los aztecas.

Durante los dos siglos anteriores a la conquista, la sociedad azteca había perdido sus características democráticas y se había transformado en una sociedad aristocrática. El emperador Moctezuma II, que reinaba° cuando llegó Cortés, vivía en un palacio comparable en su lujo° a los palacios europeos. Pero el lujo y la aparente prosperidad cubrían° un estado psicológico deprimido°. Varios acontecimientos° le habían hecho creer a Moctezuma que

silent

ahead; appeared; on the one side
lagoon
full
lake; bridges

absorbed
whose
benevolent

who; demanded; offerings
to worship
contrary
sprinkling
repay
subtle
advanced; (m) priest; flowed

subjugation

alliances
defeat

ruled
luxury
covered
depressed; happenings

---

[1] **Cortés** Hernán Cortés (1485–1547) led the first expedition into Mexico and conquered the Aztecs in the central valley in 1521.

[2] **Bernal Díaz (del Castillo)** (1492–1584) Author of *Historia verdadera de la conquista de la Nueva España* (Mexico), which he wrote to present the common soldier's view of the conquest of Mexico.

[3] **tolteca** The Toltecs (or "master craftsmen"), about whom relatively little is known, occupied much of the central area of Mexico prior to the Aztecs. The Aztecs, lacking a historical tradition of their own, began to consider themselves descendants of the Toltecs and adopted their history.

was approaching	se acercaba° el fin del imperio. Cuando llegó Cortés con sus soldados, la
	superstición de los jefes los condujo a una resistencia débil. Pensaron que los
riding	35 españoles montados° a caballo eran monstruos; además, los indios no tenían
firearms; possessed	armas de fuego° como las que poseían° los españoles. Dentro de poco tiempo

was approaching — se acercaba° el fin del imperio. Cuando llegó Cortés con sus soldados, la superstición de los jefes los condujo a una resistencia débil. Pensaron que los

35 españoles montados° a caballo eran monstruos; además, los indios no tenían armas de fuego° como las que poseían° los españoles. Dentro de poco tiempo éstos habían destruido la capital del gran imperio de los aztecas para construir sobre los escombros° la ciudad conocida hoy como la Ciudad de México.

Otros problemas surgieron del contacto entre los europeos y los

40 indígenas, como comenta este artículo.

60 millones, los indígenas muertos tras la conquista

Mucho se ha dicho de la audacia° de Hernán Cortés y de sus capitanes para derrotar a un ejército indígena que los superaba° numéricamente. Sin

45 descartar° estos elementos subjetivos, hay dos factores que se deben considerar como decisivos: las diferencias en cuanto al empleo del hierro° y del caballo, y su aplicación en movimientos tácticos militares... esto por un lado y, por otro, un elemento decisivo lo constituyó la aparición de nuevas enfermedades en América...

50 En ese tiempo comenzó a darse un fenómeno extraño para la población nativa: La peste° se extendió por la ciudad, la cual fue bautizada como hueyzáhuatl o hueycocoliztli, y todo parece indicar que fue una epidemia de viruela°, enfermedad totalmente desconocida en estas tierras.

...La enfermedad se extendió muy rápidamente al resto de Mesoamérica:

55 se sabe que llegó a Guatemala, pasó a otros países de Centroamérica, y hasta el sur del continente americano.

Se dio el caso de que fue conocida en el Perú antes que los mismos españoles llegaran. Los incas tenían una forma de llamarla que hacía ver su perplejidad° ante el fenómeno: «los granos° de los dioses»...

60 ... En 1529 se produjo una epidemia de sarampión° que recorrió° el continente; en 1545 apareció el tifus o «influenza»; en 1558, la gripe°; en 1563, la viruela; en 1576, el tifus; y en 1588 y 1595 de nuevo apareció la viruela.

Todas estas epidemias provocaron la peor catástrofe poblacional° de que

65 se tenga memoria en América: La población indígena descendió de 65 millones a 5 millones, entre los años que corren de 1550 a 1700...

Las cifras° en cuanto a número de habitantes en América siguen siendo un campo de polémica°. Los historiadores hispanistas aseguran que la población indígena era de 11 a 13 millones en el tiempo en que ocurrió el

70 descubrimiento... De otra parte, la corriente indigenista°,... da la cifra de entre 90 a 112 millones. No obstante, nuevas ponderaciones hacen suponer en el presente que en América existían unos 80 millones de habitantes hacia 1492. Sus grandes centros poblacionales eran el imperio inca, con cerca de 30 millones, y el mexica[4] con unos 20. Pues bien, hacia 1700, siglo y medio

75 después, este total se había reducido de manera dramática a cinco millones; lo que representa la desaparición° de 60 millones de indígenas, unos 400 mil cada año...

Ricardo Pacheco Colín: La Crónica de Hoy, México

---

[4] **mexica** This is the name the Aztecs called themselves. It is pronounced **meshica.** *México* is, of course, also derived from this name.

Glossary (left margin):
- *was approaching*
- *riding*
- *firearms; possessed*
- *ruins*
- *audacity*
- *surpassed*
- *discard*
- *steel sword*
- *plague*
- *smallpox*
- *uncertainty; pimples, sores*
- *measles; traveled*
- *flu*
- *for the population*
- *numbers*
- *area of argument*
- *pro-Indian*
- *disappearance*

Este dibujo muestra el primer encuentro entre Cortés y Moctezuma en Tenochtitlán. Identifique a las personas y otros elementos representados aquí.

Comprensión

2-2 Decida si las siguientes oraciones son verdaderas o falsas.

1. La Ciudad de México fue fundada en 1325.
2. Los aztecas adoptaron unos mitos de los toltecas.
3. Huitzilopochtli era el dios de la guerra y el dios protector de los aztecas.
4. Según el mito, Quetzalcóatl creó al hombre con su propia sangre.
5. Moctezuma II era el presidente de los aztecas cuando llegó Cortés.
6. Muchos indígenas murieron de la viruela después de la llegada de los españoles.
7. La viruela había existido en el Perú antes que llegaran los españoles.

Opiniones

2-3 Responda a las siguientes preguntas.

1. ¿Cómo debe el mundo moderno juzgar (*judge*) las culturas antiguas donde se llevaban a cabo prácticas como sacrificios humanos?
2. ¿Cree Ud. que hay mitos en la vida pública norteamericana?
3. ¿Ha visto Ud. alguna ruina de los indios americanos? ¿Dónde? Descríbala.
4. ¿Le interesa a Ud. la arqueología? ¿Por qué sí o por qué no?

II. Los incas

Aunque los arqueólogos creen que los primeros pueblos indígenas de los Andes datan de diez mil años antes de Cristo, cuando desembarcó° Pizarro[5] en 1532 los incas apenas tenían un siglo de dominio imperial en las montañas. Igual que° los aztecas, eran un pueblo militar que había establecido
5 su dominio sobre las otras tribus durante el siglo XV. Los incas, como los aztecas, se consideraban también el pueblo elegido° del sol. El emperador (llamado «el Inca») recibía su poder absoluto por el hecho de ser descendiente directo del sol. Creían que el primer emperador, Manco Cápac (que vivió en el siglo XIII), era hijo del sol.

10 Aunque había una clase de nobles mantenidos por el pueblo, el resto de la sociedad de los incas tenía aspecto socialista. La comunidad básica era el «ayllu».[6] Cada comunidad tenía derecho a una cantidad de tierra suficiente para producir sus alimentos° y la trabajaba en común. Otro pedazo° de tierra se designaba° para el estado (los nobles) y otro pedazo para los dioses (la
15 iglesia y el clero°). La gente del *ayllu* cultivaba esta tierra también y los productos constituían un tipo de impuestos° sobre la comunidad. Los productos de la tierra del estado iban para mantener a los nobles, al ejército°, a los artistas y también a los ancianos° y enfermos que no podían producir su propio alimento. Si ocurría algún desastre en un *ayllu,* como una inundación°,
20 el gobierno les proveía° comida de sus almacenes°. Los hombres tenían la obligación de contribuir con una porción de tiempo cada año a las obras públicas como a los caminos y a los acueductos, que eran comparables con los de Europa. El uso de la piedra para la construcción y su sistema de riego° eran maravillosos.

25 En los tejidos, los incas ya conocían casi todas las técnicas que conocemos hoy y hacían telas superiores a las que producimos hoy. Dos factores estimularon el desarrollo del arte de tejer°: el clima algo frío de las montañas y la lana de la llama. El tejer era una actividad exclusivamente femenina y se pasaban los conocimientos de madre a hija, refinándolos cada
30 vez más°. Las tejedoras° eran muy protegidas° por el estado, y a las mejores se las llevaban a conventos especiales donde pasaban la vida tejiendo. Usaban los tejidos para enterrar a las personas de importancia —algo semejante a lo que hacían los egipcios°.

En otras técnicas como la cerámica y el uso de metales también
35 sobresalieron los incas. Parece que tenían conocimientos avanzados de medicina, especialmente en la cirugía°, ya que operaban el cráneo° cuando era necesario.

[5] **Pizarro** (1476–1541) along with his brothers, Gonzalo, Juan, and Hernando and Diego de Almagro assured the conquest of the Inca empire when they seized and killed the last emperor, *Atahualpa,* in 1533.

[6] **ayllu** The *ayllu* was, in pre-Incan times, essentially a clan with kinship as its basis. It is believed that it evolved under the Incas to be a more politically organized community. Mountain communities in modern Peru are still called *ayllus.*

landed

Just like

chosen

foodstuffs; piece
was reserved for
the clergy
taxes
army
elderly
flood
provided; warehouses

irrigation

art of weaving

more and more; weavers; protected

Egyptians

surgery; skull

Festival Inti Raymi, Cuzco, Perú

Comprensión

2-4 Elija la respuesta más adecuada según el texto.

1. Cuando llegó Pizarro, el imperio inca tenía (cien años, dos siglos, mil años) de existencia.
2. Los incas creían que eran un pueblo (primitivo, elegido del sol, demócrata).
3. El «ayllu» de los incas era (una comunidad, el hijo del sol, el emperador).
4. Los hombres contribuían con una porción de tiempo cada año para hacer (obras de arte, tejidos, obras públicas).
5. El clima frío estimuló el desarrollo del (arte de tejer, uso de la piedra, «ayllu»).

Opiniones

2-5 Responda a las siguientes preguntas.

1. ¿Qué conocimientos tecnológicos avanzados tenían los incas?
2. En su opinión, ¿deben tener los ciudadanos *(citizens)* de los Estados Unidos la obligación de contribuir con tiempo a las obras públicas? ¿Por qué?
3. ¿Cuál es mejor, un sistema con un gobierno que controla la economía, o un sistema de mercados libres?

III. Los mayas

intrigued
southeast

De las grandes culturas indígenas, la que más ha intrigado° al hombre moderno es la cultura maya. Ésta ocupaba el sureste° de México, Guatemala y Honduras. Fue la civilización más brillante de todas del continente.

5 El nivel de la cultura en su período clásico (entre 200 a.c. y 900 d.c.[7]) era casi tan avanzado como el de las culturas mediterráneas de la misma época. Sus centros, tales como Tikal,[8] además de tener una importancia ceremonial, probablemente eran ciudades hasta con 40.000 habitantes. Sin embargo, durante el siglo IX los mayas sufrieron alguna catástrofe desconocida y algo

10 misteriosa que resultó en su decadencia completa. En algunos casos fueron conquistados por otras tribus más primitivas y guerreras, y en otros casos desaparecieron por su propia cuenta.

achievements; to measure

Entre sus muchos logros° intelectuales, su sistema de medir° el tiempo era el más impresionante. Adoptaron un calendario que existía en toda la

wheels

15 región y lo refinaron mucho. El calendario antiguo consistía en dos ruedas° distintas. Una marcaba el año ceremonial de 13 meses de 20 días y la otra marcaba el año civil de 18 meses de 20 días. La relación de 260 días y 360 días daba un total de 18.980 combinaciones o un ciclo de 52 años, ciclo importante en varias culturas. Los mayas extendieron el calendario con otros

they fixed

20 períodos de 20 y 400 años y fijaron° el principio de su propio ciclo en la fecha equivalente a 3114 a.C. En el caso de la luna calculaban los ciclos lunares de 2.953.020 días, comparado con los 2.953.059 días que ha establecido la astronomía moderna.

Su sociedad incluía un monarca hereditario y una clase de nobles que

(m) lineage

25 vivían obsesionados por las guerras constantes entre los monarcas. Su linaje° era muy importante y se encuentran muchas referencias a las fechas de los

ancestros

antepasados°. También creían seriamente en la astrología y consultaban las estrellas antes de hacer cualquier cosa.

El sistema maya de escribir los números es interesante por dos razones:

decimal places
base 20; rods

30 por el concepto del cero y por el uso de las posiciones de los decimales°. Era un sistema vigesimal°, que usaba puntos y varas° para contar y era superior al sistema romano usado en Europa en la misma época.

En la escritura, los mayas habían llegado a tener un sistema ideográfico

instead of; drawings
decipher

en que los símbolos representan ideas en vez de° ser dibujos° de objetos.[9]

35 Últimamente los expertos han podido descifrar° los dibujos de las estelas en las ruinas y los de los cuatro códices.[10] Las otras obras mayas conservadas, como los *Libros de Chilam Balam* y el *Popol Vuh,* fueron escritas por los

---

[7] **d. C.** (*después de Cristo*) A. D.

[8] *Tikal* A Mayan ruin in Guatemala long considered the oldest and largest settlement (400–300 b.c.) However, excavation has recently begun on an older and larger site, El Mirador.

[9] *dibujos de objetos* Writing systems generally show three stages: (1) pictorial, where the writing consists of drawings of actions; (2) ideographic, where the symbols are conventionalized and stand for ideas; and (3) phonetic, where characters stand for sounds. Mayan writing was ideographic, and some scholars think it was phonetic.

[10] *cuatro códices* A codex is a manuscript, especially of official or classical texts. *Estelas* (steles) are upright stone slabs bearing inscriptions, placed at the entrances of buildings, on graves, etc. Some inscriptions on buildings and inside tombs are also extant. The *Libros de Chilam Balam* and the *Popol Vuh* were recorded by Mayan priests using the Spanish alphabet after the conquest.

scribes
pantheon
health; sustenance
they made offering of

indígenas con el alfabeto español después de la conquista. Parece que había una clase de escribanos° nobles que mantenían la tradición de la escritura.

40   La religión maya era muy compleja con un panteón° de dioses relacionados con los días y los años. Con el fin de obtener salud° y sustento° ofrendaban° varias cosas a sus dioses —hasta llegaron a sacrificar seres humanos.

    La arquitectura maya muestra una preocupación estética importante.
45 Mientras que en las otras culturas precolombinas el tamaño de las pirámides era lo que indicaba su importancia, los mayas ponían más énfasis en la ornamentación de la piedra. Sus logros artísticos incluían también la

scuplture

escultura° y la pintura.

    Sus conocimientos prácticos no eran avanzados. La rueda era sólo un
50 objeto ceremonial, porque su único animal domesticado era el perro que

beast of burden

criaban para comer o sacrificar y no servía de animal de carga°.

    El alimento principal de los mayas, como el de muchos otros pueblos indígenas, era el maíz, y porque los mayas creían que los dioses habían hecho a los primeros hombres de maíz, era un producto sagrado°. Sus métodos

sacred

55 agrícolas se basaban principalmente en el maíz cultivado en la «milpa», que consiste en utilizar un pedazo de tierra por unos años (de dos a cuatro) y dejarlo sin cultivar por unos diez años. Las investigaciones recientes, sin embargo, indican que también utilizaban un método de cultivo más intensivo y que tenían otros alimentos importantes. Todo esto quiere decir que la
60 población de toda la región maya pudo llegar hasta 10.000.000 hacia el final de la época clásica, cerca del año 900 d.C.

    Todavía no se sabe exactamente por qué desapareció esta gran civilización. Últimamente se ha descifrado más de su escritura y se cree que las grandes ciudades como Tikal, Caracol, Copán, Chichén Itzá y otras,
65 llegaron a ser dominantes durante un período, sólo después de conquistar la ciudad que dominaba antes. Estas agresiones° que aumentaron en el siglo X

attacks
after

resultaron en la decadencia y abandono de los centros, uno tras° otro, durante ese siglo.

    Al examinar el nivel de las culturas indígenas del Nuevo Mundo es fácil
70 imaginar el asombro que les causó a los españoles. También si se compara esta situación de los españoles con la de los ingleses —un pueblo homogéneo

nomadic

que se encontró frente a tribus de indígenas nómadas°— se comienzan a comprender las diferencias que aparecen en las sociedades modernas.

Ésta es la pirámide de Kukulcán o Quetzalcóatl en Chichén Itzá, una ciudad tolteca también, pero en la región maya. ¿Qué elemento nos recuerda la foto de Tula?

Comprensión

2-6 Responda según el texto.

1. ¿Cuándo ocurrió la época clásica de la cultura maya?
2. ¿Por qué ya había decaído la cultura maya cuando llegaron los españoles?
3. ¿Qué era Tikal?
4. ¿Cuál fue el logro cultural más impresionante de los mayas?
5. ¿Cómo llegaron al ciclo básico de 52 años?
6. ¿Quiénes entre los mayas sabían escribir?
7. ¿En qué aspectos eran diferentes las pirámides mayas de las de otras culturas?
8. ¿Qué era el sistema de la «milpa»?
9. ¿Por qué se cree que la población pudo llegar a unos 10.000.000 de habitantes?

Opiniones

2-7 Responda a las siguientes preguntas, expresando su opinión personal.

1. Al principio, esta lectura cultural dice que «De las grandes culturas indígenas, la que más ha intrigado al hombre moderno es la cultura maya.» ¿Está Ud. de acuerdo o no? Explique.
2. En su opinión, ¿cuáles de los logros de los mayas sorprenderían más a los europeos del siglo XVI?

IV. El indígena en la actualidad

Los indígenas del Nuevo Mundo contribuyeron con la papa (los incas), el chocolate y el tomate (los aztecas) y el maíz (los mayas) al surtido mundial de comestibles, además de varias otras cosas útiles o artísticas. Sin embargo, hoy el indígena representa en algunos países hispanoamericanos el
5 problema social y económico de mayor gravedad°. En el Perú, millones de indígenas viven todavía en los «ayllus» de la época incaica, comunidades físicamente apartadas en las montañas. Se calcula que el 40% de la población habla de preferencia quechua o aymará (los idiomas indígenas) y sólo hablan español en caso de necesidad.
10 El caso de los mayas es típico de la situación en México y Centroamérica. Existen los descendientes de los indígenas precolombinos en grupos relativamente pequeños aunque su población total sea considerable como se nota en este informe de *Mundo Maya*.

Los mayas de hoy

15 Los templos antiguos podrían permanecer° silenciosos en la selva, pero su corazón maya todavía late° bajo las piedras que les dan forma. Los descendientes de quienes construyeron las pirámides aún habitan° los estados mexicanos de Chiapas, Campeche, Tabasco, Quintana Roo y Yucatán y los
20 países de Guatemala, Belice, Honduras y El Salvador. En toda la región los mayas viven en pequeñas aldeas° que parecen ajenas al paso del tiempo°, hablan su antigua lengua, cosechan° la tierra tal y como lo hacían sus ancestros y rinden culto° a muchas de sus más antiguas tradiciones.

Actualmente, el número de pobladores mayas oscila° entre cuatro y cinco
25 millones, dependiendo del criterio que se siga para el censo°, y están divididos en diferentes grupos étnicos que hablan cerca de 30 lenguas indígenas. Por ejemplo, entre los que hablan dialectos derivados de la lengua maya están los lacandones, zoques, tzotziles y tzetzales° que se asientan° en Chiapas, los dos últimos habitan en las montañas que rodean° San Cristóbal de las Casas; los
30 chontales viven en Tabasco; los mayas yucatecos habitan en la Península [de Yucatán]; los quichés, kekchíes y cakchikeles en Guatemala y los chortíes en Honduras. Algunos mayas son bilingües, puesto que aprenden el español para comunicarse con los ladinos (los habitantes del área que no son de origen maya). Por ejemplo, las mujeres que venden artesanías° en un centro turístico
35 aprenden español para ofrecer sus productos en el mercado. Sin embargo, es posible visitar comunidades en donde el visitante no escuchará palabra alguna de español. Aunque puede hallarse° en cualquier parte del Mundo Maya, la mayoría de la población indígena se concentra° en tres áreas: la Península de Yucatán, Chiapas y los Altos° de Guatemala.
40 *Mundo Maya (México)*

Se han visto en varios países nuevas demandas de parte de los indígenas y nuevos avances políticos.

Los ideales de la Revolución de 1910 en México incluyen la
45 incorporación de los indígenas en la sociedad nacional, pero en 1994 empezó una rebelión de indígenas en la ciudad colonial de San Cristóbal de las Casas en el estado mexicano de Chiapas. Los campesinos° de la región,

(marginal glosses)
seriousness
remain
beats
inhabit
villages; removed from the passage of time; harvest
honor
varies
census
names of Indian tribes; settle
surround
handicrafts
be found
is concentrated
the Highlands
peasants

predominantemente de descendencia maya se rebelaron para exigir° tierra
propia. La rebelión captó la atención del mundo entero por sus acciones

50 relativamente pacíficas° y por su líder, el subcomandante Marcos. Adoptaron
el nombre de Ejército Zapatista de Liberación Nacional (EZLN) porque un
participante en la Revolución de 1910 con la misma demanda se llamaba
Emiliano Zapata.[11]

En el Ecuador los grupos indigenistas se han establecido como fuerza
55 política. Participaron de modo importante en un cambio de presidente por la

fuerza° en 2000 y el presidente actual debe su triunfo en gran parte al partido
indígena Pachakutik.

El presidente del Perú, elegido en 2001, ganó principalmente debido a su

herencia° indígena personal. Alejandro Toledo se aprovechó de su
60 descendencia indígena, frecuentemente exaltando las victorias históricas de los
emperadores incas sobre los españoles. Su adversario era un hombre de clara
descendencia española. Por fin, un presidente peruano refleja las aspiraciones
de los indígenas.

Así que después de 500 años los indígenas comienzan a hacer sentir su
65 voz.

El mayor dilema para el gobierno es cómo integrar a los indígenas en la
vida moderna sin que pierdan su vida y costumbres tradicionales. No es muy
diferente a la situación de los indígenas norteamericanos y sus
«reservaciones».

[11] **Zapata** Emiliano Zapata (1879–1919), one of the heroes of the Mexican Revolution of 1910,
was a champion of the indigenous landless peasants of southern Mexico. His name was invoked in
the rebellion led by Comandante Marcos. The town where the rebels were most active, San
Cristóbal de las Casas, has a similarly symbolic name since it was named for Bartolomé de las
Casas, a sixteenth-century Spanish monk who was known as the defender of the Indians because
of his writings against the abuses he witnessed in the Caribbean islands.

Comprensión

2-8 Responda según el texto.

1. ¿Cuáles son algunas contribuciones del indígena americano al mundo?
2. ¿Qué porcentaje *(percentage)* de los peruanos habla de preferencia un idioma
   indígena? ¿Por qué es así?
3. ¿Por qué utilizaron los rebeldes de Chiapas el nombre de Emiliano Zapata?
4. ¿Qué querían los indígenas de Chiapas?
5. ¿Qué es Pachakutik?
6. ¿Qué elemento utilizó Alejandro Toledo para llegar a ser presidente del Perú?
7. ¿Cuál es el dilema del indígena hoy?

Opiniones

2-9 Responda a la siguiente pregunta.

En su opinión, ¿debe el indígena cambiar su vida e incorporarse a la sociedad de la
mayoría? Explique.

Calendario azteca, México

Videomundo: El arte folclórico de la América Latina
(1:05–4:32)

El arte popular de algunos de los países hispanoamericanos demuestra la fusión de las culturas europea e indígena. Mire este segmento, luego haga y conteste estas preguntas con un(a) compañero(a) de clase o según indique su profesor(a).

1. ¿Qué diferencia entre el arte popular y el arte formal se menciona en el segmento?
2. ¿De dónde viene la mayoría de las máscaras que tienen en la exposición?
3. ¿Quiénes crean el arte folclórico según la narradora, y por qué lo hacen?

A explorar

2-10 Ejercicios de vocabulario. En grupos de dos o tres personas hagan las siguientes actividades.

A. Complete las siguientes formas.

1. llegar   **llegada**   llamar _____
2. abrir   **abertura**   escribir _____
3. dibujar   **dibujo**   cultivar _____
4. organizar   **organización**   colonizar _____
5. existir   **existencia**   influir _____

B. Encuentre los sinónimos.

1. pronósticos   a. controlar
2. dominar   b. decorado
3. comprensión   c. predicciones
4. adorno   d. castellano
5. español   e. entendimiento

C. Complete según los modelos.

Modelo   cultura   *cultural*

1. ceremonia _____
2. centro _____
3. vigésimo _____
4. continente _____
5. trópico _____

Modelo   brillo   *brillante   brillar*

1. impresión _____ _____
2. _____ interesante _____
3. _____ _____ obsesionar

Modelo   abundancia   *abundante   abundar*

1. procedencia _____ _____
2. _____ existente _____
3. _____ _____ coincidir

2-11 Puntos de contraste cultural. En grupos de dos o tres personas hagan las siguientes actividades.

1. ¿Cuáles son algunas de las diferencias entre las experiencias de los españoles y las de los ingleses con los indígenas al llegar al Nuevo Mundo? ¿Tuvieron estas diferencias efectos en las sociedades modernas? ¿Cuáles?
2. ¿Cuáles son algunas diferencias y algunas semejanzas entre la situación del indígena norteamericano y la del indígena hispanoamericano hoy día?

2-12 Debate. Organice dos equipos para que ataquen o apoyen esta resolución.

Los españoles y los ingleses, al llegar al Nuevo Mundo, tenían derecho a quitarle la tierra al indígena americano.

2-13 El arte de escribir: El resumen (segunda parte). En la primera unidad, Ud. aprendió a examinar los párrafos y las oraciones temáticas como preparación para escribir un resumen. El próximo paso es decidir los detalles que va a incluir en el resumen. Hasta cierto punto esto resulta en una decisión basada en el tipo de resumen que se quiere. Por ejemplo, un resumen de la primera sección de la lectura (*I. Los aztecas*) podría ser corto:

Los aztecas vivieron en el valle de Anáhuac en la ciudad de Tenochtitlán que fundaron en 1325. Absorbieron la cultura tolteca y adoraban a Huitzilopochtli como su dios protector. Su sistema político era avanzado y lo utilizaron para crear un imperio en el centro de México. Su sociedad era una aristocracia. El estado mental negativo y las supersticiones se combinaron con las armas de fuego para facilitar la conquista por los españoles.

Si uno quiere un resumen más extendido se pueden incluir más detalles sobre el lago, sobre Quetzalcóatl, la sangre, la subyugación de otras tribus, etcétera.

Ahora escriba un resumen de la tercera sección de la lectura (*III. Los mayas*). Primero escriba los apuntes necesarios y luego decida cuáles va a incluir.

2-14 Ejercicios de composición dirigida. Complete las oraciones, utilizando las palabras entre paréntesis.

1. Al llegar al valle de México… (absorbieron, tolteca, los aztecas, cultura)
2. Cuando desembarcó Pizarro en 1532… (dominio, montañas, los incas, siglo, tenían, apenas, imperial)
3. El sistema maya de medir el tiempo… (aspectos, es, más, impresionante, culturales, logros)
4. Según su religión… (material, hombre, creación, sirvió, para, maíz)
5. El cultivo intensivo del maíz requería menos tiempo y… (tareas, explicar, puede, intelectuales, tanto tiempo, cómo, dedicar, podían, estéticas)

2-15 Situación. Imagínese que Ud. camina por la calle un día y se encuentra con una persona con dos antenas en la cabeza, cuatro ojos y ruedas en los pies. Le dice «Lléveme a su jefe. Salí de mi planeta hace 2.000 años». Con un(a) compañero(a) de clase o solo(a), según lo indique el (la) profesor(a), haga Ud. una lista de las preguntas que Ud. le haría y las respuestas de él (¿ella?) sobre cómo era su cultura cuando salió de su planeta.

La religión en el mundo hispánico

Lecturas culturales

◄ Estas niñas participan en la ceremonia de la primera comunión. ¿Qué otras ceremonias religiosas son importantes para los hispanos?

Lecturas culturales

Enfoque

Por razones históricas el catolicismo ha sido la religión dominante en el mundo hispánico. Los habitantes de la Península Ibérica adoptaron el catolicismo de los romanos y lo defendieron contra el pueblo musulmán entre 711 y 1492 y poco después contra los protestantes de Europa. La Iglesia vio el descubrimiento de América como una oportunidad de cristianizar° los pueblos indígenas.

En estas lecturas se verá que no ha sido sólo en cuestiones de fe°, sino también en la política y la sociedad, que la Iglesia ha mantenido una presencia dominante.

Hay que notar que hoy día mucha gente hispánica, especialmente en el medio urbano, prefiere una de las religiones más modernas o, de hecho, no practica ninguna religión organizada. Pero las tradiciones mencionadas aquí, aunque más típicas del medio rural, reflejan algo que se ha venido a llamar° «catolicismo cultural» que todavía caracteriza gran parte del mundo hispánico, aun entre las personas que no ven el interior de una iglesia más que cuando un familiar o un amigo se casa o se muere.

to convert to Christianity

faith

has come to be called

Vocabulario útil

Estudie estas palabras antes de leer los ensayos.

Verbos
ayudar *to help*
celebrar *to celebrate*
existir *to exist, to be*
mostrar (ue) *to show*
ocurrir *to happen*
sustituir (sustituye) *to substitute*
se puede (ver) *one is able (to see);*
   it is possible (to see)

Sustantivos
el (la) ciudadano(a) *citizen*
el (la) consejero(a) *advisor*
el edificio *building*

la mayoría *majority*
el poder *power*
la reunión *gathering, meeting*

Otras palabras y expresiones
además *besides, in addition*
al contrario *on the contrary, rather*
más adelante *later, further on*
mayor *larger, greater, older (with people)*
peor *worse;* el peor *the worst*
por lo general *generally*
por último *finally*
sobrenatural *supernatural*

Para practicar

Trabajen en parejas, o como indique su profesor(a), para hacer y contestar estas preguntas usando el vocabulario de la lista para saber algo sobre sus compañeros de clase.

1. ¿Asistes (o has asistido en alguna época de tu vida) a alguna iglesia o a algún templo? ¿Qué tipo de edificio es (era), grande, pequeño, mediano? ¿Hay reuniones sociales en la iglesia o en el templo?
2. ¿Qué días festivos celebras? ¿Cuáles tienen carácter religioso? ¿Los celebras con ceremonias religiosas o no? ¿Qué día festivo prefieres?
3. ¿Quién lo (la) ayuda por lo general con tus problemas personales (además de tus padres)?
4. ¿Crees en los poderes sobrenaturales? ¿Cómo se muestran? ¿Crees en la magia *(magic)* o en los fantasmas *(ghosts)*? ¿Se puede ver el futuro por medio de la astrología? Explica por qué crees esto.

Anticipación

3-1 Trabajen en grupos de tres o cuatro estudiantes para comentar dos posiciones posibles sobre los siguientes temas.

1. La religión debe ser el elemento más importante de la vida.
2. La religión organizada es mejor que la religión individual.
3. Debe haber una separación estricta entre la religión y el gobierno.
4. Se debe permitir rezar *(praying)* en las escuelas públicas.
5. No se debe permitir que una organización religiosa posea *(possess)* mucha tierra.

I. La religión y la sociedad

La Iglesia católica ha tenido gran importancia en la política de España. Lo mismo ha ocurrido en el resto del mundo hispánico. Desde la época romana ha existido el concepto de la unidad° de la Iglesia y el estado, y aunque en los gobiernos modernos esta alianza no es oficial, en los más conservadores siempre existe una gran influencia. La Iglesia tiende a influenciar al pueblo° a favor del gobierno. Éste°, a cambio°, le da ciertas preferencias° a la Iglesia que la ayudan en su deseo de mantener° su posición espiritual exclusiva.

Uno de los aspectos más debatidos° del papel° de la Iglesia ha sido la cuestión° de su poder económico. Esto es especialmente importante en Hispanoamérica, donde el desarrollo° económico ha sido una cuestión política dominante. Los misioneros fueron los primeros en llegar a algunas regiones apartadas°. Por eso, como la Iglesia tenía mucha estabilidad como institución, se adueñó° de un porcentaje notable de la tierra. Esta situación siempre resultó en la crítica severa contra la Iglesia.

La Iglesia también tiene otras formas de poder en las sociedades hispánicas. Está presente en todo pueblo o centro de población, y su organización es dirigida° desde la capital, así que a veces° resulta más eficaz° que la del gobierno nacional. También tiene gran influencia porque participa en los momentos más importantes de la vida de los fieles, es decir en el bautismo°, el matrimonio° y la muerte.

Antes del siglo XX la gran mayoría de las escuelas y universidades del mundo hispánico eran parroquiales°. La Iglesia servía como la mayor agencia de caridad°, y el cura ocupaba el lugar de consejero personal de los ciudadanos. En los pueblos, la iglesia, por ser el edificio más grande, servía como centro de fiestas y reuniones sociales.

Esta tremenda presencia en casi todos los aspectos de la vida ha sido motivo de crítica por parte de ciertos partidos° políticos. Esta oposición a la Iglesia, o anticlericalismo, ha sido una corriente° política especial en los países hispánicos durante toda la época moderna. Para el extranjero es muy necesario saber que la oposición consiste en una crítica contra la Iglesia como institución sociopolítica, y que casi nunca implica° un ataque a la fe católica.

Aquí hay dos artículos sobre la presencia de la religión en la sociedad hispánica.

Glosas marginales:
- unity
- people; The latter; in exchange
- advantages; to maintain
- debated; role
- matter
- development
- distant
- took possession
- directed; at times; efficient
- baptism; marriage
- parochial
- charity
- parties
- current
- implies

for centuries; marginalized	
dazzling	
idioma azteca	
percussion instruments	
Popemobile; packed (with people)	
screens	
portable platform	
tight	
middle class	
Indian group	
sober	
adorned; peacock	
fertile	

Un millón de mexicanos celebran la canonización por el Papa del primer santo indígena

La Iglesia católica de América convirtió ayer la canonización de Juan Diego Cuauhtlatoatzin, primer santo indio del continente, en un acto de reafirmación de la identidad de un México multiétnico en el que las etnias indígenas han sido «centenariamente° olvidadas y marginadas°», en palabras del cardenal de Ciudad de México, Norberto Rivera. El Papa presidió la larga y deslumbrante° ceremonia, celebrada en la basílica de Guadalupe,[1] y pidió apoyo para los indígenas «en sus legítimas aspiraciones», además de respeto a «los auténticos valores de cada grupo étnico».

Hubo discursos en español y lectura del Evangelio en lengua náhuatl°, danzas *concheras* al son[1] de caracolas y guajes° y cantos religiosos acompañados con música de órgano, mientras el aire se llenaba con el perfume del incienso y de las flores tropicales…

…De pie en el *papamóvil*°, Karol Wojtyla recorrió calles abarrotadas° de fieles mientras en la plaza del Zócalo 100.000 personas siguieron en directo la ceremonia a través de pantallas° gigantes de video. Dentro del templo, el espectáculo no era menos espléndido ni entusiasta, y la llegada del Pontífice, que hizo su entrada subido en la peana móvil°, fue acogida con un entusiasmo delirante…

En las apretadas° filas de asientos, entre centenares de representantes de la burguesía° mexicana, podían verse grupos de indios náhuatl del Estado de Guanajuato, con los trajes típicos, e indios zoque° de Chiapas, algunos vestidos a la manera tradicional y otros en sobria° ropa de diario…

«Juan Diego es más que un santo», comentaba un mexicano náhuatl rodeado de periodistas, «es el representante ante Dios de los indios»…

Pero si el entusiasmo fue una constante a lo largo de la misa, cuando el Papa pronunció las palabras del solemne ritual para incluir en el catálogo de santos a Juan Diego Cuauhtlatoatzin, se produjo el delirio. Gritos, vivas y aplausos interrumpieron la débil voz del Pontífice… Fue entonces, con Juan Diego apenas proclamado santo oficial, cuando irrumpió en la basílica un grupo de danza *conchera* compuesto por una docena de hombres y mujeres tocados° con deslumbrantes plumas de pavo real° y vestidos con trajes multicolores del antiguo imperio azteca…

…Según el Papa, Juan Diego fue el fruto del «encuentro fecundo° entre dos mundos y se convirtió en protagonista de la nueva identidad mexicana».

El País Internacional (Madrid)

[1] **Basílica de Guadalupe La Virgen de Guadalupe** The patron saint of Mexico. The image is a dark-skinned Virgin from Guadalupe in Spain. When a dark-skinned Virgin appeared to the Indian Juan Diego in 1531, she was identified with the already existing image from southern Spain. The image represents the only one with which the dark-skinned Indians could identify. The legend is that as proof of her authenticity, she brought fresh roses to Juan Diego in mid-winter in Mexico City. The basilica where the Pope conducted the ceremony of canonization of Juan Diego is the most venerated spot in the country.

Más de 100.000 españoles están atrapados en las redes de 200 sectas destructivas…

El ministro español del Interior Jaime Mayor Oreja, admitió el martes 10 en
75 el Congreso de los Diputados° la «gran dificultad» que entraña luchar° contra
las 200 sectas destructivas que actúan en España, la mayoría de ellas legales.
Entre 100.000 y 150.000 ciudadanos están, sin sospecharlo siquiera°,
atrapados en sus redes°.

    El surtido° es variado. Las hay de origen hindú y oriental, otras que
80 celebran misas negras y sacrificios de animales y algunas incluso que
preconizan° un gobierno aristocrático y totalitario. Unas captan adeptos° y
dinero —mucho dinero— disfrazadas° de fines benéficos° o inquietudes°
culturales, y otras sobreviven gracias al más absoluto de los secretos. El
resultado siempre es igual de doloroso°: individuos con la voluntad anulada°,
85 convertidos en guiñapos°, entregados° en cuerpo y alma al líder de la
organización.

    Con todo, hay pocos métodos eficaces, según los expertos, para luchar
contra el avance° de las sectas destructivas y uno de ellos es el de la
información. De ahí que María Rosa Boladeras, presidenta del Centro de
90 Asesoramiento° e Información sobre Sectas, pida al Gobierno que destine°
más medios fundamentalmente en el campo de la información…

El País Internacional (Madrid)

Glossary (margin):
- *deputies, representatives; is involved in the struggle*
- *without even suspecting it*
- *trapped in their nets*
- *selection*
- *advocate; win over members*
- *disguised; benefits; concerns*
- *painful; their will destroyed*
- *rags, ragdolls; turned over to*
- *progress*
- *Consultation; direct*

Comprensión

3-2 Responda según el texto.

1. ¿Qué relación entre la Iglesia y el estado viene de la época romana?
2. ¿Cómo llegó la Iglesia a poseer tanta tierra en Hispanoamérica?
3. ¿Qué otras situaciones le daban influencia política a la Iglesia?
4. ¿Cómo llegó la Iglesia a tener influencia social?
5. ¿Qué es el anticlericalismo?
6. ¿Qué motivo tuvo el papa para ir a México?
7. ¿En qué vehículo recorrió el papa las calles de la ciudad?
8. ¿Cuántos españoles participan en sectas religiosas?

Opiniones

3-3 Responda a las siguientes preguntas, expresando su opinión personal.

1. ¿Por qué no hay una religión dominante en los Estados Unidos?
2. ¿Tienen las iglesias mucho poder económico en los Estados Unidos? Explique.
3. ¿Asiste Ud. a una iglesia o una sinagoga regularmente?
4. ¿Qué papel tiene la religión en su vida?
5. ¿Cree Ud. que las sectas extremadas son elementos positivos o negativos?

II. La religión y la vida personal

previous
attitude
role

Lo anterior° indica la presencia notable de la religión en la vida hispánica. Esta larga tradición religiosa ha resultado en una actitud° especial hacia el papel° de la religión en la vida. Hay pocas actividades tradicionales en que no se note la presencia de la religión.

5   La gran mayoría de las fiestas que se observan son fiestas religiosas; la Navidad y la Semana Santa[2] sólo son las más conocidas. Además cada pueblo tiene su santo patrón° y el día dedicado a ese santo se celebra cada año; es la fiesta más importante del pueblo. En algunos países del mundo hispánico es costumbre celebrar el día del santo de una persona en vez de su cumpleaños°.

10 El bautismo, la primera comunión y aun° el velorio°, aunque son ceremonias o actos religiosos, ofrecen una ocasión de reunión social. En la Semana Santa, especialmente en España, hay procesiones y actos solemnes durante toda la semana. El Día de los Muertos[3] (2 de noviembre) se observa con actividades religiosas también. En España es tradicional ir a ver *Don Juan Tenorio,*[4] obra

15 dramática en la que hay escenas de ultratumba°.

    El misterio tiene bastante importancia en las prácticas religiosas del mundo hispánico. La fe, a veces profunda, resulta en una extrema religiosidad° enfocada° en los aspectos maravillosos y misteriosos de la religión. Las iglesias tradicionales muestran esta preferencia con un decorado°

20 simbólico lleno de imágenes° que refuerzan la espiritualidad° de la gente.

    Otras prácticas que muestran la presencia constante de la religión son las palabras y frases exclamatorias de origen religioso. «Por Dios» o «Dios mío» son usadas por cualquier persona en cualquier situación, mientras que° los equivalentes en inglés son reservados para ocasiones de más importancia.

25 Además, es tradicional en el mundo hispánico dar nombres de personajes sagrados° a los hijos. El nombre femenino más popular es María, que por lo general lleva también otro nombre de la Virgen, como María del Rosario o María de la Concepción. Jesús o Jesús María es un nombre masculino común.

    Al ver todo este énfasis en los muchos aspectos cotidianos° de la religión,

30 es algo sorprendente encontrar que la asistencia a la misa no es muy numerosa, especialmente entre los hombres. Esto ha resultado en el concepto del «catolicismo cultural» que domina la región mediterránea de Europa, o sea que la gente se considera católica pero no practica su religión. Al mismo tiempo su vida refleja la creencia en varios elementos de esa religión. La

35 consideración de la familia extensa° como centro de la vida y la aceptación de la jerarquía° como inevitable son ejemplos de este fenómeno cultural.

[2] *la Navidad y la Semana Santa* Christmas and Holy Week (the week before Easter Sunday).

[3] *el Día de los Muertos* All Souls' Day. A Catholic religious day marked by prayers and services for the souls in purgatory.

[4] *Don Juan Tenorio* A play by the famous Spanish playwright José Zorrilla (1817–1893).

patron saint

birthday
even; wake

beyond the grave

religiosity; focused
setting
statues; spirituality

while

sacred persons

everyday

extended
hierarchy

Contar con la bendición religiosa en el matrimonio es importante en el mundo hispánico. ¿Por qué? Aquí vemos una boda típica en Castilla, una región de España.

Comprensión

3-4 Decida si las siguientes oraciones son verdaderas o falsas. Corrija las falsas.

1. Muchas fiestas en el mundo hispánico son de carácter religioso.
2. Cada comunidad tiene su santo patrón, cuya fiesta se celebra cada año.
3. Se celebra el día del santo de una persona en vez de la Semana Santa.
4. Los aspectos racionales de la religión es lo que más atrae a los fieles en el mundo hispánico.
5. El nombre femenino más común es María.
6. Los hispanos son religiosos pero asisten infrecuentemente a la misa.
7. El «catolicismo cultural» no acepta la jerarquía como algo natural.

Opiniones

3-5 Responda a las siguientes preguntas, expresando su opinión personal.

1. ¿Deben los padres exigir que sus niños practiquen su religión? ¿Por qué sí o por qué no?
2. ¿Cuáles son algunos días festivos que se celebran en su país? ¿Qué días celebra Ud.?
3. ¿Cuál es el origen de su nombre? ¿Por qué se lo dieron sus padres a Ud.?

III. La religión en Hispanoamérica

already established

Los españoles trajeron al Nuevo Mundo tradiciones ya establecidas°. La cristianización de los indígenas trajo ciertas modificaciones, si no en la doctrina, al menos en la manifestación de estas tradiciones.

ancient

Las grandes civilizaciones indígenas ya tenían sus antiguas° religiones,
5 que se distinguían del catolicismo en que tenían muchos dioses. Cada dios tenía su función especial: el dios de la lluvia°, el dios de la fertilidad, etc. Los santos católicos tenían a veces funciones parecidas°, y los indígenas les daban mucha importancia a estas funciones. Por eso, hasta hoy día, los santos ocupan un lugar más importante entre la gente del pueblo en Hispanoamérica
10 que en España.

rain
similar

Otra costumbre que puede venir de los indígenas es la de ofrecerle algo —comida, por ejemplo— a la imagen del santo cuando se hace una petición°.

request
toward life
willful
test
paradise

Las religiones indígenas también revelaban cierto fatalismo vital°, porque sus dioses eran más voluntariosos° que el Dios cristiano. El concepto de que
15 la vida en la tierra es una prueba° por la cual el hombre gana la salvación no era común en estas religiones. Se ganaba el paraíso° de otras maneras: por la forma en que uno moría o por la ocupación que se tenía en el mundo. Según algunos, este fatalismo parece haber sobrevivido° en el catolicismo de América.

survived

20 Como los españoles, los indígenas vivían bajo un sistema en que el jefe del estado también era jefe religioso. Esta unión de las dos instituciones sugiere° que para ellos también la religión formaba parte integral de la vida. Claro está que estas modificaciones se observan principalmente en las regiones donde se encontraban las grandes civilizaciones indígenas.

suggests

Comprensión

3-6 Responda según el texto.

1. ¿Por qué hubo modificaciones del catolicismo en Hispanoamérica?
2. ¿Cómo se combinaron el catolicismo y las religiones indígenas en cuanto a los muchos dioses indígenas?
3. ¿Por qué había fatalismo en las religiones indígenas?
4. ¿Qué función doble tenían los jefes indígenas y españoles?

Opiniones

3-7 Responda, expresando su opinión.

¿Tuvo la religión de los indios alguna influencia en el protestantismo de las colonias inglesas? Explique.

La Iglesia católica aún domina la plaza central de muchas ciudades como se ve aquí en la Plaza de Armas de Lima. ¿Qué efecto tendrá esta ubicación sobre la gente que pasa mucho tiempo en la plaza?

IV. La Iglesia de hoy

Las visitas del Papa Juan Pablo II a España y a Hispanoamérica mostraron el gran cariño° del pueblo hispánico por la Iglesia como institución. Al mismo tiempo algunos critican al Papa por no tomar una posición social más avanzada°.

La Iglesia en Hispanoamérica se ha aliado° tradicionalmente con las clases altas, pero en el siglo XX se vieron algunas excepciones. El padre Camilo Torres en Colombia llegó a dejar el sacerdocio° y a unirse a los guerrilleros de su país. Según su criterio°, con tales condiciones de pobreza y miseria, es un pecado° no ser revolucionario. Existe el concepto de la «teología de la liberación» que declara que una obligación de la Iglesia y de los curas es ayudar a los pobres y obrar a favor de la justicia social. El concepto ha ganado apoyo en varios países —en Nicaragua algunos curas sirvieron en el gobierno sandinista.

La idea del «cura rebelde» no es un fenómeno nuevo. Fueron dos curas, el padre Hidalgo y el padre Morelos, los que proclamaron la independencia de México en 1810.

Aunque cuando se habla de religión en el mundo hispánico casi siempre se habla de la Iglesia católica, hay otras religiones que se practican también. Se calcula° que el número de personas que profesan una religión protestante ha llegado a un 12% y, puesto que los católicos no van a misa tan frecuentemente, algunos dicen que en un domingo dado hay más protestantes en las iglesias que católicos. En las regiones con influencia africana —el Brasil, la región del Caribe— se encuentra una fuerte presencia de religiones africanas, tales como la *santería* en las islas del Caribe. A veces las religiones

affection

advanced

allied

5

priesthood
opinion
sin

10

15

It is estimated

20

5 africanas y el catolicismo se han unido en una forma sincrética[5] en que aspectos de las dos religiones se mantienen en una nueva forma mezclada. Estas religiones africanas tienen algunas de las mismas características del catolicismo en que tienen fuertes influencias culturales y mucha gente que no se considera religiosa muestra dicha influencia. En el caso de las religiones
10 africanas, por ejemplo, mucha gente utiliza las hierbas° medicinales de la santería sin pertenecer° formalmente a la religión.

Algunos observadores atribuyen la canonización de Juan Diego a un deseo de parte de la Iglesia de comunicarse con los pueblos indígenas de Hispanoamérica y de parar la pérdida de feligreses°.
15 Es evidente que una Iglesia más activa en ayudar con los problemas —la pobreza, el desempleo, la división entre los ricos y los pobres— va a ganar más adherentes en el siglo XXI, especialmente de entre la clase media que crece con cierta rapidez y que exige de la institución religiosa algo más que el elemento espiritual.

[5] **sincrética** Syncretism is the combining of two religions (or philosophies) into a new form containing elements of both of the original components.

Comprensión

3-8 Responda según el texto.

1. ¿Qué posición política ha tomado la Iglesia tradicionalmente en Hispanoamérica?
2. ¿Por qué dejó el sacerdocio Camilo Torres?
3. ¿Qué significa la «teología de la liberación»?
4. ¿Quiénes fueron dos curas rebeldes del pasado?
5. ¿Qué otras religiones además del catolicismo se encuentran en Hispanoamérica?
6. ¿Qué motivo pudo tener el papa para canonizar a Juan Diego?
7. ¿Qué grupo social exige una Iglesia más activa en la sociedad?

Opiniones

3-9 Responda con su opinión personal.

1. ¿Tienen las iglesias en general más obligación de ayudar a los pobres? ¿Por qué?
2. ¿Cuál debe ser el papel de la religión en la sociedad norteamericana? ¿Se deben permitir las oraciones *(prayers)* en la escuela?

Videomundo: santería/espiritismo

(La botánica yoruba: 1:19:55–1:25:16)

> 1. ¿Qué ejemplo de sincretismo menciona el Sr. Rivera?
> 2. ¿Para qué son las velas que vende?
> 3. ¿Qué es una *botánica?*
> 4. ¿Qué vende Bobby Céspedes en su botánica?
> 5. ¿Para qué llevan algunos una piedra en el bolsillo?

A explorar

3-10 Ejercicios de vocabulario. En grupos de dos o tres personas hagan las siguientes actividades.

A. Busquen 10 palabras en el texto que sean similares en forma y significado a sus equivalentes en inglés.

B. Utilizando los ejemplos de las palabras entre paréntesis, den las palabras equivalentes en español.

Modelo (institución) identification *identificación*

1. (romano) human _____
2. (historia) memory _____
3. (católico) romantic _____
4. (existencia) independence _____
5. (realidad) humanity _____

C. Completen los grupos siguientes.

1. establecer	**establecimiento**	4. organizar	**organización**
ofrecer	_____	participar	_____
_____	**conocimiento**	_____	**modificación**
2. importancia	**importante**	5. desarrollo	**desarrollar**
decadencia	_____	apoyo	_____
_____	**presente**	_____	**desear**
3. pena	**penoso**		
fama	_____		
_____	**maravilloso**		

D. Completen las oraciones siguientes con la forma correcta de la palabra entre paréntesis.

Modelo (establecer) El <u>establecimiento</u> de las misiones en el Nuevo Mundo era una tarea importante.

1. (presente) La Iglesia ha mantenido una _____ fuerte en el mundo hispánico.
2. (fama) El Papa es un ser muy _____ en el mundo.
3. (modificación) Es obvio que vamos a _____ el sistema.
4. (desear) ¿Cuál es tu _____ principal en la vida?

3-11 Puntos de contraste cultural. En grupos de dos o tres personas contesten las siguientes preguntas.

1. En cuanto al papel de la religión en la sociedad, ¿qué diferencias hay entre el mundo hispánico y los Estados Unidos?
2. ¿Por qué no tiene la Iglesia tanto poder en los Estados Unidos como en el mundo hispánico?
3. ¿Qué prefiere Ud., la religión misteriosa y dramática o la religión más racional y clara? ¿Por qué?
4. ¿Prefiere Ud. las iglesias modernas y sencillas o las antiguas y tradicionales? ¿Por qué?

3-12 Debate. Organice dos equipos para que ataquen o apoyen esta resolución.

Es preferible que haya una religión dominante en una sociedad porque crea una unidad más fuerte.

3-13 El arte de escribir: la enumeración. Una actividad común en la preparación para escribir sobre un asunto es el hacer una lista de los detalles que se incluirán en la composición. Después, estos detalles se pueden manipular: se ponen en orden cronológico, de importancia o en otro orden lógico.

Después de ordenar los detalles se puede crear un bosquejo *(outline)* formal o proceder a escribir, utilizando la lista como bosquejo. Por ejemplo, una lista de los detalles de una composición sobre el verano pasado podría incluir los siguientes elementos.

Trabajé en un banco.
Fui cajero(a) *(teller).*
Gané poco dinero.
Iba de compras de vez en cuando.
Compré una camisa nueva un día.
Iba al cine por la noche frecuentemente.
Vi una película con Hugh Grant.
A veces salía con mis amigos.
Fuimos a una fiesta en casa de José.
Durante el mes de agosto viajé con mis padres.
Fuimos a México…

Los detalles entonces se pueden elaborar según quiera el autor. Es importante examinar con cuidado el nivel de importancia para hacer los párrafos más o menos iguales en importancia. Con los compañeros de clase, decidan Uds. los niveles de los detalles anteriores *(above)*. Márquenlos con números de acuerdo con su importancia. Usen el número 1 para los más esenciales.

Ahora haga una lista de lo que Ud. va a hacer el verano que viene. Después, marque las oraciones con números que indiquen su importancia.

3-14 Ejercicios de composición dirigida. Haga Ud. las siguientes actividades.

A. Utilizando una frase de cada columna, forme oraciones completas según el texto.

El anticlericalismo	revelaban	religiosas.
Muchas fiestas	dar a los hijos	cierto fatalismo.
Es costumbre	son	central en la sociedad hispánica.
La religión	ha sido	una corriente política especial.
Las religiones indígenas	ocupa un lugar	nombres de personajes sagrados.

B. Complete las oraciones siguientes de acuerdo con las lecturas.

1. Además de la lengua, los romanos dieron a España…
2. El poder económico de la Iglesia es importante en Hispanoamérica porque…
3. En algunos países en vez del cumpleaños es costumbre celebrar…
4. Las iglesias muestran el gusto del hombre hispánico por…
5. Entre los indígenas los dioses fueron sustituidos por…

3-15 Situación. Imagínese que Ud. tiene un hijo de dieciocho años. Él ha decidido afiliarse a *(to join)* un grupo religioso. El grupo se considera un poco esotérico y todos los miembros deben entregarle todas sus posesiones personales a la iglesia y tienen que vivir en la iglesia con los otros miembros. ¿Cómo reaccionaría Ud.? ¿Qué le diría a su hijo?

Aspectos de la familia en el mundo hispánico

Lecturas culturales

◄ Estas personas se están divirtiendo en una comida familiar. ¿En qué día de la semana ocurriría esta escena?

Lecturas culturales

Enfoque

any · *role* · *on a small scale; ties* · *spheres*

Una de las características más interesantes de cualquier° cultura es la estructura de la familia y su papel° en la sociedad. Se podría decir que la familia representa los valores de la sociedad en menor escala°. En el mundo hispánico los lazos° familiares muestran rasgos importantes para la comprensión de la cultura. La preocupación por la familia se extiende a casi todas las esferas° de la vida y en muchos casos es el sentimiento fundamental del individuo.

Los ensayos que siguen describen algunos aspectos de la familia en el mundo hispánico, especialmente aquéllos que son diferentes de los rasgos típicos de la familia de los Estados Unidos. Claro está, estos rasgos son semejantes a los de las familias hispánicas que viven en los Estados Unidos.

Vocabulario útil

Estudie estas palabras antes de leer los ensayos.

Verbos

adquirir (ie) *to acquire*
heredar *to inherit*
relacionarse con *to be related to (but not in the sense of kinship)*
sugerir (ie) *to suggest*
tratar de *to deal with, to try to*

Sustantivos

la empresa *enterprise, business*
la estructura *structure*
el (la) heredero(a) *heir, heiress*
el hogar *home, hearth*
el matrimonio *married couple*
la nuera *daughter-in-law*
los padrinos *godparents*
el (la) pariente *relative*
la perspectiva *prospect*
la preocupación *concern, worry*
el promedio *average*
la propiedad *property*
el (la) propietario(a) *property owner*
el rasgo *trait, characteristic*
el sentido *sense*
el valor *value*
el yerno *son-in-law*

Otras palabras y expresiones

contra *against*
familiar *(adj.) family; (n.) family member*
menor *smaller, lesser, younger (with people)*

Para practicar

Trabajen en parejas, o como indique su profesor(a), para hacer y contestar estas preguntas, usando el vocabulario de la lista para saber algo sobre sus compañeros de clase.

1. ¿Tienes hermanos? ¿Cuántos? ¿Son mayores o menores? ¿Qué edad tienen?
2. ¿Tus padres sugieren que tomes ciertas clases? ¿Tratan de convencerte para que escojas cierta especialización?
3. ¿Tus padres se preocupan por el hecho de que hayas salido de tu casa familiar? ¿Cómo respondes a sus preocupaciones?
4. ¿Piensas que tu casa familiar seguirá siendo tu hogar, aun después de casarte?
5. ¿Tu familia celebra los días de fiesta en forma familiar? ¿Cómo celebran algunos días de fiesta?
6. ¿Qué valores personales has heredado de tu familia o de algún pariente? ¿Hay algunos rasgos comunes en tu familia? ¿Cuáles has adquirido?
7. ¿Tienes padrinos? ¿Tienes cuñados? ¿Hay yernos o nueras en tu familia? Si los hay, ¿se consideran ellos parte de la familia?

Anticipación

4-1 Trabajen en grupos de dos o tres. Antes de comenzar la lectura, hagan una lista de los rasgos típicos de la familia de los Estados Unidos. Prepárense para presentarle su lista de ideas a la clase.

I. Los lazos familiares

En el poema épico *Cantar de Mío Cid,*[1] del siglo XII, considerado como la primera obra de este genero en la literatura española, su protagonista, el Cid, además de guerrero valiente°, es también padre de familia. Parte del poema trata de cómo el Cid venga° una ofensa cometida contra sus hijas. En la
5 literatura española siempre ha existido mucha preocupación por el honor del individuo. Este honor está relacionado con los miembros de la familia; así que la manera más hiriente° de atacar verbalmente a alguien es por medio de° una ofensa a un familiar. La peor ofensa que se le puede hacer a una persona es insultar a su madre.

10 En la época moderna, se puede observar lo mismo en ciertos fenómenos lingüísticos. Los insultos más graves° tienden a implicar a los miembros de la familia del insultado. En el poema *Martín Fierro,* del siglo XIX, un gaucho° trata de insultar a otro ofreciéndole un vaso de aguardiente°:

«Diciendo: ‹Beba, cuñao,›
15   ‹Por su hermana; contesté,
Que por la mía no hay cuidao.› »[2]

Si se examina la sociedad contemporánea se puede ver cómo el sentimiento familiar ejerce una gran influencia en casi todas las instituciones sociales.

brave warrior (line 3)
avenges (line 4)
hurtful (line 7)
by means of (line 7)
serious (line 11)
cowboy (Arg.) (line 12)
liquor (line 13)

[1] ***Cantar de Mío Cid*** National epic of Spain, written about 1140 to glorify the deeds of the Spaniards in the Reconquest of the peninsula from the Moors. *El Cid* lived from about 1030 to 1099.

[2] ***Martín Fierro*** Narrative poem by the Argentinean José Hernández, written in 1872. The poem is a classic study of the gaucho in his struggle against the move of civilization into the pampas. The quote says: "Drink, brother-in-law." "It must be because of your sister, 'cause I'm not worried about mine." To call a stranger *cuñado* implies some kind of intimacy with his sister. The ultimate insult of this type is *«Yo soy tu padre.»*

Comprensión

4-2 Responda a las siguientes preguntas según el texto.

1. ¿Qué es el *Cantar de Mío Cid* y qué tiene que ver con la familia en el mundo hispánico?
2. ¿Cuál es una manera común de ofender a una persona?
3. ¿Quiénes son y dónde viven los gauchos?

Opiniones

4-3 Responda a las siguientes preguntas, expresando su opinión personal.

1. ¿Cómo es su familia?
2. ¿Cuántos miembros hay en total?
3. ¿Es Ud. el (la) menor o el (la) mayor de sus hermanos?
4. ¿Conoce a sus tíos? ¿a sus primos?
5. ¿Dónde viven sus parientes? ¿Los ve frecuentemente? Explique.

II. La familia y la política

En la política, muchas veces los lazos familiares determinan las alianzas con más fuerza que la ideología o el partido°. Aún más importante es la práctica del nepotismo en las burocracias. Esta práctica, que se prohíbe generalmente en los Estados Unidos por ser ineficaz° e injusta°, es más común (y menos censurada) en el mundo hispánico. Además, las prohibiciones tienen poco efecto porque nadie puede negar° que la lealtad° y las obligaciones hacia la familia son más importantes que otras consideraciones.

En el campo, los grandes propietarios han seguido tradicionalmente otra práctica que influye en las relaciones familiares —el mayorazgo. Esta práctica le da al hijo mayor toda la propiedad de la familia en vez de dividirla entre todos los hijos. El hijo mayor tiene la obligación de mantener y de cuidar a los otros hijos si ellos así lo desean. La casa familiar es considerada como el hogar de los hijos, los yernos y las nueras, durante toda la vida. En las haciendas muy tradicionales es común encontrar juntos a varios matrimonios y a varias generaciones. Esta organización social también se encontraba en el sur de los Estados Unidos antes del siglo XX.

Cuando oímos hoy que hay una gran necesidad de reforma agraria en El Salvador, observamos cómo la práctica del mayorazgo ha creado una concentración de la tierra en manos de unas pocas familias.

Ha habido muchos casos históricos y literarios de segundones° resentidos° por falta de perspectivas, a no ser° la de casarse con la hija de otra familia sin herederos varones°.

political party

inefficient; unfair

to deny; loyalty

second sons
resentful; except
male

Comprensión

4-4 Complete las oraciones según el texto.

1. Las alianzas políticas frecuentemente se basan más en _____ que en _____.
2. Bajo el sistema del mayorazgo, el hijo mayor hereda _____.
3. Sus obligaciones incluyen _____.
4. Un resultado negativo del mayorazgo ha sido _____.

Opiniones

4-5 Responda a las siguientes preguntas con su opinión personal.

1. ¿Le parece bueno o malo el sistema del mayorazgo? Explique.
2. ¿Vota Ud. igual que sus padres? ¿Por qué sí o por qué no?
3. ¿Acepta Ud. el nepotismo? ¿En qué tipos de empleo? ¿Por qué?

III. La familia y la sociedad

Un gran número de acontecimientos sociales son de tipo familiar. En los días de fiesta y los domingos las familias frecuentemente se reúnen en la casa de algún pariente, o bien° en un restaurante de tipo familiar. Estas fiestas se caracterizan por la presencia de los niños y los abuelos.

5　　　Atrae la atención del norteamericano la presencia de los niños en casi todas las fiestas[3] y el hecho de que los niños se ven en la calle con sus padres hasta las once o doce de la noche. Están acostumbrados a participar con los adultos en las bodas°, los bautismos y las fiestas públicas como los desfiles. Igualmente, en las fiestas de cumpleaños o del día del santo de un niño se
10　encuentran todos los padres, y aun los abuelos, de los amiguitos del niño. Así que desde muy pequeños, participan en la vida social de la familia. Así aprenden continuamente a comportarse° en la sociedad. Están acostumbrados a tratar con personas de diferentes edades —abuelos, padres y hermanos mayores—, desarrollando así una actitud de respeto que mantienen también
15　cuando son adultos. En lugares públicos, como el cine o los bailes, se ven grupos de personas de diferentes edades. Hay menos tendencia a agruparse° según la edad, como en la sociedad norteamericana. Por eso, también es menos molesto° llevar a la mamá o al hermano menor cuando dos jóvenes van al cine.[4]

20　　　No es raro encontrar a los abuelos, a los padres y a los hijos junto con algún tío o tal vez un primo viviendo en la misma casa. Los sociólogos han observado varias ventajas° en esta situación. Una de ellas es que los niños tienen más personas que los cuiden, y por eso no necesitan tanta atención individual. También tienen más de un modelo y si, por desgracia°, pierden a
25　uno de los padres, hay otros adultos presentes. Con tantas personas en casa no es necesario pagarle a nadie de afuera° para cuidar a los niños —la palabra *baby-sitter* no tiene equivalente exacto en español, sin embargo, los cambios que ocurren en la sociedad causan que cambie el idioma. La palabra *niñera* se usa hoy aunque su sentido original era *nursemaid*. Las tareas domésticas se
30　comparten° y son menos pesadas°. Las desventajas de esta convivencia son, para los adultos, una falta completa de vida privada, y para los niños, una falta de independencia, que se advierte más tarde en sus acciones y su personalidad de adultos.

　　　Una costumbre que muestra la importancia del lazo familiar es la de
35　incluir a todos los parientes, aun los más lejanos°, en lo que se considera la familia. Si llega un primo al pueblo desde otro lugar, se le trata como miembro de la familia local y tiene los derechos° y privilegios correspondientes. Los esposos de los hijos, los yernos y las nueras también son parte de la familia. El yerno especialmente llega a ser miembro de la familia de su esposa

or perhaps

weddings

to behave

to gather

bothersome

advantages

unfortunately

from outside

are shared; troublesome

distant

rights

---

[3] The cocktail party *(el cóctel)* purely for adults is a fairly recent phenomenon in urban areas. Children are not likely to attend these.

[4] The custom of having a chaperone accompany young people on a date is rapidly disappearing. In more traditional rural areas, however, it still is not unusual to see a young couple on a trip to the movies along with a mother or a sibling. Since much social activity occurs in groups the issue of having a chaperone doesn't actually arise very often.

40 mientras la nuera mantiene lazos con sus dos familias. Sus hijos, en las familias tradicionales, sienten frecuentemente el peso de los parientes de las dos familias de sus dos padres. Este sentimiento de unidad es bastante fuerte en la familia y muchas veces domina la vida del individuo.

Como en toda sociedad católica, los padrinos asumen serias obligaciones
45 hacia los niños en caso de la ausencia de los padres. Es verdaderamente un
chosen honor ser elegido° padrino y ser considerado como un miembro de la familia.

Comprensión

4-6 Según el texto, ¿cuáles de estas oraciones describen la situación del niño en la sociedad hispánica? Cambie las oraciones incorrectas.

1. Van generalmente a las fiestas de sus padres.
2. Tienen más modelos de conducta.
3. Generalmente mucha gente desconocida cuida a los niños.
4. Frecuentemente tienen poca vida privada.
5. Aprenden a ser muy independientes como adultos.

Opiniones

4-7 Responda a las siguientes preguntas personales.

1. ¿Incluye Ud. a los parientes lejanos en su familia?
2. ¿En qué se diferencian las fiestas de cumpleaños hispánicas de las norteamericanas?
3. Cuando era pequeño(a), ¿asistía Ud. a las fiestas de sus padres? ¿Por qué sí o por qué no?

Esta familia española asiste a la primera comunión de una de las chicas.
¿Quiénes pueden ser todos estos individuos?

IV. El significado de la familia

En la familia inmediata o «nuclear» (padre, madre e hijos), es notable el papel del padre. Aunque tradicionalmente el hombre ha dominado en el hogar, él siempre ha tenido un contacto constante e íntimo con sus hijos. Aunque su «machismo» le impide cocinar o lavar la ropa, no por eso deja de *pride* 5 cuidar a sus niños con dedicación y orgullo°. El orgullo por los hijos es algo *stands out* que se destaca° en la sociedad hispánica y que tal vez ha contribuido a mantener fuerte el sentido de la familia.

Este orgullo también contribuye a crear uno de los problemas más graves *uncontrolled growth* de Hispanoamérica: el crecimiento desenfrenado° de la población, que frustra *Besides* 10 los esfuerzos del progreso social. Además de° la prohibición religiosa de los *birth* métodos artificiales de control de la natalidad°, hay obstáculos sociales y personales que hacen difícil que la gente acepte tales procedimientos. El tamaño de la familia es prueba de la masculinidad paterna y la feminidad materna. También representan un tipo de seguro contra la pobreza de algunos *survey* 15 padres sin otras perspectivas para la vejez. Una encuesta° reciente hecha en varias ciudades hispanoamericanas con el propósito de averiguar° las *find out* opiniones femeninas sobre el número ideal de hijos produjo el promedio general de 3,4 hijos. Los promedios de las diferentes ciudades quedaban entre 2,7 y 4,2. Se estima que el promedio efectivo en las mismas ciudades es de 3,7 20 hijos por familia. En las regiones rurales, también entran las cuestiones *worker* económicas: el hijo es mano de obra°. Sin embargo, en varios países hispánicos se han organizado campañas oficiales dedicadas al control de la natalidad debido a los efectos económicos negativos creados por el gran *birth rate* aumento de la población. En México, por ejemplo, la tasa de natalidad° ha 25 bajado de 7 hijos por mujer a 2,5 hijos en el último medio siglo y el Brasil ha tenido una experiencia semejante.

La familia también es importante para el desarrollo del individuo. La familia existe siempre como un grupo ya constituido, lleno de tradición y significado. El niño adquiere la conciencia de pertenecer° a un grupo sin *to belong* 30 peligro° de ser expulsado° y sin tener que probar nada más que su lealtad. *danger; to be expelled* Claro que la familia no aprueba° todo lo que hacen sus miembros; sin *approve* embargo, puede tolerarles casi todo. Es decir que, por malo que sea° el *no matter how bad he may be* individuo, siempre está ligado a la familia por lazos de sangre°. La familia es *blood* un grupo que ofrece protección, consuelo° en los fracasos° y calor y *consolation; failures* 35 comprensión contra la soledad. Todo esto da un sentido de seguridad que a veces restringe° el desarrollo sicológico y resulta en una tendencia a depender *restricts* demasiado de la familia. Es frecuente el caso de que alguien, por no querer dejar a la familia, rechace° oportunidades de trabajo y no vaya a vivir a otra *rejects* parte. El concepto de la sociedad móvil no se ha establecido bien en el mundo 40 hispánico.

Es obvio que la familia ocupa un lugar muy importante tanto en la sociedad como en la vida del individuo. Muchas veces determina la posición del individuo en la sociedad, porque el niño hereda el buen nombre familiar *goods* además de los bienes° materiales. Además, ejerce una fuerza moral bastante *since* 45 efectiva, puesto que°, junto con la buena fama, uno hereda la obligación de mantenerla.

El equivalente sudamericano del *«pony ride»* tradicional. ¿Cuál parece ser la reacción del niño ante la idea de montar en la llama?

Comprensión

4-8 Decida si las siguientes oraciones son verdaderas o falsas, según el texto. ¿Cómo se pueden corregir las que son falsas?

1. El padre hispánico no quiere contacto con sus hijos.
2. El aumento de la población ha sido tradicionalmente un gran problema en algunos países hispánicos.
3. La familia generalmente apoya a sus miembros.
4. La sociedad hispánica es muy móvil.
5. La familia ejerce una fuerza moral notable.

Opiniones

4-9 Responda a las siguientes preguntas personales.

1. ¿Piensa Ud. tener una familia grande o pequeña en el futuro?
2. ¿Sabe Ud. qué piensan los amigos de la clase de español sobre el tamaño de la familia ideal?
3. ¿Cuándo piensa Ud. casarse o cuándo se casó?
4. ¿A Ud. le importa separarse de su familia para buscar trabajo? ¿Por qué?

V. La familia contemporánea

Claro que en la sociedad contemporánea la familia hispánica sufre algunas de las mismas tensiones que las de las familias norteamericanas. En las grandes ciudades la familia tiene que enfrentarse a corrientes sociales continuas que tienden a cambiar el sistema familiar. Hay muchas familias
5 donde los dos padres trabajan fuera del hogar, ya sea° por motivos económicos o profesionales. La estructura tradicional —el padre que trabaja fuera, la madre que trabaja en casa— va desapareciendo° en los centros urbanos. El tamaño promedio de las familias urbanas está disminuyendo°. El divorcio, permitido en algunos países pero no en otros, crece también en el mundo
10 hispánico como en los Estados Unidos. Los artículos siguientes muestran algunas tendencias recientes en España que se relacionan con el futuro de esta institución fundamental.

Demografía: Estadísticas de Eurostat

15 Es un asunto recurrente pero cada año adquiere tintes más llamativos°. Los europeos tienen cada vez menos° hijos y, en el futuro, la tasa de natalidad caerá todavía más. Si la tendencia es general, los italianos y los españoles son los que muestran menos interés en ser padres. Todos estos datos figuran en la estimación de natalidad que Eurostat, la oficina estadística de la Comisión
20 Europea, acaba de dar a conocer para el año pasado.

En 1998 nacieron 4,01 millones de niños en la Unión Europea, tan pocos como en 1995, el peor año desde la II Guerra Mundial.

El incremento natural de la población (nacimientos menos fallecimientos°) fue de tan sólo 320.000 personas en el conjunto de los Quince
25 [naciones miembros de la UE], muy ligeramente° superior al del año 1995.

A diferencia, sin embargo, de lo que ocurrió a mediados de° la década de los noventa, los expertos en demografía no prevén° que en los próximos años se produzca un repunte° de la natalidad sino todo lo contrario.

30 «Baby boom»

La razón es sencilla: en breve saldrán de la etapa de máxima procreación las mujeres que vinieron al mundo durante el llamado *baby boom* de mediados de los sesenta —en aquellos años nacían 50% más de niños que hoy en día— y serán sustituidas por las que nacieron entre 1965 y 1975, mucho menos
35 numerosas que las anteriores.

Este relevo° hace prever, explica François Bovagnet, analista demográfico de Eurostat, que el incremento natural en la UE declinará hasta ser nulo° en torno al 2010.

Hacia el 2020 será incluso negativo a menos que los gobiernos adopten
40 medidas que estimulen la natalidad.

Cuatro países de la UE se encuentran ya en esa situación de crecimiento natural negativo (Alemania, Italia, Suecia° y Grecia).

En Italia en 1998 sólo hubo 9,2 nacimientos por mil habitantes. En España la cifra° fue de 9,3 y en Grecia de 9,4. Entre los *farolillos amarillos*°
45 está también Alemania porque sólo se registraron 9,5 nacimientos por mil habitantes.

La católica Irlanda sigue siendo la más prolífica, con 14,1 nacimientos por mil habitantes, seguida por Francia y Holanda (12,7 por mil). [El número en los Estados Unidos es 14.4/1000.]

El País Internacional (Madrid)

Vivir con mamá y con papá

shared Custodia compartida°. Los padres separados han retomado con fuerza esta
claim reivindicación° para lograr que sus hijos vivan el mismo tiempo con ellos que
55 con sus madres. Es una demanda antigua. Diez años después de que fuera aprobada la Ley de Divorcio de 1981, los separados con problemas de entendimiento con sus ex esposas comenzaron a dirigir campañas en defensa
obstacles de la custodia compartida: se quejaban de las trabas° maternas para poder ver
nonpayment; support payments; is a sus hijos. El impago° de las pensiones° por parte del padre suele ser° la
customarily
60 causa alegada por la madre que obstaculiza el calendario de visitas.

draw up [Los padres han] llegado a elaborar° una proposición de proyecto de ley
living together que contempla la igualdad en los tiempos de convivencia° y los mismos derechos y obligaciones del padre y la madre hacia el menor. «La Constitución no permite discriminación de género», subraya Alejandro Urcera,
65 presidente de la organización SOS Papá, «pero los jueces dan la custodia a las madres sistemáticamente».

Estas batallas son de ámbito mundial. Los países nórdicos han legalizado la custodia compartida. Hace unos meses, en Francia, una ley dio al juez la
power to grant shared guardianship potestad de otorgar la tutela compartida° como consecuencia de las múltiples
70 protestas de las asociaciones de padres.

Diario El País (Madrid)

Es importante recordar que el grupo básico al que pertenece el individuo hispánico es su familia. Ésta inspira una lealtad más fuerte que cualquier otra.
75 Para la mayoría de la gente, la familia está antes que el empleo, el partido
comfort político o la comodidad° personal.

essayist El ensayista° mexicano Octavio Paz dice lo siguiente: «La familia es una
hearth realidad muy poderosa. Es el hogar° en el sentido original de la palabra:
at once centro y reunión de los vivos y los muertos, a un tiempo° altar, cama donde se
fire; ashes
80 hace el amor, fogón° donde se cocina, ceniza° que entierra a los antepasados… La familia ha dado a los mexicanos sus creencias, valores y conceptos sobre la vida y la muerte, lo bueno y lo malo, lo masculino y lo
what should not be done femenino, lo bonito y lo feo, lo que se debe hacer y lo indebido°.»[5]

[5] Octavio Paz (1914–1998), *El ogro filantrópico* (Mexico: Joaquín Mortiz, 1979), p. 23. Paz, winner of the 1990 Nobel Prize for literature, is one of the best-known essayists in Mexico. His book *El laberinto de la soledad* (trans. *The Labryinth of Solitude,* Grove Press, N.Y., 1961) contains some interesting insights into the Mexican character, most of which also apply to the Hispanic character. The book cited here contains an update of many of the points made in the earlier book.

Comprensión

4-10 Responda según el texto.

1. ¿Qué tensiones sufre la familia contemporánea?
2. ¿Dónde son más comunes estas tensiones?
3. ¿Dónde está disminuyendo el tamaño promedio de las familias?
4. ¿Por qué no se espera un aumento en la tasa de natalidad europea en el futuro?
5. ¿Cuáles son los tres países europeos de menos nacimientos por mil mujeres?
6. ¿Qué proyecto de ley han elaborado los padres separados españoles?

Opiniones

4-11 Responda a las siguientes preguntas personales.

1. ¿Cuántas personas viven en su casa?
2. ¿Ha vivido Ud. alguna vez con muchos parientes?
3. ¿Cree que sería una ventaja o una desventaja vivir con los parientes? Explique.
4. ¿Cree Ud. que en los casos de divorcio los padres deben ser tratados igual que las madres?

Videomundo: Fiestas y festivales (1:25:24–1:28:20)

«El día de Reyes en Valencia». Mire el segmento y conteste estas preguntas sobre la fiesta en Valencia.

1. ¿Cuándo celebran el día de Reyes en España? ¿Cómo se relacionan los Reyes Magos con la Navidad?
2. ¿Por dónde pasa y dónde termina el desfile de Reyes? ¿Parece que los niños salen de noche para ver el desfile?
3. Además de las carrozas de los Reyes Magos, ¿qué otros elementos participan en el desfile?
4. ¿Dónde reciben los niños los regalos de Navidad?
5. ¿Cuándo y para qué se reúne toda la familia?

Adoración de los reyes magos, Anónimo

A explorar

4-12 Ejercicios de vocabulario. En grupos de dos o tres personas hagan las siguientes actividades.

A. Complete según los modelos.

> **Modelo** justo *injusto*
>   probable *improbable*

1. eficaz   _____
2. _____   innecesario
3. ofensivo   _____
4. _____   inútil
5. posible   _____
6. _____   infrecuente
7. cómodo   _____
8. _____   impersonal

> **Modelo** gracia *desgracia*

1. conocido   _____
2. _____   desventaja
3. acostumbrado   _____
4. _____   desligar
5. aparecer   _____
6. _____   descuidar

> **Modelo** costumbre *acostumbrarse*

1. grupo   _____
2. _____   apoderarse
3. socio   _____
4. asombro   _____

B. Defina las siguientes palabras en español.

1. el padre   **4.** la madrina
2. el tío   **5.** la hermana
3. el primo   **6.** la abuela

4-13 Puntos de contraste cultural. En grupos de dos o tres personas contesten las siguientes preguntas.

1. ¿Qué diferencias se pueden observar entre la familia del mundo hispánico y la de los Estados Unidos?
2. ¿Cuáles son las diferencias en la actitud familiar hacia los niños?
3. ¿Cree Ud. que es bueno incluir a los niños en las fiestas de adultos?
4. ¿Cómo ha cambiado el concepto estadounidense de la familia en las últimas décadas? ¿Qué opina de estos cambios?

4-14 Debate. Organice dos equipos para que ataquen o apoyen esta resolución.

Es irresponsable tener más de tres hijos cuando hay un exceso de población.

4-15 El arte de escribir cartas. Todos tienen que escribir una carta de vez en cuando. A veces es una carta formal, por ejemplo, una carta comercial. Otras veces, es una carta familiar. Como preparación hay que pensar en lo que se quiere escribir o preguntar —tal vez apuntarlo para no olvidar nada. Aquí hay unas frases útiles.

Para comenzar:

6 de octubre de 2004
Querida mamá: *Dear Mom,*
Queridos padres: *Dear Mom and Dad,*

Y para terminar:

Reciba(n) un abrazo (beso) de su ____,   *Receive a hug (kiss) from your ____,*
Les manda muchos besos su ____,   *Many kisses from your ____,*

Ahora escríbale Ud. una carta a un miembro de su familia contándole algunas cosas de su vida y preguntándole sobre la suya.

4-16 Ejercicios de composición dirigida. Haga las siguientes actividades.

A. Complete las oraciones, utilizando las palabras entre paréntesis.

1. Se podría decir que la familia… (sociedad, valores, escala, representa, menor)
2. Los insultos más graves… (familia, insultado, suelen, implicar, miembros)
3. La casa familiar… (considerada, hogar, siempre, casados, después, hijos, es)
4. El niño se acostumbra… (bodas, participar, adultos, con, ocasiones, otras, como, bautismos, fiestas)
5. La familia existe… (grupo, significado, tradición, lleno, hecho, siempre, como)

B. Complete las oraciones desde un punto de vista personal.

1. El nepotismo es malo porque…
2. El mayorazgo no se debe practicar porque…
3. Para que aprendan a tratar con los adultos, es importante que los niños…
4. Las familias grandes ofrecen estas ventajas…
5. La movilidad de la sociedad norteamericana tiene el efecto de…

4-17 Situación. Imagine que Ud. es propietario(a) de una empresa mediana de 100 empleados. Su hijo de veinticinco años trabaja para Ud. desde hace tres años, pero ahora es obvio que él hace un trabajo pésimo y ya Ud. le ha hablado sobre el asunto cinco o seis veces. Ahora tiene que decidirse. ¿Qué le va a decir Ud.?

El hombre y la mujer en la sociedad hispánica

Lecturas culturales

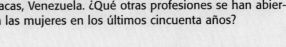

◄ Esta mujer compra y vende acciones en la bolsa de Caracas, Venezuela. ¿Qué otras profesiones se han abierto a las mujeres en los últimos cincuenta años?

Lecturas culturales

Enfoque

western

Como en todo el mundo occidental°, en la sociedad hispánica existe una larga tradición de orientación masculina. Durante la mayor parte de la historia de la civilización hispánica, el hombre había dominado en casi todas las esferas de la vida. Aunque ha habido progreso hacia° la igualdad en las ciudades, la situación ha cambiado menos fuera de° los centros urbanos. En los países hispánicos ha existido y existe una división clara entre los derechos, privilegios y obligaciones de cada sexo. Esta unidad describe esta tradición masculina y algunas de sus manifestaciones.

toward
outside of

Vocabulario útil

Estudie estas palabras antes de leer los ensayos.

Verbos
asistir *to attend*
desaparecer *to disappear*
encabezar *to head, run*
evitar *to avoid*
favorecer *to favor*
mejorar *to improve*
referirse a (ie) *to refer to*
resolver (ue) *to resolve*

Sustantivos
el apellido *surname*
el derecho *right*
el (la) esposo(a) *spouse*
la igualdad *equality*

Adjetivos
consciente *conscious*
largo(a) *long*
único(a) *only, unique*
vestido(a) *dressed*

Otras palabras y expresiones
a pesar de *in spite of*
bastante *(adv.) quite, very*
ha habido *there has (have) been*
la mayor parte *the greater part, the majority*
por un lado *on the one hand*
toda una serie *a whole series*

Para practicar

Trabajen en parejas, o como indique su profesor(a), para hacer y contestar estas preguntas, usando el vocabulario de la lista para saber algo sobre sus compañeros de clase.

1. ¿Crees que debes hacer algo para mejorar las relaciones entre los hombres y las mujeres o crees que los problemas desaparecerán solos?
2. ¿Asistes a partidos de deportes entre equipos de mujeres? ¿Favoreces la igualdad absoluta entre los programas de deportes de hombres y mujeres?
3. ¿Conoces a alguien que tenga un apellido con guión? ¿Cómo sería tu nombre si usaras guión? ¿Quién debe tener el derecho de decidir qué apellido vas a usar?
4. ¿Es la mayor parte de la literatura que lees escrita por hombres y mujeres o tratas de evitar la de uno u otro?
5. ¿Prefieres salir (al cine o a bailar, etcétera) con una persona o con grupos de amigos? ¿Por qué?
6. ¿Hay mujeres que encabezan facultades en tu universidad? ¿Cuáles son?

Anticipación

5-1 Trabajen en grupos de dos o tres. Antes de comenzar la lectura, hagan Uds. una lista de las situaciones sociales donde existe la discriminación sexual y prepárense para presentarle su lista a la clase.

I. Los nombres hispánicos

El sistema de apellidos refleja la influencia masculina. Los hijos llevan los apellidos del padre y de la madre, pero el del padre va primero. El hijo de Juan Gómez Rodríguez y de María López Gutiérrez será Francisco Gómez López, o Gómez y López.[1] Los apellidos de las abuelas, Rodríguez y Gutiérrez, se
5 pierden. Si Francisco se casara con° Teresa Vargas Aguilar, su hijo sería Mario Gómez Vargas. Es sólo el apellido del lado masculino el que se conserva, así que si un matrimonio sólo tiene hijas el nombre desaparecerá después de dos generaciones. Las familias muy conscientes de su linaje° a veces continúan usando los apellidos por más tiempo, pero eventualmente el resultado es el mismo.
10   Hay algunos casos en que el hijo ha escogido° otro procedimiento°. El famoso pintor español Diego Velázquez (1599–1660), hijo de Juan Rodríguez de Silva y de Jerónima Velázquez, debería haberse llamado° Diego Rodríguez de Silva y Velázquez. Pero por ser su padre portugués y su madre de una familia aristocrática sevillana, el pintor prefirió usar su apellido materno.
15   Otro caso semejante es también el de un pintor: Pablo Diego José Francisco de Paula Juan Nepomuceno María de los Remedios Cipriano de la Santísima Trinidad Ruiz Blasco Picasso López, hijo de José Ruiz Blasco y de María Picasso López. También él escogió su apellido materno y se hizo° famoso con el nombre de Pablo Picasso (1881–1973). Se ve aquí también un ejemplo de la costumbre de
20 dar toda una serie de nombres cristianos a los hijos a veces, por lo general para honrar a varios parientes. Claro que se escogen uno o dos de los nombres para el uso diario° y los otros sólo aparecen en la partida° de nacimiento.

Los padres podrán escoger el orden de los apellidos de los hijos

25 Madre sólo hay una, aunque las leyes se han ocupado de condenar° su linaje a las sombras°. En un intento° por desterrar° la «injusticia histórica» de que los hijos hereden en primer lugar el apellido del padre, cuatro proposiciones de ley… que persiguen° colocar en igualdad de condiciones° a la madre y al padre en la perpetuación de la estirpe°…

El País Internacional (Madrid)
30

Apellido materno

El Congreso español ha aprobado la ley que faculta° a los progenitores° para decidir el orden de los apellidos «de común acuerdo», lo que permitirá que los
35 niños lleven el materno en primer lugar. Si no hay acuerdo, se antepondrá° siempre el apellido del padre. Los españoles ya podían cambiar el orden de los apellidos, pero tras° cumplir los dieciocho años.

El País Internacional (Madrid)

---

[1] *Gómez y López* The use of *y* between the father's and mother's name is optional. The case with *de* is more complicated: it is used to designate a married name of a woman, for example, María López Gutiérrez de Gómez, where López Gutiérrez is her maiden name. In older names it was also used simply to mean "from" and later was frequently incorporated into the name permanently. All these usages tend to be variable.

Glosses (left margin):
- married (5)
- lineage (8)
- chosen; procedure (10)
- should have been called (12)
- became (18)
- daily; certificate (22)
- condemn (25)
- shadows; attempt; get rid of (26)
- try; make equal (28)
- ancestry (29)
- empowers; parents (32)
- will be placed first (35)
- after (37)

Comprensión

5-2 Decida si las siguientes oraciones son verdaderas o falsas. Corrija las falsas.

1. El hijo de Juan García y Elena Pérez se llama José García Pérez.
2. Si él se casara con María Tejada, su hija sería Teresa Tejada Pérez.
3. Los pintores Picasso y Velázquez prefirieron el apellido de su madre.
4. No es legal poner el apellido de la madre antes del apellido del padre en España.

Opiniones

5-3 Responda a las siguientes preguntas personales.

1. ¿Lleva Ud. el apellido de su madre?
2. ¿Cómo usamos a veces el apellido materno en inglés?
3. ¿Cómo sería su nombre si usara el sistema español?
4. ¿Cree que debe ser permitido el uso de cualquier apellido —el de la madre o el del padre? ¿Quién debe hacer la decisión?
5. ¿Resuelve algo el uso de los dos apellidos con guión *(hyphen)?*

II. La sociedad patriarcal

Sin embargo, casos como el de Velázquez o el de Picasso son excepcionales; el sistema decididamente favorece la línea paterna. Tradicionalmente las mujeres estaban limitadas a las tareas domésticas, o si trabajaban, limitadas a los trabajos más sencillos. Aunque esta situación está cambiando en algunas
5 partes del mundo hispano, la mujer todavía está generalmente en una posición social inferior. Sin duda esto se debe° en parte a los factores económicos, pero también contribuye el machismo, que crea criterios sociales muy distintos entre el hombre y la mujer. El machismo es un fenómeno sociosicológico que se define como una preocupación exagerada por la masculinidad —abarca° lo
10 físico, lo sexual, lo social y aun lo político. Es un problema cuando se convierte en un anhelo° de comprobar° la masculinidad porque entonces puede conducir a acciones antisociales y hasta patológicas.

Las distinciones entre el hombre y la mujer se ven en las relaciones sexuales. Tradicionalmente la actividad sexual del hombre era cosa aceptada
15 mientras que para la mujer toda relación que no fuera con el marido quedaba estrictamente prohibida.

Claro que esta situación está cambiando en el mundo hispánico como en el resto del mundo. En el caso de jóvenes que mantienen° relaciones sexuales antes del matrimonio, sin embargo, las mujeres son criticadas más
20 severamente que los hombres.

A pesar de esta relativa falta de libertad personal y profesional ha habido casos de mujeres que se han destacado° personalmente en la literatura, la enseñanza° y la política, superando° los obstáculos que encontraron en su camino.

is due

it includes

urge; to prove

maintain

have excelled
education; overcoming

Comprensión

5-4 Elija la respuesta que mejor complete las siguientes oraciones según la lectura.

1. El machismo es característico de…
   a. los hombres.
   b. las mujeres.
   c. los dos sexos.

2. La actividad sexual del hombre era una cosa…
   a. aceptada.
   b. inexistente.
   c. criticada.

3. Las mujeres hispánicas sufrían de una relativa falta de…
   a. hombres.
   b. enfermedades.
   c. libertad.

Opiniones

5-5 Responda a las siguientes preguntas personales.

1. ¿Cree que hay hoy en los Estados Unidos empleos vedados a las mujeres?
2. ¿Cree que siempre será así?

III. Las mujeres en la literatura hispánica

Sor Juana Inés de la Cruz (1651–1695)

Durante la época colonial en Hispanoamérica la literatura pocas veces alcanzó el nivel de la de España. La única figura de importancia fue una mujer, Juana Inés de Asbaje y Ramírez de Santillana, más conocida por su nombre eclesiástico, Sor Juana Inés de la Cruz. Sor Juana nació en Nueva España[2] en 1651, época en que las muchachas tenían la elección° de casarse o entrar al convento.

Sor Juana era una niña muy inteligente, que había aprendido a leer a los tres años, y durante su juventud tuvo gran fama intelectual y social en la corte del Virrey.[3] En un ensayo° famoso confiesa que trató de convencer a su madre de que debía asistir a la universidad vestida de hombre porque no admitían a las mujeres. La madre no accedió° y Sor Juana tuvo que aprender todo por sí sola°. A los dieciséis años decidió renunciar a la sociedad y entrar en un convento. Su única explicación fue que no tenía interés en el matrimonio y quería dedicarse al estudio y a la literatura. La vida religiosa tenía cierta atracción porque le ofrecía sosiego° y tiempo para las tareas intelectuales.[4] Durante casi treinta años Sor Juana escribió poesía, considerada entre la más

choice

essay

didn't give in
on her own

tranquility

---

[2] *Nueva España* New Spain, the name given the colony that included the known parts of North and Central America. The center was Mexico City.

[3] *Virrey* Viceroy. In colonial adminstration the viceroy was the king's representative in the colony. He possessed most of the powers of a monarch and was ultimately responsible only to the king.

[4] *tareas intelectuales* In that period convent life was relatively easy; the discipline was not too strict nor the demands too great. For many, convents served as places of meditation on religion and life.

bella y original que se ha creado en la lengua española. Su obra muestra las tensiones internas de una mujer, por un lado sinceramente católica y por otro consciente de las nuevas ideas científicas.

20

Muchos de sus versos son ricos en simbolismo y se refieren a los problemas que causaba su curiosidad intelectual frente a° la sociedad cerrada de su época.

faced with

Hombres necios° que acusáis°
25   a la mujer sin razón°,
sin ver que sois la ocasión°
de lo mismo que culpáis°;

foolish; who accuse
wrongly
cause
you criticize

Queréis, con presunción° necia
hallar° a la que buscáis,
30   para pretendida°, Thais,
y en la posesión, Lucrecia.[5]

conceit
to find
lover

¿Pues para qué os espantáis°
de la culpa que tenéis?
Queredlas° cual° las hacéis
35   o hacedlas° cual las buscáis.

fear
Love them; as
make them

Sor Juana vertió° en sus muchas poesías algún tormento interior y lo supo hacer dentro de una sociedad que desaprobaba° la libertad intelectual, sobre todo de parte de° una mujer. Así que la vida y obra de Sor Juana hacen de esta
40 poeta la primera feminista del continente.

poured
disapproved
on the part of

Gabriela Mistral (1889–1957)

Entre los diez escritores hispánicos[6] que han recibido el Premio Nobel de Literatura se encuentra una mujer chilena, Gabriela Mistral (nombre literario de Lucila Godoy Alcayaga). Poeta de lirismo° intenso, Gabriela Mistral
45 también alcanzó fama internacional por su actividad en la educación. En 1922 José Vasconcelos[7] la invitó a México para cooperar en la reforma educacional que llevaba a cabo° bajo el nuevo gobierno revolucionario. Muchas de sus ideas todavía forman parte del sistema de enseñanza de México.

lyricism

he was carrying out

50

Cuando sirvió como representante de Chile en las Naciones Unidas fue miembro del Comité sobre los Asuntos de las Mujeres y una de los fundadoras de UNICEF. Su poesía refleja sus sentimientos maternales y el consuelo mutuo° que frecuentemente representan las madres y los niños, como vemos en esta canción de cuna°:

mutual comfort
lullaby

---

[5] *Thais… Lucrecia* Two women of classical mythology; the first a famous Greek courtesan, the second a Roman model of virtue. The poem criticizes men who seek a sexual relationship with women but want to marry a virgin.

[6] *diez escritores hispánicos* The Nobel Prize for literature has gone to ten Hispanic writers: José Echegaray (Spain, 1832–1916) in 1904; Jacinto Benavente (Spain, 1866–1954) in 1922; Gabriela Mistral (Chile, 1889–1957) in 1945; Juan Ramón Jiménez (Spain, 1881–1958) in 1956; Miguel Ángel Asturias (Guatemala, 1899–1974) in 1967; Pablo Neruda (Chile, 1904–1973) in 1971; Vicente Aleixandre (Spain, 1898–1984) in 1977; Gabriel García Márquez (Colombia, 1928–) in 1982; Camilo José Cela (Spain, 1916–2002) in 1989; Octavio Paz (Mexico, 1914–1998) in 1990.

[7] *José Vasconcelos* One of the best known of the intellectuals who reformed the government of Mexico after the revolution of 1910. Vasconcelos became minister of education and was instrumental in the creation of a system of rural schools staffed by volunteer teachers from the cities. Mistral was by profession a teacher in a rural school.

55 Apegado[8] a mí
Velloncito° de mi carne°,
que en mi entraña° yo tejí°,
velloncito friolento°
¡duérmete apegado a mí!

60 La perdiz° duerme en el trébol°
escuchándole latir°:
no te turben° mis alientos°,
¡duérmete apegado a mí!

65 Hierbecita° temblorosa
asombrada° de vivir,
no te sueltes° de mi pecho:
¡duérmete apegado a mí!

Yo que todo lo he perdido
70 ahora tiemblo de dormir°.
No resbales° de mi brazo:
¡duérmete apegado a mí!

Ternura

little tuft; flesh (line 56)
womb; I wove (line 57)
shivering (line 58)

partridge; clover (line 60)
heartbeat (line 61)
disturb; breathing (line 62)

Little blade of grass (line 65)
surprised (line 66)
don't let go (line 67)

I'm afraid to sleep (line 70)
Don't slide down (line 71)

75   Se puede ver que han existido varias mujeres entre las grandes figuras literarias del mundo hispánico. En la actualidad podríamos mencionar a las destacadas novelistas españolas Ana María Matute y Carmen Laforet,[9] y a la poeta Carmen Conde (1907–1995), que fue elegida en 1979 como primer miembro femenino de la Real Academia Española de la Lengua.[10] En 1998
80 Matute fue elegida a ocupar el sillón K de la Real Academia, vacante desde la muerte de Conde en 1995. Es de notar que, de todos los que han recibido el Premio Nadal, que se da a la mejor novela española de cada año, más del cuarenta por ciento son mujeres.
    En Hispanoamérica también las mujeres participan en el «boom» en la
85 popularidad de la novela como vemos en este artículo.

El «boom» de las escritoras mágicas

Desde la aparición en 1985 de *La casa de los espíritus*, de Isabel Allende, asistimos a un fenómeno editorial° que merece° atención. La narrativa de esta
90 prolífica escritora chilena nacida en 1942 *(De amor y de sombra, Eva Luna, Cuentos de Eva Luna, El plan infinito, Paula)* se consume masivamente en Europa y los Estados Unidos, y atendiendo° a esta repercusión°, el cine se carga° de furia sudamericana para llevar a la imagen° los escenarios° y personajes de sus novelas.

publishing; deserves (line 88)

mindful of; impression (line 92)
is charged; film; scenes (line 93)

[8] **apegado** This word combines the meanings of "close," "devoted," and "attached." The last meaning is both literal and figurative here.

[9] **Ana María Matute y Carmen** *Laforet* Matute (b. 1926) is the author of several prize-winning novels and many short stories. She is perhaps best known for her portrayal of children. Laforet (b. 1921) has also written numerous works including her most famous novel *Nada* (1944) for which she won the *Premio Nadal* at the age of 23. The *Premio Nadal* is the equivalent in Spain of the Pulitzer Prize in U.S. letters. Matute won the *Premio Nadal* in 1947 at the age of 21.

[10] **Real Academia Española de la Lengua** The Royal Academy is the official organization in Spain charged with maintaining the purity of the language. Election to one of the 36 lifetime seats, or *sillones,* is a very high honor.

Sor Juana Inés de la Cruz es conocida como la primera feminista del Nuevo Mundo. ¿Qué aspectos de su carácter se destacan en este retrato?

95 …Isabel Allende escribe libros que se convierten en best sellers multinacionales. El hilo de mujeres y generaciones que forman Nivea, Clara, *Blanca y Alba, hilvana°* la historia de *La casa de los espíritus*. Ellas son el *sostén°* y la *contracara°* del patriarca Esteban Trueba, y las responsables de los *fantasmas°*. A partir de allí, el realismo mágico, con todo su esplendor de
100 tiranos, *clarividencias°* y pasiones *míticas°*, se viste de mujer.
     Laura Esquivel,… inicia una meteórica carrera internacional con la novela *Como agua para chocolate* («Novela de *entregas mensuales°*, con recetas, amores y *remedios caseros°*», explica el subtítulo),… Traducida al inglés, los lectores de Estados Unidos compran 280.000 *ejemplares°* durante su
105 *lanzamiento°*, que acompaña el *estreno°* de la película del mismo nombre dirigida por Alfonso Arau, su marido.
     La vieja *dupla°* que componen la sensualidad de los alimentos y la pasión amorosa se *renueva°* aquí con las recetas que *encabezan°* cada uno de los doce capítulos con las escenas inolvidables que Tita y Pedro *protagonizan°* mientras
110 se *cuecen a fuego lento°* alimentos y pasiones.
     Otro notable *acierto°* de esta narrativa femenina es que, a diferencia de la del boom, *protagonizada°* *hegemónicamente°* por hombres, en los cuentos y novelas de estas escritoras la mujer es *dueña°* de la escena. Por primera vez es ella la que *reclama°* por la represión de su sexualidad, por *vejámenes°* y
115 *postergaciones°*, y los hace *reivindicando°* los espacios olvidados por la aventura masculina: la maternidad, la cocina, la *ternura°*.

La Prensa (Buenos Aires)

stitches together
support; opposite
ghosts
clairvoyance; mythical

monthly installments
home remedies
copies
introduction; opening

duality
is renewed; head up
star in
are cooked over a low fire
success
headed up; proprietarily
owner
protests; vexation
delays; recovering
tenderness

En septiembre de 1948, Gabriela Mistral visitó México como invitada del presidente Miguel Alemán.

Comprensión

5-6 Responda según el texto.

1. ¿Por qué no asistió Sor Juana a la universidad?
2. Además de escribir poesía, ¿qué otras actividades ejerció Gabriela Mistral?
3. ¿Dónde se venden muchos libros Isabel Allende?
4. ¿Qué cosas se cuecen a fuego lento en *Como agua para chocolate?*
5. ¿Quiénes son las dos mujeres que fueron elegidas miembros de la Real Academia Española de la Lengua?

Opiniones

5-7 Responda a las siguientes preguntas personales.

1. ¿Lee Ud. mucha poesía? ¿Por qué sí o por qué no?
2. ¿Qué lee la mayoría del tiempo (fuera de los textos universitarios)?
3. ¿Ha leído Ud. una obra de las autoras mencionadas en el artículo de *La Prensa*? ¿Ha visto una de las películas que salieron en inglés: *The House of the Spirits* o *Like Water for Chocolate*?

IV. Las mujeres en la política

Si la literatura representa una carrera bastante abierta a las mujeres, ¿qué se puede decir de la política? Aunque Gabriela Mistral tuvo algo de participación en la política, todo fue dentro de la educación. A través de la historia, dos reinas han dirigido° a España, aunque la más importante fue Isabel I la Católica, quien tuvo la visión de proveer fondos° para la expedición de Cristóbal Colón. Isabel I también consiguió mejorar el tratamiento de los indígenas en las colonias, insistiendo en que eran seres humanos y que no debían ser esclavos. La otra reina, Isabel II, ocupó el trono brevemente en el siglo XIX.

La nueva constitución de España, adoptada en 1978, mantiene la tradición de preferencia del hombre sobre la mujer como heredero° del trono. La esposa del rey es la reina, pero no tiene ningún poder oficial. Si muere el rey, el trono lo ocupa el primogénito°.

Con todo lo dicho sobre la dominación masculina, es interesante que los únicos ejemplos de presidentes femeninos[11] en el hemisferio occidental hayan ocurrido en los países hispánicos. En 1974 Isabel Perón subió a la presidencia de la República Argentina después de la muerte de su esposo, el presidente Juan Perón (1895–1974). Éste había sido elegido presidente en 1946 y durante los seis primeros años de su mandato°, su segunda esposa, Eva («Evita») Duarte lo ayudó a mantener su popularidad. Evita murió en 1952 y Perón fue derrocado° en 1955. Después de dieciocho años de exilio° regresó triunfante a la Argentina e insistió en que su tercera esposa, Isabel, fuera candidata para vicepresidenta. Al enfermarse Perón poco después de las elecciones, nombró a su esposa como presidente interino°. Isabel ocupó el puesto hasta 1976 cuando una junta militar la depuso°.

Esta junta, que se dedicó a eliminar la oposición por métodos secretos e ilegales, se encontró con una protesta vigorosa de «Las Madres de la Plaza de Mayo». Estas mujeres que habían visto a sus hijos desaparecer sin explicación alguna decidieron unirse en sus demandas de justicia. Siguen su protesta hasta hoy para conseguir el encarcelamiento de los culpables. Una de las madres, Graciela Fernández Meijide entró en la política y ha subido° a un puesto alto° en el Congreso nacional, recibiendo 3 millones de votos cuando fue elegida a la Cámara de Diputados° en 1997.

Otros casos más recientes incluyen el de Violeta Barrios de Chamorro, que encabezó la oposición en contra de los revolucionarios sandinistas (quienes habían ocupado el poder durante diez años) y, ganó las elecciones de 1990. En 1999 Mireya Moscoso fue elegida presidenta de Panamá, exactamente cuando se proyectaba° devolver el control del canal a Panamá. En México, Amalia García Medina asumió en 1999 la presidencia de uno de los tres partidos políticos y en el mismo año Rosario Robles fue elegida alcaldesa de la Ciudad de México. En Honduras, Nora Gunera de Melgar fue candidata para la presidencia, tal como lo fue Noemi Sanín en Colombia. Irene Saez, venezolana que ganó el concurso° de «Miss Universo», volvió a su país y formó un partido llamado IRENE, que dice que significa Integración, Renovación y Nueva Esperanza. Su partido ha tenido una influencia importante. En 2002, tanto el

---

[11] **presidentes femeninos** The entry of women into previously all-male positions has created widely variable usage with regard to gender. A female president may be designated as *el presidente* or *la presidente*. «La presidenta» is reserved, where it is used at all, for the wife of the president. In Argentina *la presidente Señora Isabel Perón* was considered most proper.

directed
to supply funds

heir

first-born son

term

overthrown; exile

interim
deposed

has risen; high position

Chamber of Deputies

it was planned

contest

⁴⁵ Brasil como el Ecuador han visto a candidatas para la presidencia. Sila María Calderón ocupó el puesto de gobernadora de Puerto Rico en 2001.

Así se ve que, aunque la sociedad hispánica ha favorecido siempre al hombre, también existen casos de mujeres ilustres°. Actualmente, la mujer hispánica es cada vez más consciente de que su situación social ha de cambiar.

⁵⁰ Aun la misma constitución española, que mantiene el dominio masculino en la monarquía, afirma en el artículo núm. 14 que: «Los españoles son iguales ante° la ley, sin que pueda prevalecer° discriminación alguna por razones de nacimiento, raza, sexo, religión, opinión o cualquier otra circunstancia personal o social».

famous

before; to prevail

Comprensión

5-8 Complete las siguientes oraciones según el texto.

1. La reina más importante de España _____.
2. Isabel Perón fue la primera presidenta _____.
3. Ella ocupó el puesto hasta 1976 cuando _____.
4. Las Madres de la Plaza de Mayo sufrieron _____.
5. Dos presidentas de Centroamérica en tiempos recientes son _____ y _____.

Opiniones

5-9 Complete las siguientes oraciones para expresar sus propias ideas.

1. Los Estados Unidos tendrá una mujer presidente _____.
2. Yo no tendría inconveniente en tener una mujer como presidente porque _____.
3. Para eliminar la discriminación debemos _____.
4. No ha habido muchas mujeres en puestos políticos altos en los EE.UU. porque _____.

Eva Duarte de Perón llegó a tener una popularidad enorme durante la presidencia de su esposo Juan Perón, pero nunca tuvo un cargo oficial. ¿Qué otra mujer sí llegó a ser presidenta de la Argentina?

Videomundo: La mujer hispánica (1:31:22-1:42:02)

A. «El papel de la mujer». Mire el segmento y prepare un resumen sobre lo que dicen las mujeres.

  1. Según Larissa Ruize, ¿qué trabajos tienen las mujeres en la República Dominicana? ¿Qué trabajos no consiguen? ¿Qué es el machismo?

  2. ¿Qué experiencia ha tenido Amalia Barreda con la discriminación? ¿Cómo consiguió su primer trabajo?

B. «Las Madres de la Plaza de Mayo». Mire el segmento y prepare un resumen de lo que dicen Juana y Mercedes.

  1. ¿Por qué entraron a la Asociación de las Madres de la Plaza de Mayo?

  2. ¿A quién perdió cada una?

  3. ¿Hasta cuándo piensan seguir su lucha?

A explorar

5-10 Ejercicios de vocabulario. En grupos de dos o tres personas hagan las siguientes actividades.

A. Complete las oraciones formando sustantivos.

  Modelo (curioso) Juan no tiene mucha *curiosidad.*

  1. (masculino) El machismo es una obsesión con la _____.

  2. (humano) La _____ nunca es perfecta.

  3. (actual) En la _____ la situación de las mujeres está mejorando mucho.

  4. (personal) Su _____ es muy atractiva.

B. Indique los sinónimos.

  1. elegir   **a.** trabajo
  2. natalidad   **b.** distinguido
  3. únicamente   **c.** sólo
  4. tarea   **d.** nacimiento
  5. famoso   **e.** retener
  6. conservar   **f.** ilustre
  7. destacado   **g.** escoger

C. Indique las palabras con significado opuesto.

  1. primero   **a.** cerrado
  2. prohibir   **b.** último
  3. nacer   **c.** comenzar
  4. terminar   **d.** morir
  5. abierto   **e.** permitir

5-11 Puntos de contraste cultural. En grupos de dos o tres personas contesten las siguientes preguntas.

  1. ¿Son las mujeres en el mundo hispánico más o menos libres que en los Estados Unidos? ¿Cómo se explica que haya habido presidentas en Hispanoamérica y no en los Estados Unidos?

  2. ¿Qué diferencia hay entre la situación de la mujer urbana y la mujer campesina? ¿Por qué existen estas diferencias?

  3. ¿Cuáles son las diferencias en la posición social de la mujer en Hispanoamérica y en los Estados Unidos?

5-12 Debate. Organice dos equipos para que ataquen o apoyen esta resolución.

Las mujeres no deben participar en combate en caso de guerra.

5-13 El arte de escribir: Descripción de las personas. La descripción implica el uso de adjetivos que añaden detalles, color y vida al texto. Por ejemplo:

Tiene los ojos negros.

Cobra más interés así:
Tiene los ojos muy negros y muy dulces.

También:
Tengo un hermano mayor que se llama Juan.

Tiene más interés si se añade:
Siempre hemos sido buenos amigos.

Ahora trate Ud. de añadirle algo original a este párrafo que lo haga más interesante o detallado.

María y Carlos son mis amigos. Ella es abogada y él es ingeniero. A los dos les gusta practicar deportes. Especialmente les gusta jugar al tenis.

Ahora, escriba Ud. una descripción de un miembro de su familia o de un amigo que Ud. conoce bien. Trate de incluir detalles interesantes e importantes.

5-14 Ejercicios de composición dirigida. Haga las siguientes actividades.

A. Escriba este párrafo, corrigiendo las oraciones falsas según la lectura.

En el mundo hispánico la mujer tiene una posición superior a la del hombre. El sistema de apellidos requiere que los hijos lleven sólo el apellido del padre. No ha habido casos de mujeres ilustres. Sor Juana era una poeta destacada. Gabriela Mistral escribió novelas y participó en la reforma del sistema de educación de la Argentina. Isabel Allende escribió en el siglo XIX. En 1974 Isabel Perón fue elegida presidenta del Perú. Mireya Moscoso fue elegida presidenta del Panamá en 1999.

B. Complete las oraciones con las palabras entre paréntesis.

1. Como en todo el mundo occidental ha existido y existe…
(derechos, entre, clara, privilegios, sexo, división, obligaciones, cada)
2. Generalmente, las mujeres están…
(domésticas, trabajan, si, limitadas, tareas, trabajos, sencillos, más)
3. A pesar de esta falta de libertad, existen casos de mujeres que…
(destacado, personalmente, han, literatura, se, enseñanza, política, hasta)
4. La poesía de Gabriela Mistral refleja…
(maternales, mutuo, sentimientos, niños, madres, consuelo, representan)
5. Con todo lo dicho sobre la dominación masculina, es interesante que los únicos ejemplos…
(occidental, hayan, presidentas, hemisferio, sido, hispánicos, países)

5-15 Situación. Imagínese que Ud. es miembro del sexo opuesto. ¿Cuáles serían sus quejas *(complaints)* sobre la desigualdad de los sexos en los Estados Unidos? Compare las respuestas de los estudiantes con las de las estudiantes.

6

Costumbres y creencias

Lecturas culturales

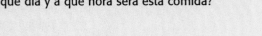

◄ Esta familia española goza de una comida familiar. ¿En qué día y a qué hora será esta comida?

Lecturas culturales

Enfoque

matriz

Es importante notar que las costumbres populares siempre existen en una matriz° de otras costumbres y creencias. A veces es difícil o aun imposible entender una costumbre sin considerarla en relación con otras y con las condiciones económicas y sociales en que existe. Es generalmente imposible saber cómo funcionaría una costumbre

isolated

aislada° trasladada a otra sociedad. Por ejemplo, pensar en cómo sería una corrida de toros en los Estados Unidos no lleva a ninguna conclusión de interés.

Vocabulario útil

Estudie estas palabras antes de leer los ensayos.

Verbos
colocar *to place, to locate*
consolar (ue) *to console*
enterrar (ie) *to bury*
morir(se) (ue) *to die*
reflejar *to reflect*
sorprenderse *to be surprised*
trasladar *to transfer*

Sustantivos
el ambiente *atmosphere, environment*
el ataúd *coffin*
la creencia *belief*
la diversión *amusement, entertainment*
el entierro *funeral; burial*
el fantasma *ghost*

el horario *schedule*
la leyenda *legend*
el luto *mourning;*
   guardar luto *to be in mourning*
el miedo *fear;*
   dar miedo *to cause fear*
la muerte *death*
el paraíso *paradise*
la tristeza *sadness*
la vecindad *neighborhood*

Adjetivos
distinto(a) *different*
muerto(a) *dead*
semejante *similar*

Para practicar

Trabajen en parejas, o como indique su profesor(a), para hacer y contestar estas preguntas, usando el vocabulario de la lista para saber algo sobre sus compañeros de clase.

1. ¿Qué horario sigues durante la semana en cuanto a las comidas? ¿Comes en casa, en un restaurante o en una cafetería? ¿Qué horario tienes para las diversiones? ¿Cuáles son?
2. ¿Te hace sentir aislado(a) la organización de tu vecindad? ¿Te gustan los cafés al aire libre?
3. ¿Crees en los fantasmas? ¿Te dan miedo? ¿Te da miedo la muerte o te ríes de ella?
4. ¿Puedes imaginarte dónde quieres ser enterrado(a) después de morir? ¿Quieres un entierro lujoso y que te coloquen en un ataúd grande? ¿Quieres que todos guarden luto por mucho tiempo?
5. ¿Conoces alguna leyenda sobre la muerte o sobre los muertos? ¿Qué creencia refleja la leyenda?

Anticipación

6-1 Trabajen en grupos de dos o tres. Antes de comenzar a leer, expliquen su actitud hacia el trabajo en comparación con la actitud social, y expliquen su reacción personal frente a la muerte como fenómeno universal.

I. El horario y la vida social

Las costumbres tienen distintos orígenes. Como ya se ha dicho, la siesta, muy común en el mundo hispánico, viene de los romanos. Dividían las horas de luz en doce, trabajaban durante las seis primeras y usaban las otras seis para las diversiones. En los países mediterráneos, el clima no favorece el
5 trabajo en las primeras horas después del mediodía. Aunque hay aire acondicionado hoy día, la costumbre perdura° en la forma de un descanso° al mediodía de 2 ó 3 horas. Después de la siesta se vuelve al trabajo hasta el fin de la jornada° a las siete u ocho. Algunos han tratado de cambiar este sistema con un horario que va de 8:00 a 3:00 sin descanso, pero el cambio es difícil.
10 La organización física de las ciudades hispánicas favorece esta costumbre. En las ciudades mucha gente vive cerca de su trabajo, lo cual hace posible que vayan a casa al mediodía. Los niños vuelven de la escuela y la siesta es un período familiar.

Esta situación resulta en que la comida principal para la mayoría° de la
15 gente se come al mediodía, o mejor dicho, a las dos de la tarde, que se considera todavía el mediodía. Otro resultado es que la cena se come después de las nueve y es una comida ligera°. Esto explica por qué la gente está en la calle hasta muy tarde.

Otra costumbre procede de la personalidad gregaria° de la gente
20 hispánica: la popularidad del café al aire libre. Es un lugar donde va la gente a reunirse° y encontrarse con los amigos y los vecinos.

Otra vez la organización de la ciudad facilita esta preferencia porque está generalmente organizada en vecindades que contienen, tanto residencias, como° tiendas y cafeterías de todos tipos. El resultado de esta organización es
25 que una persona pasa mucho tiempo con los vecinos al ir de compras o al café al aire libre, y por eso tiene varias oportunidades de interacción social.

Se ve la diferencia en este caso de los cafés al aire libre en los Estados Unidos que suelen estar° en centros comerciales lejos de cualquier residencia. Los clientes, la gente que pasa y los que trabajan en el café generalmente no
30 se conocen. En algunas ciudades la tradición del bar de la vecindad° ocupa un lugar semejante, pero va desapareciendo. Es posible que el hecho de que las familias norteamericanas se quedan en casa solas (porque las diversiones comerciales están allí) contribuya a la pérdida del sentido de comunidad.

Las costumbres descritas están muy arraigadas° en la cultura hispánica.
35 Otras tradiciones son más bien creencias que costumbres. Un ejemplo de una creencia es la actitud que tiene la gente hacia la muerte. Es un tema que ha existido através del tiempo en todas las culturas y sirve como buen punto de contraste. Como en los otros casos hay varias costumbres y prácticas que resultan de esta creencia.

lasts; break

workday

majority

light

talkative

to get together

both … and

are usually

neighborhood

deeply seated

Dos edificios notables del centro de Madrid, España. El de la izquierda es
el Edificio Metrópolis de 1905. ¿Qué efecto tendrá sobre la gente vivir
entre edificios como éstos en vez de rascacielos modernos?

Comprensión

6-2 Decida cuáles de estas oraciones son verdaderas y cuáles son falsas según la información del texto. Corrija las falsas.

1. La costumbre de la siesta viene de los romanos.
2. En el mundo hispánico el trabajo termina al mediodía.
3. La organización física de la ciudad norteamericana favorece la costumbre de la siesta.
4. La cena y *dinner* son la misma cosa en las dos culturas.
5. Los cafés al aire libre son iguales en el mundo hispánico que en los Estados Unidos.

Opiniones

6-3 Responda según su propia opinión o experiencia.

1. ¿A qué hora tiene Ud. su comida principal? ¿Por qué?
2. ¿Cree Ud. que sería mejor vivir cerca de su trabajo, prefiere vivir en otro lugar o no le importa?
3. ¿Hay cafés al aire libre en su barrio? ¿Va Ud. a los cafés con frecuencia? ¿Por qué sí o por qué no?
4. ¿Qué aspectos de comunidad tiene la universidad?

II. Las actitudes hispánicas hacia la muerte

Sin duda alguna, el anglosajón que visita un país hispánico se sorprende ante la importancia que se le da a la muerte. En vez de ser una cosa escondida, la muerte es una preocupación constante del pueblo hispánico. La gente hispánica parece vivir pensando en la muerte: en los familiares y amigos

5 difuntos° (¡que en paz descansen!),[1] en los entierros, en los asesinatos°, accidentes, enfermedades y todas las tragedias del mundo moderno.

Hay fenómenos lingüísticos que muestran esta preocupación por la muerte. Un «muerto de hambre», una «mosca° muerta», «de mala muerte», son términos muy comunes para referirse a un pobre, a un hipócrita o a una

10 cosa sin valor°, respectivamente. La última, «de mala muerte», interesa por su sentido figurativo. Refleja una actitud hacia la muerte que también se expresa en el dicho°: «Dime cómo mueres y te diré quién eres»[2], hecho famoso en un ensayo del mexicano Octavio Paz. Otros refranes° son «Buena muerte es buena suerte» y «En la muerte se ve, cada uno quién fue». Todas estas

15 expresiones implican que de alguna manera la muerte define la vida y que una muerte mala implica un vida mala o sin valor.

La actitud hispánica hacia la muerte se originó en la Edad Media°. Durante la época medieval la muerte constituía el paso decisivo hacia la vida eterna; era el principio de la vida verdadera, que sería gloriosa si uno había

20 vivido bien en la tierra. A esta visión consoladora de la muerte se unía otra: la de *La danza de la muerte,* un largo poema medieval. Se presentaba a la muerte como igualadora° de todas las distinciones sociales y económicas de la tierra. Esta idea se expresa así en los refranes: «La muerte a nadie perdona» y «No hay tal pompa° que la muerte no rompa°».

25 Tal vez la expresión española más conocida de esta actitud esté en los versos de un poeta del siglo XV, Jorge Manrique,[3] que dice en sus *Coplas:*

Nuestras vidas son los ríos
que van a dar° en la mar,
que es el morir;
30 allí van los señoríos°
derechos° a se acabar
y consumir;
allí los ríos caudales°,
allí los otros, medianos°
35 y más chicos°;
allegados°, son iguales
los que viven por sus manos
y los ricos.

Sigue el poema con una lista de los aspectos transitorios° del mundo: la
40 belleza física, la fuerza juvenil, la riqueza, el poder político, etcétera.

---

[1] *¡Que en paz descansen!* May they rest in peace! This expression is typically used whenever mention is made of a dead person, especially a relative or friend. Others are: *Dios lo guarde.* God keep him. *Que descanse con Dios.* May he rest with God.

[2] The proverb means: "Tell me how you die, and I'll tell you what you're worth."

[3] *Jorge Manrique* (1440–1478) A famous medieval Spanish poet. His *Coplas a la muerte de su padre* contain a cogent expression of the medieval attitude toward life and death.

Glosses (margin):
deceased; murders
fly
worthless
saying
(m) proverbs
Middle Ages
equalizer
splendor; break
end up
domains
straight
rushing
medium sized
small
having arrived
temporary

Estos ejemplos revelan que la actitud medieval presentaba la muerte como algo casi deseable: «al morir, descansamos» dice Manrique. En la época moderna la vida asume más importancia, pero aún existen rastros de la idea medieval que son suficientes para mantener cierta atracción hacia la muerte, o al menos disminuir el miedo que se le tiene. Claramente lo expresa un dicho: «Nacer es empezar a morir, y morir es empezar a vivir».

En la sociedad hispánica moderna la muerte fascina, intriga y, aun más, desafía al hombre. Los riesgos implícitos en la corrida de toros son un ejemplo de esta atracción. El hombre y el toro luchan a muerte, y el hecho de que el toro muere más frecuentemente no cambia el simbolismo. Muchos toreros han muerto en la corrida a través de los años. Aún muere de vez en cuando un participante (español o turista) en las fiestas de San Fermín en Pamplona, España, cuando corren delante de los toros que se llevan a la plaza de toros. Estas fiestas se popularizaron en los Estados Unidos tras la publicación de la obra *The Sun Also Rises* de Ernest Hemingway y hoy van muchos norteamericanos a participar en este desafío° a la muerte.

Octavio Paz sugiere que la propensión del mexicano hacia la pelea violenta con navajas o pistolas durante las fiestas y el uso excesivo de las bebidas alcohólicas reflejan esta misma actitud. Aunque Paz habla del mexicano, su idea es válida para toda Hispanoamérica: «*Para el habitante de Nueva York, París o Londres, la muerte es la palabra que jamás se pronuncia porque quema los labios. El mexicano, en cambio, la frecuenta, la burla, la acaricia, duerme con ella, la festeja, es uno de sus juguetes favoritos y su amor más permanente.*» Paz dice que la muerte no le da miedo al mexicano porque «la vida le ha curado de espantos».[4] Los estudios psicológicos revelan la presencia de la muerte con más frecuencia en los sueños de la gente hispánica.

challenge (margin gloss, aligned to line 55)

Line numbers: 45, 50, 55, 60, 65

[4] «*la vida le ha curado de espantos*» "life has cured him of shocks"; that is, he has suffered every possible misfortune in life so death cannot be anything worse.

Comprensión

5-4 Escoja la frase más apropiada para completar la oración.

1. Un muerto de hambre se refiere a…
   a. un hipócrita.
   b. un hambre feroz.
   c. una persona pobre.

2. El dicho «Dime cómo mueres y te diré quién eres» sugiere…
   a. que los pobres mueren temprano.
   b. que no eres nadie cuando estás muerto.
   c. que la muerte define y determina el valor de la vida.

3. El poema de Manrique dice que después de morir el trabajador…
   a. y el rey son iguales.
   b. vive por sus manos.
   c. es un rico.

4. Octavio Paz dice que en muchos lugares la palabra muerte…
   a. no se entiende.
   b. nunca se menciona.
   c. no tiene significado.

Opiniones

6-5 Responda a las siguientes preguntas personales.

1. ¿Ha visto Ud. una corrida de toros? ¿Tiene interés en ver una?
2. ¿Cree que es importante tener riesgos mortales en la vida? ¿Ha saltado Ud. con un «bungee» o en un paracaídas? ¿Practica deportes extremos?

III. Las actitudes indígenas hacia la muerte

Los indígenas americanos también tenían sus propias ideas acerca de la muerte, y después de la conquista, éstas pasaron a formar parte de la cultura hispanoamericana de algunos países.

El obispo Diego de Landa, que investigó la cultura maya en el siglo XVI, nos dice que los mayas sentían gran tristeza ante la muerte. Enterraban a la gente común debajo del piso° de su casa, la cual abandonaban después. A los nobles —los sacerdotes— los enterraban con más cuidado, colocando las cenizas° en el centro de las pirámides. Algunas tribus tenían la costumbre de hervir° el cadáver hasta poder separar la carne de los huesos, los cuales usaban para reconstruir la cara del muerto con resina°. Guardaban estas figuras en una especie° de álbum familiar de los antepasados°. Los mayas, al igual que otros grupos, practicaban sacrificios humanos.

Los incas del Perú tenían un concepto de la muerte muy semejante al europeo. Creían que después de la existencia terrenal° había otra vida eterna. Si uno había vivido bien, terminaba en el cielo, que ofrecía todos los placeres°, y si no, iba al infierno°, que era un lugar muy frío.

Quizás los aztecas hayan tenido el concepto más interesante. Dice Eduardo Matos Moctezuma, conocido° arqueólogo mexicano, que: *«el hombre prehispánico concebía° la muerte como un proceso más de un ciclo constante, expresado en sus leyendas y mitos. La leyenda de los Soles nos habla de esos ciclos que son otros tantos eslabones° de ese ir y devenir°, de la lucha entre la noche y el día,... Es lo que lleva a alimentar al sol para que éste no detenga su marcha y el porqué de la sangre como elemento vital, generador de movimiento. Es la muerte como germen° de la vida.»* Concebían la existencia como un círculo: el nacimiento y la muerte eran sólo dos puntos en ese círculo. Creían que la humanidad había sido creada varias veces antes y que siempre había sufrido un cataclismo° terrible. Lo que determinaba el lugar del alma no era la conducta en la vida, sino el tipo de muerte y la ocupación que en vida había practicado la persona: los guerreros° muertos en batalla o sobre la piedra de sacrificio iban al paraíso oriental, que era la casa del sol, donde vivían en jardines llenos de flores. Después de cuatro años volvían a la tierra en forma de colibríes°.

Las mujeres que morían en el parto° iban al paraíso occidental, la casa del maíz. Al bajar a la tierra, lo hacían de noche como fantasmas. Esta tradición, junto con algunas historias españolas del mismo tipo, han sido conservadas en la leyenda de «la llorona°», una mujer que camina por la tierra de noche amenazando° a las mujeres y a los niños.

floor

ashes
to boil
resin
kind; ancestors

earthly

pleasures; hell

well-known
conceived of

links; becoming

seed

catastrophe

warriors

hummingbirds
childbirth

crying or moaning woman
threatening

tests

rushing; beasts

stars

select, elite

penalty; punishment

On mixing

El infierno de los aztecas quedaba al norte y presentaba nueve pruebas° para las almas antes de que éstas pudieran llegar al descanso final: ríos caudalosos°, vientos helados, fieras° que comían los corazones, etc. Para ayudar al muerto en estas pruebas era costumbre enterrar varios instrumentos y armas con el cadáver.

Aunque todas las civilizaciones indígenas conocían el sacrificio humano, ninguna lo practicaba tanto como los aztecas. Los sacrificios servían, principalmente, como alimento para los dioses, que demandaban la vida contenida en la sangre y el corazón humanos.

Buen ejemplo era el culto azteca de Huitzilopochtli, su dios protector identificado con el sol y que todos los días tenía que luchar contra las estrellas° y contra su hermana la luna para que le diera otro día de vida al hombre. Los aztecas se consideraban elegidos del sol y por eso se dedicaban a la guerra ritual —llamada guerra florida°— no para conquistar nuevos territorios, sino para conseguir prisioneros para el sacrificio. Según los cronistas, se hacían más de 20.000 sacrificios al año. El público estaba obligado a asistir a estos ritos bajo pena° de castigos° severos, lo que hace pensar que la muerte constituía una presencia constante en la vida diaria de los aztecas, como lo era también en la vida española. Al mezclarse° estas dos culturas, la muerte siguió ocupando un lugar central en los cultos de la vida.

Comprensión

6-6 Complete según el texto.

1. Los mayas enterraban a la gente común _____.
2. Los incas tenían un concepto de la muerte _____.
3. Según los aztecas, las mujeres que morían en el parto iban a _____.
4. Las civilizaciones indígenas que ofrecían sacrificios humanos incluían _____.

Opiniones

6-7 Responda a las siguientes preguntas personales.

1. ¿Piensa Ud. que después de la muerte el alma sigue viviendo?
2. Si cree en la vida después de la muerte, ¿cómo cree que llega allí la gente?

IV. Prácticas funerarias

Esta atención que se le da a la muerte resulta en una serie de prácticas y costumbres que reflejan las creencias religiosas y las tradiciones populares.

wake; vigil

Una de las más conocidas es el velorio°, una vigilia° para honrar al difunto y consolar a sus familiares. En algunos lugares se sirven comidas y bebidas y para la mayoría de los asistentes esto constituye una ocasión social. Se hace comúnmente en casa y con el ataúd presente. Para muchos es un acto muy importante.

advertisement
page; death notices

partners

Otra costumbre importante es la de publicar un anuncio° en el periódico, a veces en la primera plana°. Estos anuncios o «esquelas de defunción°» llevan el nombre del difunto y de los miembros de su familia. También se ven anuncios publicados por amigos, socios° o empleados del muerto. Tienen la misma función que los obituarios en los Estados Unidos, con la diferencia de que aquéllos son mucho más evidentes que éstos.

widow
restricted

La costumbre de vestirse de luto también era muy común en la sociedad hispánica. La viuda° guardaba luto relativamente severo durante uno, dos o más años y toda la familia tenía la obligación de llevar una vida restringida°, sin fiestas ni diversiones, durante cierto tiempo.

wander

last rites
in agony
misbehaving

Una creencia muy común es que las almas que no pueden entrar al paraíso están condenadas a vagar° como fantasmas por la tierra de noche. Cuando una persona muere a manos de un asesino y no recibe la extremaunción°, o sea los ritos finales, su alma vuelve a la tierra para vengarse del responsable. Estas almas «en pena»° son la fuente de muchos cuentos y leyendas que se utilizan para inspirarles miedo a los niños malcriados°.

skulls; skeleton

graves

to face it

Otra costumbre relacionada con la muerte es la de celebrar el «Día de los Muertos», el 2 de noviembre.[5] Durante ese día se recuerdan los muertos o la muerte como fenómeno. En algunos sitios, como en México, se hacen dulces y panes en forma de calaveras° y esqueletos°, y en los pueblos pequeños hispánicos la gente pasa el día en el cementerio, donde limpian alrededor de los sepulcros° y colocan flores frescas en la tumba de los familiares. Los psicólogos contemporáneos sugieren que la tendencia norteamericana a clasificar la muerte como un tabú para los niños crea efectos negativos en el adulto, ya que éste no aprende a vivir con la muerte y no sabe enfrentarla° cuando se presenta. Este problema no existe para el niño hispánico.

remains

temporarily

Un fenómeno interesante en el mundo hispánico es la preocupación por los restos° mortales. En los casos de personas ilustres se pueden crear verdaderas polémicas sobre su destino. Tal es el caso de Cristóbal Colón. Hoy día existen tres tumbas que guardan los restos de Colón, una en un monasterio de Sevilla donde fue enterrado Colón provisionalmente°, otra en la catedral de Sevilla y aún otra en Santo Domingo. Colón murió en España, fue enterrado en el monasterio para esperar la construcción de una catedral en América, luego su familia hizo trasladar el cadáver a Santo Domingo, la primera colonia del Nuevo Mundo.[6] En la confusión de la época de independencia los restos

[5] **Día de los Muertos** Also called *Día de los Difuntos,* known in English as All Souls' Day. This religious holiday is a more important event in the Hispanic world than in the United States.

[6] **Santo Domingo** An island in the Caribbean where the first Spanish-American government was located. It is now divided between two countries—the Dominican Republic and Haiti (formerly a French colony). The capital city of the Dominican Republic is *Santo Domingo.*

fueron trasladados otras veces y las autoridades terminaron perdiéndolos.

45 Todavía no se sabe de seguro en qué tumba están verdaderamente los restos de Colón. Últimamente se ha propuesto una investigación usando el ADN° para identificar los restos de los tres lugares. Esperan tener resultados para el quingentésimo° aniversario de su muerte en 2006.

Otro caso interesante es el de Evita Perón, esposa del presidente Juan
50 Perón de la Argentina. Por la popularidad de Evita, el gobierno que depuso° a Perón mandó enterrar el ataúd con los restos de su esposa en Italia. Cuando Perón regresó a la Argentina, después de dieciocho años de exilio, le prometió al pueblo la devolución° de los restos de la querida Evita. Cuando el gobierno vaciló en permitirlo, un grupo de «peronistas» le robó el cadáver de otra figura
55 pública y demandó la devolución de los restos de Evita a la Argentina, a cambio de° los restos del otro político. Constituyeron unos «restos en rehenes°». El gobierno consintió y todos los restos se colocaron en su lugar apropiado.

Pero la historia de los restos de los esposos Perón no termina con eso. En
60 1987, trece años después de su muerte, unos ladrones° forzaron° la cripta de Juan Perón y le cortaron las manos al cadáver. Hasta hoy las manos no se han encontrado y muchos de los que investigaban el robo han sufrido una muerte violenta. En 1995 los restos de un primo de Juan Perón fueron robados de un cementerio provincial.

65 Un novelista argentino contemporáneo, Tomás Eloy Martínez, ha sugerido que, mientras que los mexicanos se ríen de la muerte y la desafían, los argentinos tienen una obsesión con los restos mortales. Su novela, *Santa Evita,* sigue los movimientos de los restos de Evita Perón entre 1953 cuando murió y 1974 cuando fueron devueltos° a la cripta familiar en Buenos Aires. La
70 historia se ha convertido ya en leyenda. El cadáver pasó mucho tiempo en Italia, enterrado en secreto para evitar el robo por los antiperonistas°.

Algunos intérpretes de la cultura argentina creen que el interés de los argentinos por los cadáveres famosos es parte de una tendencia a la nostalgia que domina el país. Se debe tal vez a la tierra solitaria de la pampa° que
75 encontraron los muchos inmigrantes europeos cuando llegaron al país en el siglo XIX.

En resumen, vemos que la muerte es cosa natural para los hispanos cuando dicen: «Para el último viaje, no es menester° equipaje°». Y cuando dicen: «Cuando viene la Chata°, ¿qué hacer sino estirar la pata°?» o «Al morir
80 no hay huir°», indican que la muerte es inevitable.

DNA

500th

deposed

return

in exchange for
held hostage

thieves; broke into

returned

opponents of the Peronista party

Argentine plains

necessary; luggage
popular name for death; (slang) to die; there's no running away

Esta exposición de artesanía mexicana fue especialmente diseñada para el Día de los Muertos. ¿Qué actitud refleja?

Comprensión

6-8 Decida si las siguientes oraciones son verdaderas o falsas según el texto.

1. Una esquela de defunción es un anuncio de muerte.
2. El Día de los Muertos se celebra en diciembre.
3. La muerte en el mundo hispánico se considera una cosa natural.
4. La tumba de Colón se encuentra sólo en Sevilla.
5. Evita Perón fue una figura popularísima en la Argentina.
6. Los pies de Juan Perón desaparecieron de su cripta.

Opiniones

6-9 Responda a las siguientes preguntas.

1. ¿Ha asistido Ud. a un velorio? ¿a un entierro? ¿Cuál fue su reacción?
2. ¿Cree que es importante la ubicación de los restos mortales de los seres humanos?

Videomundo: fiestas y festivales (1:28:22–1:31:15)

«Las fiestas de San Fermín en Pamplona». Mire este segmento y conteste las preguntas sobre esta fiesta conocida en todo el mundo. Antes de comenzar, busque Pamplona en el mapa de España.

1. ¿Cuánto tiempo duran las fiestas de San Fermín?
2. ¿Cuáles son algunas actividades que se hacen durante las fiestas?
3. ¿Qué es el encierro? ¿Quiénes participan? ¿Dónde termina?
4. ¿Qué pasa después del encierro? ¿Por qué crees que la gente se expone al peligro del encierro?
5. ¿Cómo es el traje típico de estas fiestas?

A explorar

6-10 Ejercicios de vocabulario. En grupos de dos o tres personas hagan las siguientes actividades.

A. Indique los sinónimos.

1. muerto	**a.** asustar
2. funeral	**b.** sin valor
3. de mala muerte	**c.** hermosura
4. belleza	**d.** tumba
5. esquela	**e.** difunto
6. sepulcro	**f.** nota
7. espantar	**g.** entierro

B. Complete con una palabra relacionada a la palabra entre paréntesis.

   Modelo   (creer) La idea de que se va al paraíso después de esta vida es una
   <u>creencia</u> muy común.

1. (atraer) La muerte ejerce una _____ fuerte.
2. (victoria) Anuncia su regreso _____.
3. (enfermo) Las _____ a veces traen la muerte.
4. (consolar) La viuda necesita el _____ de los amigos.
5. (igual) La muerte puede verse como la gran _____.
6. (investigación) Es necesario _____ el concepto.
7. (ruido) Los mayas lamentaban _____ la muerte.

C. Elija la palabra más apropiada de la lista para completar las oraciones.

contraste	mezcla	fantasma
acostumbrado	diaria	enterrar
disminuir	alma	obsesión
elegido		

1. Los aztecas se creían el pueblo _____ del sol.
2. La cultura hispanoamericana es una _____ de la cultura indígena y la española.
3. El concepto de la muerte presenta un punto de _____ cultural.
4. El niño del mundo hispánico está _____ a la muerte.
5. La llorona es un _____ conocido.
6. La muerte está presente como parte de la vida _____.
7. La preocupación por los restos mortales se vuelve a veces una _____.

6-11 Puntos de contraste cultural. En grupos de dos o tres personas contesten las siguientes preguntas.

1. ¿Qué actitud hacia la muerte es más saludable, la hispánica o la norteamericana?
2. ¿Cómo se comparan el día festivo de *Halloween* y el Día de los Muertos?
3. ¿Sabe Ud. dónde están los restos de George Washington o de Abraham Lincoln?

6-12 Debate. Organice dos equipos para que ataquen o apoyen esta resolución.

Los niños no deben tener contacto con la muerte si es posible evitarlo.

6-13 El arte de escribir: Descripción de paisajes y objetos. La descripción de los paisajes o de las cosas es semejante a la descripción de las personas. Es cuestión de utilizar adjetivos y otras palabras para hacer que el lector visualice el paisaje o el objeto. Por ejemplo:

La casa de la estancia era grande y las dependencias del capataz estaban cerca.

La descripción se puede mejorar con más detalles:

La casa de la estancia era grande y un poco abandonada; y las dependencias del capataz, que se llamaba Gutre, estaban muy cerca.

1. Con los compañeros de clase escriba una descripción de su salón de clase. Cada estudiante debe añadir un detalle.
2. Escriba Ud. una descripción de algo que conozca bien o que pueda observar mientras escriba. Trate de incluir todos los detalles importantes.

6-14 Ejercicios de composición dirigida. Haga las siguientes actividades.

A. Llene los espacios en blanco para hacer un resumen de la lectura.

La _____ hispánica hacia la muerte es _____ a la actitud de la mayoría de los norteamericanos. Los hispánicos ven la _____ como una cosa natural que da _____ a la vida. No _____ de esconderla ni de los niños, quienes aprenden a experimentar las emociones de la muerte desde muy _____. Muchos psicólogos _____ que esta _____ es más saludable que nuestra práctica de esconder lo más _____ su presencia.

B. De aquí en adelante se presentarán en esta sección algunos temas de composición que requerirán su opinión o actitud personal. Las palabras entre paréntesis deberán ser suplementadas por otras, donde sea conveniente. Describa su actitud personal hacia:

1. la presencia cotidiana de la muerte
   (dar miedo, natural, escondido, gustar, creer, evitar, vida)
2. los entierros
   (costoso, lujoso, sencillo, asistir, preferir, deber, gastar, niño)
3. sus propios restos mortales
   (entierro, cementerio, querer, cerca de, no importa, es mejor, preocuparse)
4. el tipo de muerte más atractivo
   (ninguno, heroico, violento, pacífico, rápido, lento)

6-15 Situación. Imagínese que un amigo le ofrece a Ud. una medicina que ha descubierto que le hará vivir hasta la edad de doscientos años. ¿La tomaría o no? Trate de las ventajas y desventajas de una vida larga. ¿Cómo tendríamos que cambiar para ser felices durante doscientos años?

Aspectos económicos de Hispanoamérica

Lecturas culturales

◄ La Bolsa de Valores en la Ciudad de México. ¿Por qué perdió la bolsa la mitad de su valor en los primeros meses de 1995?

Lecturas culturales

Enfoque

raw materials

Una de las mayores preocupaciones políticas y sociales de los gobiernos de Hispano-américa ha sido el desarrollo económico. Aunque sus suelos son ricos en materia prima°, mucha gente vive en la pobreza, lo que hace difícil cualquier tentativa de mejorar su nivel de vida. Este problema tiene sus raíces en la historia económica de cada región.

Vocabulario útil

Estudie estas palabras antes de leer los ensayos.

Verbos
atraer *to attract*
aumentar *to increase*
crecer *to grow (in size)*
estimular *to stimulate*
exigir *to demand*
mejorar *to improve*

Sustantivos
la acción *stock, share (of a public
    company)*
el comercio *trade*
el desempleo *unemployment*
la desigualdad *inequality*
la deuda *debt*
la deuda externa *foreign debt*
el (la) extranjero(a) *foreigner*
el extranjero *abroad, outside the
    country*

el ingreso, los ingresos *income*
el intercambio *interchange, trade*
la inversión *investment*
el negocio *business*
la pobreza *poverty*
el promedio *average*
el (la) propietario(a) *property owner*
la teoría *theory*
la venta *sale*

Adjetivos
actual *current*
creciente *growing*
extranjero(a) *foreign, alien*
fabricado(a) *manufactured, made*
interno(a) *internal*

Para practicar

Trabajen en parejas, o como indique su profesor(a), para hacer y contestar estas preguntas, usando el vocabulario de la lista para saber algo sobre sus compañeros de clase.

1. ¿Piensas seguir una carrera en el mundo de los negocios? ¿Qué tipo de negocios te interesa más? ¿Te atrae trabajar como agente de ventas?
2. ¿Te interesa la idea de ser propietario(a) de tu propia empresa? ¿Qué tipo de empresa?
3. ¿Quieres que tu futuro trabajo te ofrezca la oportunidad de viajar? ¿Quieres viajar al extranjero? ¿Te atrae trabajar en el comercio internacional?
4. ¿Posees acciones o bonos actualmente? ¿Piensas comprar algunas acciones en el futuro? ¿Qué otras inversiones te atraen? ¿Piensas hacerte rico(a) por medio de inversiones en acciones?

Anticipación

7-1 En grupos de dos o tres personas, digan cuánto sabe Ud. acerca de los problemas económicos de Hispanoamérica. Antes de comenzar a leer, hagan una lista de los puntos que probablemente aparecerán en las lecturas.

I. Los antecedentes históricos

Uno de los motivos básicos de los viajes de Cristóbal Colón fue el económico. El interés en el comercio hizo que se buscara una nueva ruta° a las tierras del Oriente. Antes de darse cuenta de la magnitud del descubrimiento de este «nuevo mundo» los Reyes Católicos, Fernando e
5 Isabel,[1] lo llamaron «las Indias».[2]

Lo primero que atrajo la atención de los agentes de los monarcas fue la gran riqueza mineral que representaban el oro, la plata y las piedras preciosas que usaban los indígenas. Casi inmediatamente se comenzó a desarrollar una gran industria minera. En la ciudad de Potosí, en lo que hoy es Bolivia, se
10 descubrió en 1545 una verdadera montaña de oro y plata. Todavía hoy se dice en español que algo de gran valor «vale un potosí». En un siglo, Potosí llegó a ser la ciudad más grande del hemisferio, con más de 150.000 habitantes.

En la agricultura, los reyes de España estimularon el cultivo° de varios productos no conocidos o escasos en Europa, como la caña° de azúcar, el
15 tabaco, el cáñamo° y el lino°. También hicieron llevar a América semillas° de casi todas las plantas que existían en España.

La presencia de los indígenas proveyó° a los colonos de mano de obra° en cantidad suficiente. Los indígenas tenían una tradición ya establecida de entregar gran parte de sus productos a sus jefes, así que fue fácil para ellos
20 sustituir un amo° por otro.

A pesar de todo esto, el desarrollo se vio obstaculizado° por las teorías económicas de esa época. El monarca español veía las colonias como posesión personal y prohibía el comercio con otros países. También se pensaba que la riqueza nacional consistía en la acumulación más que en la venta de
25 productos. Esta idea favorecía los minerales preciosos, pero desfavorecía° la agricultura y los productos manufacturados.

Además de esas teorías, era la práctica premiar° a los que servían bien a la monarquía con grandes parcelas de tierra. Este sistema, llamado «la encomienda»,[3] también exigía que los indígenas trabajaran para el
30 encomendero, quien vivía cómodamente de sus ingresos. Esto dio como resultado una clase social de «criollos»,[4] que poseía casi toda la tierra a fines de la época colonial.

route (gloss, line 3)
cultivation (gloss, line 13)
cane (gloss, line 14)
hemp; flax; seeds (gloss, line 15)
provided; manual labor (gloss, line 17)
master (gloss, line 20)
hindered (gloss, line 21)
slighted (gloss, line 25)
to reward (gloss, line 27)

[1] **los Reyes Católicos, Fernando e Isabel** The marriage of Fernando of Aragon and Isabel of Castile in 1469 unified Spain as a single nation. Fernando and Isabel were king and queen of Spain in 1492 when America was discovered and were responsible for the creation of colonial policy.

[2] **las Indias** The official name of the new world colonies. It was given because they were originally thought to be the East Indies, for which Columbus was searching.

[3] **encomienda** The feudal system of granting land and its inhabitants to a loyal and faithful colonist. The latter received a tax from the natives who lived on and tilled the land and in return was obligated to protect and defend his serfs. Although the people were not technically slaves, the result was practically the same. The holder of the land grant was called the _encomendero_.

[4] **criollos** Creoles: in colonial Spanish America, people of pure European descent born and raised in the colonies.

they gained

crop

merchandise

banking

Cuando ganaron° la independencia de España en el primer cuarto del siglo XIX, casi todas las naciones nuevas dependían de los minerales o de un
35 cultivo° o un producto único. Los gobiernos necesitaban urgentemente dinero y mercados para sus productos. Los productos que exportaban servían para pagar la importación de artículos manufacturados, y como resultado no hubo nunca mucho intercambio económico con los países vecinos. Llegó cada país a tener dos economías: una internacional en que participaban principalmente los ricos, y otra interna de intercambio de mercancías° elementales. A los
40 propietarios ricos, que dependían del extranjero, no les interesaba el desarrollo interno del país, ni lo facilitaban con la construcción de caminos o de sistemas bancarios°.

Comprensión

7-2 ¿Son ciertas o falsas estas oraciones? Corrija las falsas.

1. Un motivo básico del viaje de Colón fue el hambre.
2. Potosí era una montaña de minerales preciosos.
3. «La encomienda» era el sistema de mandar productos agrícolas a España.
4. El monarca español estimulaba el comercio entre las varias colonias.
5. A los propietarios ricos no les interesaba el desarrollo de la economía internacional.

Opiniones

7-3 Responda a las siguientes preguntas.

1. ¿Quiere Ud. ser dueño(a) de una casa algún día? ¿de una hacienda?
2. ¿Cree Ud. que un estado económico mejor que el de sus padres es accesible? ¿Por qué sí o por qué no?
3. ¿Le importa mucho la seguridad económica? Explique.
4. ¿Hasta qué punto tienen efecto en su futuro las teorías económicas del gobierno de hoy?

II. Soluciones modernas

El siglo XX en Hispanoamérica se caracterizó por la idea del desarrollo económico. Hay tres necesidades primarias que se consideran importantes para efectuar el desarrollo y la modernización económica que tanto necesitan todos los países hispanoamericanos.

5   La primera necesidad es la de estimular la industrialización interna para reducir la dependencia de la importación de artículos manufacturados. El problema es que esto exige la inversión de grandes cantidades de capital extranjero para construir fábricas y crear una infraestructura de caminos, *railroads* ferrocarriles°, bancos, electricidad, etcétera. Esto aumenta la deuda externa.

10   Otro elemento necesario en muchos de los países era una campaña de «reforma agraria».[5] Esto significa la redistribución de la tierra con el propósito de disminuir el poder de la oligarquía tradicional y de eliminar o reducir la concentración de tierra en las manos de las pocas familias antiguas. Esto se ha hecho en algunos países con cierto éxito, como en el Perú, y en otros como en

15 la Argentina donde hay realmente bastante tierra no ha sido muy necesario. Pero el caso de El Salvador, el país más pequeño y el de población más densa, muestra el problema claramente.

    Las siguientes estadísticas revelan el problema: durante la mayoría del siglo pasado unas seis familias ricas poseían más tierra que 133.000 familias

20 pobres; unas dos mil propiedades abarcaban casi el 40% de la tierra. Se calcula que la cantidad mínima de tierra necesaria para sostener a una familia es de nueve hectáreas. Para una población de casi 5 millones de habitantes se requerirían dos países del tamaño de El Salvador. Este problema resultó en una larga guerra de guerrillas que terminó con un plan de reforma agraria.

25 Trasladó un 25% de la tierra a 25% de los campesinos durante las dos décadas. Pero cuando terminó el plan en 1990, quedaban unas 150.000 familias sin tierra. No sorprende que haya inestabilidad política con tales condiciones. Es otro ejemplo del peso de la historia colonial, la cual creó esta imposible situación económica.

30   La tercera necesidad era la de crear alianzas o uniones aduaneras[6] entre los varios países para estimular el intercambio regional. Desafortunadamente *competition* la tradición de competencia° por los mismos mercados crea frecuentemente un *mistrust* ambiente de desconfianza° entre los países.

    Así que los pasos necesarios eran muy difíciles de efectuar debido a los

35 obstáculos históricos y sociopolíticos. Sin embargo en las dos últimas décadas del siglo, vemos que estos pasos siguen siendo indispensables para la modernización de las economías.

---

[5] **reforma agraria**   The general term used to mean some kind of redistribution of land into smaller parcels owned by a larger number of people.

[6] **uniones aduaneras**   Customs unions. A common market arrangement. Such an agreement usually means duties are reduced or eliminated for trade among its members.

to privatize; public monopolies

currency
match them; rate
so-called

controversial

Otra necesidad, según los economistas de la nueva escuela neoliberal, es la de reducir la presencia del gobierno en los mercados. Esto incluye la
40 voluntad política de privatizar° los varios monopolios públicos° y la capacidad de tomar una posición firme contra la inflación y la devaluación de la moneda°. Combatir la inflación no significa subir los sueldos y pensiones para igualarlos° a la tasa° de inflación como ha sido la práctica en muchos lugares.

Esta posición también incluye el concepto de la llamada° «globalización»
45 de las economías. Si un país impone demasiados obstáculos a la inversión, no puede competir con el resto del mundo. Los críticos del neoliberalismo alegan que esta ideología causa muchas dificultades y parece aumentar las desigualdades económicas durante el proceso de desarrollo. Después de todo es una posición algo polémica°.

Comprensión

7-4 ¿Son ciertas o falsas las oraciones? Corrija las falsas.

1. Era importante estimular la industrialización interna.
2. La «reforma agraria» significa modernizar las prácticas agrícolas.
3. Un propósito de la distribución de la tierra era reducir el poder de la oligarquía.
4. Hispanoamérica siempre ha demostrado mucha cooperación económica entre los países.

Opiniones

7-5 Responda a las siguientes preguntas.

1. ¿Cómo es la economía de los Estados Unidos en estos días? ¿Qué problemas existen?
2. ¿Cuáles son algunas medidas económicas deseables para los Estados Unidos?
3. ¿Qué se puede hacer para ayudar a los pobres en los Estados Unidos? ¿Qué medidas prefiere Ud.?

III. La situación actual

Hoy día la población de Latinoamérica y el Caribe crece a un promedio de 1,6% por año con un máximo de 3,1% en Nicaragua y un mínimo de 0,6% en Cuba. Esto significa progreso al limitar el crecimiento de la población, pero en varios de los países centroamericanos la población crece en 5 un porcentaje superior al 2%, el cual excede sus posibilidades para generar empleo.

Además, la migración del campo a la ciudad, especialmente a las capitales, resulta en un crecimiento aún mayor en esos centros urbanos. Por tanto el desempleo puede llegar al 20% en las ciudades. Los problemas de la 10 pobreza siguen siendo una preocupación fundamental.

Varios países como México se han estabilizado bastante en los últimos años. Sus bolsas° producen compras y ventas de acciones con una estabilidad que no existía hace veinte años. Sin embargo, tal estabilidad puede ser algo frágil, como entre 1994 y 1995, cuando hubo una sorprendente devaluación 15 del peso mexicano que causó una desastrosa caída en la bolsa de ese país. Como resultado de la estrecha relación° entre los países, siguió el llamado «efecto tequila» o una caída desastrosa en las bolsas de toda la región. Una garantía de 40 mil millones[7] de dólares del gobierno estadounidense restauró la confianza, pero cada vez que las acciones pierden su valor en el mercado 20 baja la confianza, tanto de los ciudadanos, como de los inversionistas° extranjeros. Esto da lugar a la evasión° de capitales, pues los ciudadanos cambian su dinero por dólares, los cuales tienen menos probabilidad de devaluación.

Una de las causas por las que el gobierno de los Estados Unidos rescató° 25 a México de sus problemas económicos se debe a que los dos países son, con el Canadá, signatarios del Tratado de Libre Comercio (TLC),[8] el primer tratado económico efectivo del hemisferio. El intercambio entre los tres países de Norteamérica ha aumentado mucho en los años después de que se firmó el TLC pero siguen existiendo muchas dudas en los tres países sobre el valor del 30 tratado a largo plazo°.

En la última década del siglo pasado estas uniones se concibieron como la «bala de plata»° para resolver todos los problemas de la región, pero existe una larga historia de tentativas° para crear estas uniones y pocos casos de éxito a largo plazo. La Asociación Latinoamericana de Libre Comercio 35 (ALALC) fue formada en 1960 y reemplazada° en 1980 por la Asociación Latinoamericana de Integración (ALADI). El Pacto Andino (el Perú, el Ecuador, Bolivia, Colombia y Venezuela) fue establecido a fines de la década de los ochenta pero ha sido difícil ponerse de acuerdo sobre varios puntos fundamentales. En 1973 se formó el CARICOM, Mercado Común del Caribe.
40 El Mercado Común de Centroamérica (MCCA) se creó en los años sesenta sin mucho éxito pero se ha reanimado° en los últimos años. Como en

---

[7] **40 mil millones** Forty billion in U.S. terms. *Billón* in Spanish means a million million or what is called a trillion in the U.S.

[8] **TLC** This treaty, signed by Mexico, the U.S., and Canada, provides for the gradual elimination of trade barriers among the three signatories. It is called NAFTA (North American Free Trade Agreement) in English and it went into effect in January, 1994.

stock markets (line 12)
close relation (line 16)
investors (line 20)
flight (line 21)
bailed out (line 24)
long-term (line 30)
"silver bullet," easy solution (line 32)
attempts (line 33)
replaced (line 35)
revived (line 41)

otros casos los países económicamente fuertes como Panamá y Costa Rica temen asociarse con los más problemáticos de su región.

La Argentina, el Uruguay, el Paraguay y el Brasil han formado una unión
45 aduanera llamada Mercosur (<u>Mer</u>cado <u>Co</u>mún del <u>Sur</u>). La organización muestra tanto las ventajas como las desventajas del concepto. La mayor desventaja es el peligro de «contagio»° cuando uno de los países miembros sufre una crisis económica —generalmente con origen político. Cuando se disminuye la confianza de los inversionistas en un país, tiende a poner
50 nerviosos a los del país vecino y éstos se escapan con su dinero. El Brasil sufrió una devaluación en 1997 con la crisis asiática y, la Argentina comenzó a presionar° las economías de todos los miembros de Mercosur a partir del año 2001, cuando tuvo que devaluar su peso. Al mismo tiempo la organización ha firmado varios acuerdos° con la Unión Europea (UE)⁹ y sigue esforzándose
55 para eliminar los obstáculos para un libre intercambio entre estos países. También Chile y Bolivia se han aliado al grupo como miembros asociados.

En 1994, en la Cumbre° Iberoamericana (una reunión de los líderes de los países del hemisferio y de España y Portugal) en Miami los presidentes votaron por el establecimiento del Área de Libre Comercio de las Américas, o
60 ALCA. Proyectaron iniciarlo en el año 2005. Así pues, son muchas las tentativas para que aumente el intercambio regional.

Esta actividad ha estimulado la discusión sobre la idea de establecer una moneda común como lo ha hecho la UE con el euro. Podría ser una unidad monetaria de nueva creación, o bien podría adoptarse el dólar norteamericano.
65 En cualquier caso serviría para reducir la volatilidad de la moneda en el hemisferio. El Ecuador ya ha adoptado el dólar y El Salvador proyecta que desaparecerá el colón para fines del año 2003. En Guatemala y Panamá el dólar se acepta como moneda legal.

España, después de la muerte del dictador Francisco Franco en 1975, ha
70 entrado en la Unión Europea (en 1986) y ha pasado por una época de crecimiento acelerado. Al mismo tiempo se ha aprovechado° de sus lazos culturales con Hispanoamérica para aumentar sus inversiones en la región, comprando acciones de las compañías básicas que están en proceso de privatización tales como las compañías telefónicas, los elementos de la banca,
75 las aerolíneas y las compañías de energía eléctrica. Su presencia actual en las economías latinoamericanas es muy fuerte y sirve de puente entre Hispanoamérica y la Unión Europea.

Es evidente que los países hispanoamericanos han progresado de manera notable últimamente, pero es asimismo evidente que queda mucho por hacer.
80 Es posible que los nuevos regímenes democráticos por lo menos hagan cambios económicos que reflejen la voluntad de la mayoría de los ciudadanos.

---

⁹ *UE* The European Union (abbreviated *UE* in Spanish) was formerly called the European Common Market. It now consists of 15 countries, 11 of which have agreed to a currency union and use the euro as the new currency. Another 10 countries will join the *EU* in May of 2004.

"contagion"

to pressure

agreements

Summit

has taken advantage

Los tipos de cambio del peso mexicano. ¿Cuál de las divisas vale más que el dólar americano?

Comprensión

7-6 Responda según el texto.

1. ¿Qué problema causa un aumento de población superior al 2% en un país pobre?
2. ¿Por qué tienen las ciudades más desempleo?
3. ¿Qué fue el «efecto tequila» y qué lo causó? ¿Cómo se resolvió?
4. ¿Qué es el Tratado de Libre Comercio y cuáles son los signatorios?
5. ¿Cuáles son los miembros principales de Mercosur? ¿Cuáles son los miembros asociados? ¿Y del Pacto Andino?

Opiniones

7-7 Responda a las siguientes preguntas.

1. ¿Debe el gobierno de los Estados Unidos ayudar a los países del Tercer Mundo? ¿Por qué sí o por qué no?
2. ¿Qué ventajas y desventajas hay en esa ayuda?
3. ¿Deben los Estados Unidos ayudar económicamente a la CEI (Comunidad de Estados Independientes, la antigua Unión Soviética)? ¿Por qué sí o por qué no?
4. ¿Debemos ayudar sólo a los gobiernos amistosos o a todos los que lo necesitan? ¿Tienen los Estados Unidos una obligación especial con los países de este hemisferio?

IV. La cultura de la pobreza

La pobreza en Hispanoamérica tiene una larga tradición, tan larga que, según la opinión de algunos observadores, adquiere° aspectos de una cultura o subcultura. Este estilo de vida o cultura pasa de generación en generación y sirve de mecanismo de supervivencia° en un mundo hostil.

5 Según el antropólogo Oscar Lewis[10] esta cultura varía poco de un país a otro; las medidas adoptadas por la gente en situaciones similares muestran una cierta universalidad.

El profesor Lewis describe varias características de la pobreza en la capital de México que pueden ser observadas fácilmente en cualquier otro 10 país. La tercera parte° de la población es pobre; esta gente tiene una mortalidad° más alta y un promedio vital° más bajo que los de los otros dos tercios. Contiene por lo tanto° una mayor proporción de jóvenes.

Por su falta de instrucción los pobres tienden a existir al margen de la sociedad en que viven y no pueden hacer uso de los elementos considerados 15 como índices del progreso: los bancos, los hospitales, las tiendas grandes, los aeropuertos o los museos.

Existe además bastante desconfianza° hacia las instituciones políticas y sociales como la policía, las agencias del gobierno y aun la iglesia.

En casi todos los países se puede hablar de «dos» países (dos Méxicos, dos 20 Venezuelas) cuando se refiere a la economía. Es que existe una gran brecha entre las clases alta y media y la clase baja. Un país puede ostentar museos, orquestas sinfónicas, universidades extravagantes, tiendas de lujo, etc., pero si un tercio de la población no tiene contacto con estos elementos, su existencia es engañosa.

25 Otro elemento que contribuye a esta división es el hecho de que la clase media se limita principalmente al medio urbano y es, en la mayoría de los países, pequeña. Cada vez que hay un choque económico, es la clase media la que más pierde. Los ricos tienen los recursos necesarios para sobrevivir, mientras que los pobres están acostumbrados al sufrimiento. La clase media 30 pierde sus ahorros por la devaluación y sus trabajos por las recesiones. El progreso es muy lento y constituye una preocupación de todos los gobiernos de la región.

margin notes:
acquires
survival
one-third
death rate; life expectancy
therefore
mistrust

[10] ***Oscar Lewis*** (1914–1970) a North American anthropologist who studied poverty in Mexico extensively. His books *Five Families* and *The Children of Sánchez* are major contributions to the understanding of the culture of poverty.

Unos campesinos del Perú cultivan la papa. ¿Qué civilización añadió la papa al surtido de alimentos del mundo?

Comprensión

7-8 Complete según el texto.

1. La pobreza ha existido durante tanto tiempo que ha adquirido _____.
2. El profesor Lewis describió la pobreza _____.
3. Los pobres no hacen uso de _____ y _____.
4. En esa cultura hay mucha desconfianza _____.
5. Dicen que hay «dos» países porque _____.
6. Los que pierden más en las crisis económicas son _____.

Opiniones

7-9 Responda a las siguientes preguntas.

1. ¿Hay una cultura de la pobreza en los Estados Unidos?
2. ¿Ahorra Ud. dinero? ¿Piensa que va a ahorrar después de graduarse?
3. ¿Hace Ud. uso de algunas instituciones e instalaciones *(facilities)* de la sociedad como los museos, los bancos y los aeropuertos?
4. ¿Qué diferencias hay entre la clase media norteamericana y la latinoamericana?

A explorar

7-10 Ejercicios de vocabulario. En grupos de dos o tres personas hagan las siguientes actividades.

A. Encuentre en el texto seis pares de palabras que deriven de la misma palabra básica.

Modelo   economía / económico

B. Escriba la forma apropiada de la palabra entre paréntesis.

Modelo   (economía) el desarrollo _económico_

1. (pobre)   la cultura de la _____
2. (producir)   aumentar la _____ de alimentos
3. (colonia)   el gobierno _____
4. (exportar)   estimular la _____ de minerales
5. (construir) la _____ de caminos
6. (industria) fomentar la _____ del país
7. (universo)   la pobreza muestra cierta _____
8. (crecer)   un _____ rápido

7-11 Puntos de contraste cultural. En grupos de dos o tres personas contesten las siguientes preguntas.

1. ¿Cuáles son algunas de las diferencias entre la organización económica de las colonias hispanoamericanas y las inglesas?
2. ¿Por qué no ha sido muy importante la idea de la reforma agraria en los Estados Unidos?

7-12 Debate. Organice dos equipos para que ataquen o apoyen esta resolución.

La ayuda financiera que el gobierno da a los pobres tiende a quitarles el deseo de trabajar.

7-13 El arte de escribir: la narración. La narración generalmente describe alguna serie de acciones. Aunque no siempre, la mayoría de las veces se cuentan en el tiempo pasado. El pretérito y el imperfecto son los tiempos verbales más comunes. El imperfecto generalmente describe el fondo o la situación de la narración, mientras el pretérito normalmente describe lo que pasó.

Para escribir una narración se comienza igual que con los otros tipos de composición —decidiendo qué tema se va a tratar y qué detalles se van a incluir, tal vez haciendo una lista de los detalles. Después, hay que darles algún orden razonable —frecuentemente se usa el orden cronológico.

Generalmente hay tres partes diferentes de la narración: la que describe el fondo o la situación, la serie de acciones específicas y la sección final que narra el resultado de las acciones o una nueva situación.

Ahora, lea esta serie de oraciones y póngalas en un orden lógico.

1. Los europeos querían una ruta marítima al Oriente.
2. Los Reyes Católicos estaban en Granada.
3. Las noticias cambiaron el mundo para siempre.
4. Colón salió de Palos de Moguer hacia las Islas Canarias.
5. Después de explorar un poco, volvió a España.
6. Colón les pidió a los Reyes Católicos que le pagaran el viaje.
7. Viajó más de dos meses sin ver tierra.
8. La reina Isabel auspició (*sponsored*) el viaje.
9. Creía que la isla que descubrió en ese viaje estaba cerca del Japón.
10. Era el año 1492.

Ahora, escriba Ud. una composición sobre algo que hizo recientemente. Primero, prepare una lista de los detalles que va a incluir y luego póngalos en orden lógico.

7-14 Ejercicio de composición dirigida. Dé su opinión personal utilizando las palabras apropiadas de la lista.

1. la idea de la pobreza como una «subcultura»
   (desempleo, gobierno, educación, abandono, desconfianza, conciencia)
2. la pobreza en los Estados Unidos
   (ciudad, campo, empleo, población, crecer, jóvenes, familia, programa, trabajar, público)
3. el salario mínimo
   (joven, empleo, edad, difícil, fácil, trabajo, inflación, explotación, pobreza, nivel)

7-15 Las noticias. En esta sección se presentarán artículos periodísticos sobre el tema de la unidad. Lea los siguientes artículos y prepárese para informarle a sus compañeros de clase sobre el significado general y su relación con el tema del capítulo.

Economías de la América Latina y el Caribe durante el siglo XX

dawn / unleashed

on the track of

roughly
battered

En el alba° el tercer milenio, la mayoría de las economías de América Latina y el Caribe están encauzadas en° procesos de modernización, pero aún son exportadoras de materias primas y están sujetas a ciclos de expansión y recesión causados principalmente por factores externos.

Esos ciclos se manifestaron con rudeza° en las mayores crisis que golpearon° a la región este siglo: la recesión global de los 30, la crisis de la deuda externa en los 80, la crisis mexicana y el «efecto tequila» de 1994–1995 y por último, los coletazos de la crisis financiera disparada° en Asia en 1997.

El libro *Progreso, pobreza y exclusión, una historia económica de América Latina en el siglo XX* publicado… por el Banco Interamericano de Desarrollo y la Unión Europea intenta responder a la pregunta ¿qué han conseguido las economías de América Latina en estos 100 años?… Quizá todo lo que pueda afirmarse… es que el ingreso per cápita creció cinco veces, y sin embargo es hoy más bajo que hace un siglo si se lo compara con el de los países industriales.

gross domestic product

Igualmente se levantó una infraestructura moderna y la industria creció hasta alcanzar 25% del producto interno bruto° (PIB), pero se redujo a la mitad la proporción del comercio mundial que corresponde a la región… Algunas otras comparaciones: En 1900 había 70 millones de habitantes; en el 2000 hay 500 millones. Tres cuartas partes de la población vivía en zonas rurales; hoy, dos de cada tres viven en centros urbanos. Tres cuartas partes de la población era analfabeta°; hoy, siete de cada ocho saben leer y escribir. La esperanza de vida° pasó de 40 a 70 años. En el 2000, el ingreso per cápita es cinco veces más alto que en 1900, pero representa 13% del equivalente en Estados Unidos; hace cien años, era 14%…

to persist
illiterate
profitable
life expectancy

school attendance

Hoy en día la mayoría de los países de América Latina y el Caribe están inmersos en procesos de reforma de sus economías, siguiendo el modelo de libre mercado…

Al mismo tiempo, la llamada «deuda social», representada en el aumento de la pobreza y el deterioro de los servicios públicos, se ha transformado en el punto débil del compromiso político necesario para perseverar° con el proceso de reformas.

[Dicen que] la inversión más rentable° a largo plazo… es mejorar y expandir la educación, pues cada año de aumento en el promedio de escolaridad° —que actualmente es de 5,5 años— se refleja en el aumento del PIB y en la disminución de la pobreza y la desigualdad.

El Excélsior (Ciudad de México)

La culpa y los miedos afectan a la clase media sobreviviente[1]

impoverishment
caused by
is experiencing
development
uncertainty
widened / guilt
gap
self-imposed solidarity
tumble down
slope
can't be made out
begins with
surviving; not impoverished
to ride out the storm
capsizing

Mucho se ha dicho y escrito sobre el empobrecimiento° de la clase media a raíz de° la profunda crisis económica que atraviesa° la Argentina. Los cambios producidos en los hábitos de consumo son, quizás, la señal más clara y evidente de cómo se ensanchó° la brecha° entre los niveles sociales altos y bajos, y de cómo cientos de hogares de clase media se desbarrancan° por una pendiente° de la que todavía no se vislumbra° el final.

Pero, ¿qué pasó con la clase media sobreviviente°, la no empobrecida°, aquélla que logró capear el temporal° sin zozobrar° en el intento? Un estudio de Ogilvy Discovery, una división de la agencia de publicidad Ogilvy & Mather, demuestra que este otro sector de la población también experimentó cambios significativos en su desenvolvimiento° como consumidor, basados en la incertidumbre° sobre el futuro, un sentimiento de culpa° por haberse mantenido a flote y la autoimposición de ser solidarios° con aquéllos que se cayeron del segmento social que antes compartían.

La investigación, presentada formalmente ayer, parte de° la idea de que la identidad de la clase media está sustentada en una serie de pilares que se vieron severamente afectados por la devaluación de la moneda, entre ellos

---

[1] *clase media sobreviviente* surviving middle class. This refers to those members of the middle class who have managed to remain in that group despite the economic crisis in Argentina.

la libertad relacionada con poder elegir lo que uno consume y la posibilidad de planificar. La lucha de la clase media sobreviviente se concentra hoy en tratar de sostener esos pilares y superar° el impacto que los temores y la resignación producen en las emociones y en la propia identidad. «Pertenecer° a la clase media es vivido ahora como un privilegio, con culpa y con cierta resistencia frente a un escenario de destino incierto», explicó Florencia Davidzon, una de las responsables del trabajo…

Un día en casa

El estudio [en 2002] permite estudiar a una familia durante un día entero y registrar° en video cómo vive, cómo consume y cómo se comunica ese grupo…

En líneas generales predominan en la clase media sobreviviente las emociones negativas (angustia, indignación, tristeza) y la frustración por haber perdido parte del territorio ganado, lo que genera —sobre todo en las mujeres— una crisis de identidad.

Como contrapartida°, se ve una revalorización° de los vínculos° emocionales sobre la posesión de bienes, aunque por mandato social° lo material sigue siendo importante. De ahí que°, pese° a la austeridad, la gente no se resigne a abandonar por completo las primeras marcas°. Más aún: ansían° poder regresar a ellas cuanto antes.

La Prensa (Buenos Aires)

to overcome

To belong
on the other side
re-evaluation; ties

as a social requirement
Thus
despite

top brands; they yearn

record

7-16 Situación. Imagínese que Ud. acaba de heredar 10 millones de dólares que no esperaba heredar. Ahora tiene una serie de decisiones que tomar sobre su futuro. ¿Cuáles son las decisiones más importantes? ¿Qué actos de caridad haría Ud.? ¿Dónde y cómo viviría? ¿Qué haría? ¿Trabajaría o se dedicaría a pasar largas vacaciones? ¿Qué compraría?

Los movimientos revolucionarios del siglo XX

Lecturas culturales

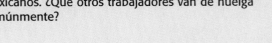

◄ Aquí se ve una huelga organizada por los maestros mexicanos. ¿Qué otros trabajadores van de huelga comúnmente?

Lecturas culturales

Enfoque

"coup d'etat, palace revolt"
unbearable; has rebelled

Con frecuencia, en la América Latina, un cambio violento de gobierno no es más que un «golpe de estado»° en que el cambio sólo afecta a la presidencia. Sin embargo, a veces las condiciones han sido tan insoportables° que el pueblo se ha rebelado°. La pobreza y la escasez de oportunidades económicas, los gobiernos opresivos y otros factores han favorecido, en ciertas épocas y en ciertos países, la creación de movimientos guerrilleros o revolucionarios. Veamos aquí algunos casos de revoluciones o insurrecciones ocurridos a lo largo del siglo XX.

Vocabulario útil

Estudie estas palabras antes de leer los ensayos.

Verbos

efectuar *to effect, to cause to occur*
ejercer *to exercise*
eliminar *to eliminate*
fracasar *to fail*
modificar *to modify, to change*
pertenecer *to belong*
reforzar(ue) *to reinforce*
sacrificar *to sacrifice*

Sustantivos

el apoyo *support*
la dictadura *dictatorship*
el ejército *army*
el éxito *success*
    tener éxito *to succeed*

el fracaso *failure*
la fuerza *force*
la huelga *strike*
    en huelga *on strike*
la ideología *ideology, political belief*
el poder *power*
el (la) rebelde *rebel*
el secuestro *kidnapping*

Otras palabras y expresiones

algo *something, somewhat*
autocrático(a) *autocratic, dictatorial*
poderoso(a) *powerful*

Para practicar

Trabajen en parejas, o como indique su profesor(a), para hacer y contestar estas preguntas usando el vocabulario de la lista para intentar saber algo sobre sus compañeros de clase.

1. ¿Tienes una ideología política clara ahora? ¿Puedes describirla? ¿Sabes a quién vas a apoyar en las próximas elecciones? ¿Perteneces a algún partido u organización política? ¿A cuál?
2. ¿Has participado en alguna huelga o has sacrificado algo por una causa política? ¿Por cuál? ¿Tuviste éxito o fracasaste?
3. ¿Te consideras un(a) rebelde? ¿Por qué sí o por qué no?
4. ¿Crees que está justificado efectuar cambios por la fuerza a veces? ¿Cuándo? ¿O siempre se puede modificar el gobierno y eliminar la injusticia usando métodos pacíficos? ¿Crees que la violencia genera más violencia? Explica tu posición.

Anticipación

8-1 Trabajen en grupos de dos o tres. Véanse los mapas al principio de este libro. Haga una lista de los países y sus capitales en Centroamérica y Norteamérica. Indique en qué parte del país está situada cada capital. ¿Cómo influye la geografía de un país en su desarrollo político y económico?

I. Revolución y «golpe de estado»

Durante el siglo XX, en casi todos los países hispanoamericanos se efectuaron más cambios de gobierno por la fuerza que por vía° democrática. Sin embargo, estos cambios, que raramente tienen las características de revoluciones, son simples golpes de estado. Éstos se pueden
5 definir como cambios que sólo sustituyen un elemento por otro sin que se modifiquen los verdaderos poderes socioeconómicos. Algunos autores sugieren° que en algunos países el golpe de estado ha asumido la misma función que tienen las elecciones parlamentarias en el sistema europeo. Es decir que cuando un presidente pierde el apoyo del congreso, sus rivales organizan un golpe en
10 vez de fijar° elecciones. El procedimiento tiene una serie de reglas tradicionales y generalmente se lleva a cabo con gran eficacia.[1] Claro que se elimina el elemento popular porque el cambio es de una fuerza militar a otra, de un grupo económico poderoso a otro grupo semejante, o de un partido autocrático a otro de tendencias iguales. Lo esencial es que las verdaderas bases del poder no
15 cambian, sino sólo los individuos que lo ejercen.

Las verdaderas revoluciones implican cambios mucho más profundos en la distribución del poder. Ocurren de una clase social a otra, de los propietarios a los empleados, o de los oficiales a los soldados rasos del mismo ejército. Según la mayoría de los especialistas en política hispanoamericana, hubo sólo
20 tres revoluciones en el siglo XX: la de México de 1910, la boliviana de 1952 y la cubana de 1959. Esto significa que en los tres casos se efectuó una modificación radical° en la organización de los elementos del poder.

Ocurrieron otros movimientos con aspectos revolucionarios como el del gobierno de Salvador Allende[2] en Chile, el movimiento peronista en la
25 Argentina[3] o la rebelión militar en el Perú.[4] En los tres casos la base del poder era demasiado limitada para tener éxito a largo plazo°. Los sandinistas en Nicaragua tomaron el poder en 1979 con una ideología revolucionaria verdadera, pero las presiones internacionales de los adversarios de la «guerra fría» resultaron en la destrucción de su revolución. Pero el caso es que la
30 mayoría de los movimientos eran golpes de estado.

---

[1] It has been said that some coups are settled by a phone call between two generals who compare forces and declare a winner. Although some are violent, many involve little or no actual shooting.

[2] *Allende* Allende came to power in 1970 by the electoral process but with a somewhat revolutionary platform, which was beginning to change the actual power base until he was overthrown by the military in 1973.

[3] *movimiento peronista en la Argentina* Juan Perón became president twice, in 1946 and 1974, with a very specialized power base. The president during the 1990s, Carlos Menem, was a peronista.

[4] *la rebelión militar* General Juan Velasco Alvarado took power in 1968 with a revolutionary program, much of which was dismantled after his death in 1975.

by way of

suggest

set a time for

basic

long term

Pancho Villa (a la izquierda) y Emiliano Zapata en un momento de unidad.
¿Cuál es la imagen que tienen hoy día estas figuras de la Revolución Mexicana
de 1910?

En las dos últimas décadas del siglo XX vimos la desaparición de los
gobiernos militares y la llegada de la democracia, de alguna u otra forma, a
casi todos los países hispanoamericanos. Pero comienzan las dificultades al
inicio del tercer *milenio°*. En el Perú un presidente debidamente *elegido°*,

35 Alberto Fujimori, *llevó a cabo°* un «autogolpe de estado». Quiere decir que
suspendió la constitución y el congreso y comenzó a gobernar
autocráticamente. Después de unos años de su tercer *mandato°* tuvo que
dimitir° y exiliarse en el Japón (de donde vinieron sus padres) acusado de
corrupción.

40 Fujimori, Menem en la Argentina, Cardoso en el Brasil y Chávez en
Venezuela, todos ellos han insistido en tomar *medidas°* para poder ocupar el
puesto durante más de un mandato. En todos los casos los presidentes han
convencido a los congresos para que les *otorgue°* poderes extraordinarios,
alegando° que era necesario para gobernar efectivamente. Los resultados no

45 han sido del todo *ventajosos°*. Al salir Menem de la presidencia, la Argentina
entró en un largo período de inestablilidad que vio varios presidentes entrar y
salir de la Casa Rosada. En Venezuela, el presidente Chávez ha gobernado
autocráticamente en medio de una situación política caótica. Cardoso terminó
su mandato *pacíficamente°*, pero el candidato que apoyó como su sucesor

50 perdió las elecciones. En el Ecuador grandes protestas públicas resultaron en
la salida de un presidente y nuevas elecciones. Algo semejante ocurrió en el
Paraguay. Lo notable de todos estos golpes de estado «civiles» es que son los
ciudadanos en vez de las fuerzas armadas los que efectúan los cambios. Y
aquéllos no *rechazan°* la democracia sino sencillamente no aceptan a los

55 líderes incompetentes.

millennium; duly elected
carried out

term (of office)
resign

measures

to grant them
alleging
advantageous

peacefully

reject

Comprensión

8-2 Elija la respuesta que mejor complete las siguientes oraciones.

1. En Hispanoamérica se han efectuado más cambios de gobiernos por…
   a. revoluciones.
   b. elecciones democráticas.
   c. golpes de estado.
2. Una verdadera revolución ocurrió en…
   a. el Ecuador.
   b. México.
   c. el Brasil.
3. El golpe de estado sólo cambia… en el poder.
   a. a los individuos
   b. las bases
   c. el ejército
4. En Chile, la Argentina y el Perú la base del poder era…
   a. guerrillera.
   b. demasiado limitada.
   c. las fuerzas armadas.
5. Las verdaderas revoluciones implican un cambio en la distribución del…
   a. ejército.
   b. poder.
   c. estado.

Opiniones

8-3 Responda a las siguientes preguntas.

1. ¿Cómo son diferentes los recientes golpes de estado «civiles»?
2. ¿Qué condiciones harían que Ud. se volviera revolucionario(a)?
3. ¿Sabe Ud. lo que dice la Declaración de la Independencia norteamericana sobre la revolución?
4. ¿Dónde hubo un golpe de estado recientemente? ¿Por qué ocurrió? ¿Quién ganó?
5. ¿Cree Ud. que podría haber una situación donde las fuerzas armadas norteamericanas tomaran el poder? Explique. ¿Qué pasaría si lo hicieran?

II. La Revolución Mexicana de 1910

Después de un largo período de dictadura, un pequeño ejército formado principalmente por hombres del norte de México se levantó° violentamente, produciendo en el año 1910 una revolución en el país. La guerra duró varios años y terminó con una nueva constitución nacional en 1917. Como ocurre en muchos movimientos violentos, la ideología se creó después de la guerra. Pancho Villa y Emiliano Zapata,[5] que luchaban al frente de ejércitos desorganizados y populares, se convirtieron en héroes nacionales. Los soldados respondían al carisma° de los líderes sin saber mucho ni de ideologías ni de teorías políticas. También sentían deseos de vengarse de la opresión que habían sufrido bajo la dictadura de Porfirio Díaz.[6] Sin embargo, la lucha produjo una ideología que favoreció a las clases bajas a expensas de los ricos del régimen° anterior.

La constitución de 1917, que todavía rige° en México, incluyó varios artículos dedicados a la justicia social, especialmente para los trabajadores urbanos. Permitió por primera vez los sindicatos, y éstos vinieron a ocupar un puesto de poder en la vida nacional. Además, se promulgaron° leyes para reducir el poder de dos grupos importantes del régimen anterior: la Iglesia y las compañías e individuos extranjeros.

En el primer caso, se estableció un sistema de enseñanza pública para todo el pueblo. La educación había estado en manos de la Iglesia desde los principios de la colonia. En el segundo caso, se declaró que el suelo° mexicano, incluso° los minerales del subsuelo, pertenecía al pueblo. Esto daba al gobierno el derecho de prohibir la explotación del petróleo por elementos extranjeros. Bajo el presidente Lázaro Cárdenas (1934–1940) todo el petróleo° fue expropiado; entonces quedó en manos del gobierno. En vista de los descubrimientos posteriores, este hecho asumió después muchísima importancia económica.

Muchos han criticado la Revolución por ayudar principalmente a la clase media y a los capitalistas nacionales, y por no beneficiar al pueblo. Entre las únicas verdaderas mejoras figuran el aumento del alfabetismo° y la construcción de un mayor número de hospitales y de otras obras públicas.

El Partido Revolucionario Institucional (PRI), una coalición creada en la década de los veinte, ha tenido casi un monopolio del poder político durante unos setenta años. Aunque ha restringido° la libertad democrática, también ha traído una estabilidad política bastante sólida. Pero últimamente otros partidos han comenzado a atacar ese poder exclusivo y el PRI, respondiendo a la presión pública, ha tenido que abrir el proceso electoral. Esta abertura resultó en la elección de un presidente, Vicente Fox, del PAN (Partido de Acción Nacional) en el año 2000. Es un partido relativamente más conservador que el PRI. Fox ha podido resistir la oposición que ha surgido por no resolver él todos los problemas. Fox ha hecho público varios documentos sobre las acciones del régimen anterior. El desafío° será mantener en el futuro la estabilidad política tradicional en México, y a la vez° permitir un proceso democrático más abierto.

Aunque no ha sido perfecta la Revolución, no se puede negar que ha llegado a crear un orgullo de ser mexicano entre el pueblo de ese país.

[5] **Pancho Villa y Emiliano Zapata** The two most popular revolutionary leaders of the Mexican Revolution of 1910. Neither was really an ideological leader, and both were eventually excluded from the new government. Both men, however, retain an almost mystical image to the present day.

[6] **Porfirio Díaz** President of Mexico from 1872 to 1911. His oppressive regime and his reluctance to relinquish the office formed the basic political motivation for the revolution.

---

rose up

charisma

regime
rules

passed

ground, soil; including

crude oil

literacy

it has restricted

challenge
at the same time

Comprensión

8-4 Responda según el texto.

1. ¿Por qué siguieron los soldados a hombres como Villa y Zapata?
2. ¿Qué documento produjo la Revolución de 1910?
3. ¿Qué cambios trajo la Revolución Mexicana al sistema de educación de México?
4. ¿Qué mejoras verdaderas ha logrado la Revolución?
5. ¿Qué es el PRI y qué ha hecho durante setenta años?
6. ¿Qué cambio hubo en el gobierno mexicano en el año 2000?

Opiniones

8-5 Responda a las siguientes preguntas.

1. ¿Puede nombrar unos revolucionarios en la historia de los Estados Unidos? ¿Qué opina de ellas?
2. ¿Ha visitado México Ud.? ¿Quisiera visitar ese país? ¿Qué parte?
3. ¿Cuáles son los problemas más graves del México contemporáneo?

III. Bolivia en 1952, Cuba en 1959 y Nicaragua en 1979

Around the middle of
seaport
tin

A mediados del° siglo XX, Bolivia, además de ser el único país del continente sin puerto marítimo°, tenía una gran población indígena sin tierra, y dependía de su producto único, el estaño°. En 1952 el Movimiento Nacional Revolucionario asumió el poder e inició dos cambios radicales: la
5 reforma agraria y la nacionalización del estaño.

reduced

Como en muchos otros casos, la reforma agraria redujo° la producción de comestibles porque los campesinos no tenían interés en producir más de lo que consumían. El estaño perdió su importancia y no produjo los ingresos°

income

necesarios para comprar la comida que faltaba. Los resultados generales de la
10 Revolución boliviana no han sido muy prometedores.

De todas las revoluciones del siglo XX en Hispanoamérica, después de la de México, la que más atención atrajo en los Estados Unidos ha sido la cubana. El movimiento del «26 de julio»[7] fue encabezado por Fidel Castro y Ernesto «Che» Guevara, quienes entraron victoriosos en La Habana el
15 primero de enero de 1959. La personalidad de Fidel y su imagen pública le

support; beard; cap; rejection

atrajeron mucho apoyo° popular. La barba°, la gorra° militar, el rechazo° del lujo generalmente asociado con su puesto de presidente, lo identificaron —sinceramente o no— con el pueblo que lo había ayudado tanto en su lucha militar.
20 La presencia del «Che» Guevara, argentino de nacimiento, reforzó esta identificación. Guerrillero de profesión, Che aumentó su imagen casi mística cuando fue a Bolivia a morir en la lucha revolucionaria de ese país en 1967.

---

[7] *26 de julio* This is the date, in 1953, of the first attack by the rebels and so became the name of the movement.

Después de la victoria revolucionaria vino el problema de encontrar un mercado para su producto único: el azúcar. Nacionalizaron las maquinarias° *machinery*

25 norteamericanas y los Estados Unidos ya no quiso comprar su producto. Castro, al proclamarse leninista, consiguió apoyo de la Unión Soviética durante casi tres décadas frente a un embargo económico impuesto° a petición *imposed* de° los Estados Unidos. Desapareció el apoyo cuando desapareció la Unión *at the request of* Soviética y desde entonces Cuba ha sufrido una caída severa en sus

30 condiciones económicas. Parece que toda esta presión resultará en unos cambios básicos en el sistema de gobierno cubano.

La larga dictadura de las varias generaciones de la familia Somoza en Nicaragua dio origen a una oposición popular encabezada por el «Frente Sandinista de Liberación Nacional».[8] Cuando llegó al poder en 1979 proclamó

35 una ideología izquierdista. Fidel Castro les prestó apoyo económico y también el apoyo militar que requerían para luchar contra sus enemigos nacionales e internacionales. Esta oposición violenta presionó° al gobierno a permitir *pressured* elecciones y la victoria electoral de Violeta Chamorro puso fin a la revolución sandinista. Aunque lograron mejoras en el sistema de educación y en la salud

40 pública, no pudieron estabilizar la economía ni pacificar la oposición. No queda mucha influencia del movimiento sandinista en la Nicaragua de hoy.

[8] *Sandinista* The name is derived from Augusto César Sandino (1895–1934) who headed the resistance in Nicaragua to the U.S. occupation (1927–1933) and was thus a national hero.

Comprensión

8-6 Responda según el texto.

1. ¿Cuál fue el problema que produjo la reforma agraria en Bolivia?
2. ¿Qué hombres famosos se asociaron con la Revolución cubana?
3. ¿Por qué dejó la Unión Soviética de apoyar al gobierno cubano?
4. ¿Qué presión le puso los Estados Unidos a Cuba?
5. ¿A qué familia depusieron los sandinistas?
6. ¿Qué mejoras lograron los sandinistas antes de perder el poder?

Opiniones

8-7 Responda a las siguientes preguntas.

1. ¿Qué responsabilidad tienen los Estados Unidos hacia los países pobres como Bolivia?
2. ¿Por qué salieron tantos cubanos de su país después de la victoria de Castro?
3. ¿Puede Ud. nombrar algunos héroes revolucionarios de los Estados Unidos? ¿Qué hicieron?
4. ¿Puede Ud. imaginarse las condiciones que podrían conducir a una revolución en los Estados Unidos?

IV. Los guerrilleros

Uno de los héroes del movimiento del 26 de julio en Cuba fue Ernesto «Che» Guevara (1928–1967), prototipo del guerrillero hispanoamericano. Los rebeldes cubanos pasaron varios años en la sierra sirviendo como símbolo de la oposición a la dictadura de Fulgencio Batista, el presidente cubano.

5 «Che» Guevara sirvió en esa época como maestro material y espiritual en los métodos de la guerra de guerrillas. La base de esta guerra, tan común en la época contemporánea, es el ejército popular, secreto y móvil, que cuenta con° el apoyo del pueblo para obtener provisiones. Guevara, en su manual sobre la organización de los guerrilleros (libro que forma parte de la lectura básica

10 sobre el asunto), dice acerca de las posibilidades de éxito: «Donde un gobierno haya subido al poder por alguna forma de consulta° popular, fraudulenta o no, y se mantenga al menos una apariencia de legalidad constitucional, el brote° guerrillero es imposible de producir por no haberse agotado° las posibilidades de la lucha cívica.» Es decir que la guerrilla no

15 puede funcionar sin el apoyo del pueblo ni puede funcionar contra un gobierno que mantenga la apariencia de libertad.

Por motivos propagandísticos los grupos guerrilleros por lo general se llaman a sí mismos «frentes de liberación» o «ejércitos populares» mientras los gobiernos amenazados los denominan° «terroristas».

20 El caso de España muestra la dificultad que presentan tales grupos. La región vasca° del norte de España tiene una larga historia de sentimiento separatista. Los vascos tienen una cultura algo distinta y su lengua es de origen desconocido.[9] Han luchado contra el dominio del gobierno de Madrid por muchos años, pero últimamente esta lucha ha resultado en una trágica

25 violencia de tipo guerrillero. Los vascos rebeldes exigen la separación completa del país vasco para crear una nación independiente. La nueva constitución española, adoptada en 1978, hace posible cierto grado° de autonomía para las regiones españolas,[10] pero esto no parece satisfacerles a los vascos. Sus métodos incluyen ataques de sorpresa contra la policía

30 nacional, bombas que estallan° en lugares públicos, secuestros de personas ilustres° y poderosas y otros actos de violencia. Su influencia en los sindicatos° vascos es tan grande que los empresarios se ven obligados a pagarles un «impuesto revolucionario» a los rebeldes para evitar que hagan huelga. Así los rebeldes ganan dinero para sus otras actividades. Según un

35 informe de *El País,* periódico de Madrid, una carta de los dirigentes etarras° a los terroristas dice que «la vida de un terrorista 'vale° cien veces más que la de un hijo de un txakurra' (término despectivo° para designar a un policía)…[y] los dirigentes ordenan a los terroristas que sigan colocando° bombas en automóviles de policías, pese al riesgo° de que también mueran

40 niños.» En otro caso una agencia calcula que unos 42.000 ciudadanos de las

---

[9] **origen desconocido** Basque, unlike the other regional languages of Spain, is not a romance language. The region is called *Euzkadi* in Basque. The terrorists use the intials ETA for *Euzkadi ta Askatasuna* or "Euzkadi and freedom."

[10] **las regiones españolas** Spain has fourteen traditional regions: Galicia, Asturias, León, Navarra, Cataluña, Aragón, Castilla la Vieja, Castilla la Nueva, Extremadura, Andalucía, Murcia, Valencia, Canarias (islands in the Atlantic), and Baleares (islands in the Mediterranean of which Mallorca is the largest). The regions had not had official status for some time, but the 1978 constitution allowed those wishing it to acquire some autonomy similar to that enjoyed by the states in the U.S.

---

depends on (line 7)

consent (line 11)

outbreak (line 13)
having exhausted (line 14)

call (line 19)

Basque (line 21)

degree (line 27)

explode (line 30)
famous (line 31)
unions (line 32)

ETA leaders (line 35)
it is worth (line 36)
pejorative (line 37)
placing (line 38)
despite the risk (line 39)

«Che» Guevara fue uno de los líderes carismáticos del Movimiento del 26 de julio en Cuba. ¿Ha habido o hay ahora líderes carismáticos semejantes en los Estados Unidos? ¿Por qué sí o por qué no?

group
labor union officials; entrepreneurs

provincias vascas están sometidos a la amenaza directa de ETA por el hecho de defender ideas contrarias a las de la banda° terrorista «o haber elegido ser jueces, profesores, políticos, sindicalistas°, policías, empresarios°... »

El pueblo vasco ya no apoya a los etarras que llevan más de veinte años
45 en su esfuerzo.

destabilize

Uno de los propósitos de los grupos terroristas es desestabilizar° el gobierno legítimo y provocar una reacción excesiva de parte de las autoridades. Por ejemplo, se ha acusado a varios miembros del gobierno español de actos ilegales en la guerra contra los etarras. Hubo una organización secreta llamada
50 GAL (Grupo Antiterrorista de Liberación) que se dedicó a matar a los terroristas sin el beneficio de un proceso judicial. Posiblemente recibió el permiso y el apoyo financiero del gobierno nacional y el escándalo afectó mucho el esfuerzo oficial contra los rebeldes.

Casi todos los países tienen o han tenido grupos rebeldes. El Sendero
55 Luminoso del Perú, las Fuerzas Armadas Revolucionarias de Colombia, son dos de los más activos del siglo XXI. El primer grupo sigue con sus ataques a

was arrested

pesar de que su líder cuyó preso° hace unos años. Las FARC se aprovechan del caos que domina su país durante las tres últimas décadas.

Comprensión

8-8 Responda según el texto.

1. ¿Sobre qué es el manual que escribió Che Guevara?
2. ¿Qué exigen los terroristas vascos? ¿Dónde?
3. ¿Qué es el «impuesto revolucionario» de los vascos?
4. ¿Qué quieren provocar los etarras de parte del gobierno?
5. ¿Qué grupos son los más activos hoy día en Hispanoamérica?

Opiniones

8-9 Responda a las siguientes preguntas.

1. ¿Ha participado Ud. en una manifestación? ¿A favor o en contra de qué?
2. ¿Cree que valen la pena las manifestaciones?
3. ¿Va a votar Ud. para el próximo presidente?
4. ¿Le gusta participar en la política de la universidad? Explique.
5. ¿Presta mucha atención a la política nacional? ¿Por qué sí o por qué no?

A explorar

8-10 Ejercicios de vocabulario. En grupos de dos o tres personas hagan las siguientes actividades.

A. Indique la palabra que corresponda a la definición.

1. un sistema de pensamiento político
2. un grupo basado en afinidad de ideologías
3. un partido de rebeldes secretos
4. táctica de los guerrilleros
5. los soldados como grupo
6. una actividad del ejército
7. lo opuesto a la guerra
8. método de un gobierno tiránico
9. un gobierno que usa represión

    a. partido
    b. secuestros
    c. ideología
    d. guerra
    e. dictadura
    f. represión
    g. guerrilleros
    h. paz
    i. ejército

B. Complete con la forma apropiada de la palabra entre paréntesis.

Modelo   (fracaso) las revoluciones <u>fracasadas</u>

1. (economía)   las condiciones _____
2. (violencia)   una rebelión _____
3. (espíritu)   el héroe _____
4. (constitución)   poderes _____
5. (revolución)   las tácticas _____

C. Indique los sinónimos.

1. cambios
2. jefe
3. guerrilleros
4. obrero
5. baja

    a. líder
    b. rebeldes
    c. modificaciones
    d. disminución
    e. trabajador

8-11 Puntos de contraste cultural. En grupos de dos o tres personas contesten las siguientes preguntas.

1. ¿Cuáles son las diferencias en la importancia de la agricultura entre los Estados Unidos e Hispanoamérica?
2. ¿Por qué no ha habido necesidad de una reforma agraria en los Estados Unidos?
3. Han existido grupos de guerrilleros en los centros urbanos de los Estados Unidos, pero nunca en el medio rural. ¿Por qué es distinta la situación en Hispanoamérica?

8-12 Debate. Organice dos equipos para que ataquen o apoyen esta resolución.

Un país debe ayudar a un movimiento revolucionario en un país vecino si le es ideológicamente conveniente.

8-13 El arte de escribir: Exposición (primera parte). La exposición es esencialmente una explicación o una declaración de algo. Frecuentemente es sobre algo abstracto o literario, pero también puede ser sobre cualquier cosa.

En un ensayo el objetivo es hacer que el lector comprenda la idea, de modo que por lo general se dirige a su inteligencia y no a sus sentimientos.

Para escribir una exposición es necesario formular una pregunta y responderla en el ensayo. La extensión y la complejidad del ensayo resultarán de la complejidad del tema. Si se hace una pregunta como *¿De qué tratan las obras de Borges?*, se tendría que escribir un libro entero para agotar el tema. Pero, si se pregunta, *¿De qué trata el cuento «Un día de estos» del colombiano García Márquez?*, se podría contestar así:

El ambiente del cuento refleja las guerras fratricidas que caracterizaron las luchas entre liberales y conservadores en Colombia entre 1948 y 1958. El cuento muestra cómo «La Violencia» (como dicen los colombianos) tuvo un efecto profundo en todo el país, especialmente en los pueblos más pequeños.

Claro, en cualquier ensayo puede variar la cantidad de puntos que se incluyen.

Ahora, lea estas preguntas posibles y con unos compañeros de clase decida cómo se pueden reformular para hacer una exposición más corta.

1. ¿Qué ideología tenía la Revolución Mexicana?
2. ¿Qué querían los sandinistas?
3. ¿Por qué se estudia en la universidad?
4. ¿Qué es la literatura?
5. ¿Qué hace un presidente?
6. ¿Quién es Fidel Castro?

Ahora, escriba una exposición sobre algo que ha aprendido en otra clase. No se olvide de ponerle atención al proceso de limitar el tema.

8-14 Ejercicio de composición dirigida. Dé su opinión personal, utilizando las palabras apropiadas de las listas.

1. las razones de la violencia en la política
   (opresión, frustración, desconfianza, proceso electoral fraudulento, tortura, libertad)
2. la reacción oficial apropiada frente a los secuestros políticos
   (rescate, asilo político, desaliento, preso, éxito, fracaso, ánimo, cooperación)

3. la violencia política en los Estados Unidos
   (asesinar, presidente, seguridad, policía, candidato, carisma, televisión, campaña electoral)
4. la violencia urbana y la inseguridad personal en los Estados Unidos
   (autoridad, respeto, familia, móvil, ataque, escuela, pobreza, miedo, robo, violación sexual, armas disponibles)

8-15 Las noticias. Haga Ud. un resumen de estos artículos.

La Constituyente abre la puerta a un mandato de 12 años para Chávez

Constitutional

has complied with

La Asamblea Nacional Constituyente° ha complacido° los deseos del presidente venezolano, Hugo Chávez, de poder contar con mayor tiempo para desarrollar su proyecto bolivariano.[1]

has allowed

Así ha consagrado° en la nueva Carta Magna la reelección presidencial inmediata y el aumento del mandato actual de cinco a seis años, con lo que se prolonga el período de Gobierno a 12 años [que comienzan en 1999]…

agreed

Desde que tomó posesión del cargo… el mandatario° ha manifestado su intención de ampliar el mandato presidencial a seis años [en vez de cinco],… con posibilidad de una sola reelección.[2]

president / promotions

policy elections

Chávez justifica esta medida porque requiere un plazo mínimo de 10 años para poner en marcha su revolución «democrática, pacífica y bolivariana».

En la primera discusión del proyecto constitucional, considerado como el más voluminoso del mundo por sus 395 artículos, la Asamblea Constituyente, elegida popularmente… también acordó° dar mayores poderes a la figura presidencial. Entre éstos destaca su facultad de decidir personalmente los ascensos° militares, nombrar al vicepresidente, convocar los referendos° y disolver el Parlamento.

El País Digital (Madrid)

[1] **bolivariano** In the spirit of Simón Bolívar, the "George Washington" of northern South America. Bolívar was originally from Venezuela.

[2] **una sola reelección** The constitutions of most Latin American countries allow a 5- or 6-year term with no re-election. Lately a number of presidents have managed to skirt these restrictions. Since they were all freely elected, this is not generally considered to be an anti-democratic move.

Muere oficial de la policía en emboscada de Sendero Luminoso…

died / foliage
ambush

entered

section
located

LIMA (AFP) — Un oficial de la policía de Perú falleció° y tres quedaron heridos en una emboscada° perpetrada este viernes por el grupo guerrillero Sendero Luminoso (SL, maoísta[1])… a dos días de las elecciones municipales y regionales, según Radioprogramas del Perú.

El incidente se produjo cuando una brigada de la policía inspeccionaba un tramo° de la carretera Tambo-San Francisco, ubicada° en la provincia de Huanta, cuando fue emboscada por una columna senderista que se encontraba camuflada en el follaje° del valle, según el reporte del corresponsal de Radioprogramas.

Los restos del capitán y de los heridos fueron trasladados de inmediato en helicóptero al hospital regional de Ayacucho, mientras patrullas del ejército y de la policía se internaron° en la zona en busca de la columna senderista.

El Nuevo Herald (Miami)

[1] **maoísta** Followers of the philosophy of Mao Tse Tung, which refers especially to revolution in the rural millieu.

39.000 colombianos en riesgo de desplazamiento por violencia

townships
at risk / hurriedly
engaged / scheme
carried out

displacement

unleash

unrelated

ally

Otros 39.000 campesinos colombianos que viven en 115 municipios° están en riesgo° de abandonar precipitadamente° sus parcelas debido a la creciente violencia protagonizada° por los paramilitares de extrema derecha y los rebeldes izquierdistas,…

La guerra colombiana ha provocado el desplazamiento° de 1,5 millones de personas en la última década, de acuerdo con la Iglesia católica.

[Se] afirmó que los paramilitares de las Autodefensas Unidas de Colombia (AUC), que habitualmente operan en zonas rurales del norte y el noroeste del país, han «ampliado su radio de acción hacia (ciudades) como Bogotá»…

Asimismo, las guerrilleras Fuerzas Armadas Revolucionarias de Colombia (FARC, marxistas) —comprometidas° en un esquema° de paz con el Gobierno— «mantienen su proyecto de recuperar el departamento de Córdoba y asegurar posiciones en (la estratégica zona bananera de) Urabá»…

Las FARC y el Ejército de Liberación Nacional (ELN, guevarista[1]) libran° una «guerra a muerte» en diversas regiones colombianas con las AUC, la cual incluye ataques contra campesinos y otros civiles ajenos° al conflicto pero que cada banda percibe como aliado° del rival.

El Nuevo Día Interactivo (San Juan, Puerto Rico)

[1] **guevarista** Followers of the guerrilla tactics of Che Guevara.

Convivir con el miedo en Euskadi

dark shadow / throw
experienced militant
municipal elections
masked men
clothing

councilman / painted messages
advice

mail carrier
scrawls / whose / patronized
murderer; gate

El miedo es una sombra densa° en Euskadi. La campaña electoral para las municipales° del próximo 13 de junio arranca sin *kale borroka* (violencia callejera), pero con amenazas muy concretas de los violentos contra sus adversarios políticos, como ésta recibida por un concejal° socialista: «Nuestro consejo° es que se vaya a su pueblo a vivir o le mandaremos en una caja de pino (preferiblemente muerto)». O como la mano que garabatea° la palabra «asesino»° en el portal° de un parlamentario del Partido Popular (PP). O como la sombra del brazo que lanza° cuatro botellas inflamables a la casa de un curtido militante°...

... El 19 de febrero, unos enmascarados° lanzaron *cocteles mólotov* contra [la] tienda de confección° [de Santi Abascal, concejal del PP]. Unos días después, el pueblo amaneció con cuatro o cinco pintadas° —«Santi, vete de Euskadi». Abascal,... recuerda que ETA mató años atrás en Amurrio a un cartero°, al hermano del cartero y a un socialista cuyo° bar frecuentaban° guardias civiles[1]...

El País Internacional (Madrid)

[1] **guardias civiles** The *Guardia Civil* is the Spanish National Police force, which has been the frequent target of ETA violence.

8-16 Situación. Imagínese que Ud. es víctima de un secuestro político. Los guerrilleros le dicen que lo han hecho para conseguir la libertad de unos presos políticos y que lo (la) van a matar si no cooperan las autoridades. ¿Qué les diría Ud. a los guerrilleros en su propia defensa? Si permiten que Ud. haga una llamada a las autoridades, ¿qué les diría Ud.?

La educación en el mundo hispánico

Lecturas culturales

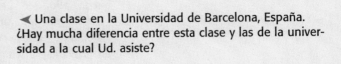

◄ Una clase en la Universidad de Barcelona, España. ¿Hay mucha diferencia entre esta clase y las de la universidad a la cual Ud. asiste?

Lecturas culturales

Enfoque

La organización y los métodos de enseñanza reflejan los valores, los ideales y la situación socioeconómica de un pueblo. Además de aumentar los conocimientos tecnológicos, el sistema de enseñanza se dedica a transmitir la cultura de una generación a otra.

Esto se hace explícitamente en las clases de historia, de política o de religión; pero el sistema de enseñanza también tiene una influencia implícita en la sociedad a través de los métodos usados en la enseñanza, los cursos ofrecidos o la selección de alumnos.

Estos ensayos se dedican a la explicación de las grandes diferencias entre el sistema de enseñanza del mundo hispánico y el del norteamericano.

Vocabulario útil

Estudie estas palabras antes de leer los ensayos.

Verbos
contratar *to contract*
convenir (ie) *to suit*
dar una clase *to teach, to lecture*
diferir (ie) *to differ, to be different*
elegir (i, i) *to choose*
especializarse *to major, to specialize*

Sustantivos
la elección *choice*
la instrucción *instruction, teaching*
la investigación *research*
el (la) maestro(a) *teacher*
la manifestación *demonstration*
la matrícula *tuition*

la nota *grade*
el título *degree (education)*

Adjetivos
educativo(a) *educational*
escolar *pertaining to school*
estudiantil *pertaining to students*
explícito(a) *explicit*
gratuito(a) *free*
implícito(a) *implicit*
particular *private*
primario(a) *primary*
privado(a) *private*
secundario(a) *secondary, high school*
superior *higher*

Para practicar

Trabajen en parejas, o como indique su profesor(a), para hacer y contestar estas preguntas, usando el vocabulario de la lista para saber algo sobre sus compañeros de clase.

1. ¿Qué materias estudias este semestre? ¿En qué te especializas? ¿Por qué elegiste esa especialización?
2. ¿Tienes mucha libertad para escoger las clases que tomas para tu especialización? ¿Qué título tendrás al final?
3. ¿En tu escuela los maestros ponen más atención a la investigación o a la instrucción?
4. ¿Es muy cara la matrícula en tu escuela? ¿Ha subido mucho últimamente? ¿La pagas tú o la pagan tus padres?
5. ¿Crees que tu experiencia educativa en las escuelas primaria y secundaria fue buena? ¿Por qué sí o por qué no? ¿Sacabas buenas notas?
6. ¿Has asistido a alguna escuela particular? ¿Cuál? ¿Crees que se debe crear un sistema de «vales» *(vouchers)* para ayudar a los alumnos que quieran asistir a una escuela particular?

Anticipación

9-1 Trabajen en grupos de dos o tres. Traten de adivinar el significado de las palabras subrayadas dentro del contexto de la educación.

1. Durante la primera época de la dominación árabe España fue el centro de la enseñanza <u>superior</u> en Europa.
2. La meta final era el <u>ingreso</u> a la universidad.
3. Hasta el siglo XIX la facultad de <u>teología</u> era la más importante, después la facultad de <u>derecho</u> o de jurisprudencia comenzó a <u>prevalecer</u>.
4. Para pasar de un año a otro el alumno tenía que <u>aprobar</u> los exámenes finales.

I. Historia de la enseñanza hispánica

Durante la primera época de la dominación árabe (siglos VIII–XIII) España fue el centro de la enseñanza superior en Europa. La tradición griega, traída por los moros, se extendió° por todo el continente desde Córdoba. La conocida tolerancia de los moros hacia las ideas heterodoxas° los colocó al
5   frente° de los impulsos renovadores° de la época. Basadas en esta tradición fueron establecidas las primeras universidades españolas: las de Salamanca, Valencia y Sevilla en el siglo XIII. Estas universidades, como también sus contemporáneas de Oxford, Bolonia (Italia) y París, tenían una estructura bastante floja° —consistían en un grupo de profesores particulares que se
10 ponían de acuerdo para dar sus clases en un sitio común. Su categoría° oficial venía de una carta real° y de una autorización del Papa°. En la Universidad de París el profesorado° tenía el poder, mientras que en la de Bolonia el poder estaba en manos de los estudiantes. Las universidades españolas, y las hispanoamericanas, siguieron el modelo italiano. Las universidades del resto
15 de Europa y de los Estados Unidos prefirieron el modelo francés. Esto, en parte, explica algunas diferencias básicas en las actitudes de los estudiantes aun hoy día. El concepto principal de Bolonia era que un grupo de estudiantes contrataba a un profesor para que éste les diera una clase° de filosofía, por ejemplo. En París, los estudiantes tenían que pagar la matrícula de las clases
20 que les recomendaban los profesores. Esta distinción todavía se mantiene hasta cierto punto, pero con la diferencia de que en la mayoría de los casos es el gobierno o un grupo religioso el que les paga a los profesores.

Durante el Renacimiento (siglos XV–XVII) aumentó la importancia de la educación y en esta época se fundaron en España la Universidad de Alcalá de
25 Henares —hoy de Madrid— y la mayoría de las americanas: Santo Domingo en 1538; México y Lima en 1551; Bogotá en 1563; Córdoba, en la Argentina, en 1613; Quito en 1622; Sucre, Bolivia, en 1624; Guatemala en 1676, etcétera. Casi todas estas instituciones fueron fundadas por órdenes religiosas, principalmente por los dominicos y los jesuitas. Como punto de comparación,
30 Harvard fue fundada en 1636, William and Mary en 1693 y Yale en 1701.

Las universidades tradicionales tenían sólo cuatro facultades:[1] Teología, Leyes, Artes y Medicina. La Facultad de Artes (hoy Filosofía y Letras) tenía

Glosses (margin):
- *spread*
- *heretical*
- *situated them in the forefront; impulses toward change*
- *loose*
- *status*
- *royal decree; Pope*
- *faculty*
- *would teach them a class*

[1] *facultades* The word *facultad* means "faculty" only in the specialized sense of the professors of a "school" or "college." The more usual translation for the *Facultad de Medicina* would be the School of Medicine. Faculty in its most common sense in English is *profesorado* (professoriate) or *cuerpo docente* (teaching corps).

Law

Engineering

asset

demanded

to reach
attendance

prevented

dos funciones: preparación para las otras facultades y preparación de maestros de enseñanza secundaria. La de Teología, dedicada a la formación de
35 sacerdotes, era la más importante hasta el siglo XIX cuando las de Derecho° y Medicina comenzaron a prevalecer, y las universidades se convirtieron en centros de investigación científica y añadieron otras facultades: las de Ingeniería°, Comercio, Farmacia, etcétera.

La enseñanza primaria y secundaria se consideraba una responsabilidad
40 personal y era una actividad religiosa o particular. La manera en que el alumno se preparaba para la universidad quedaba por su cuenta. Hasta el siglo XIX no existía el concepto de la educación como bien° nacional. Las ideas económicas del siglo XIX comenzaron a darle valor monetario a un pueblo educado. Además, los ideales democráticos dieron doble impulso al desarrollo de
45 sistemas públicos de enseñanza: 1) la igualdad de oportunidad exigía° escuelas pagadas por el gobierno; 2) para poder ejercer sus nuevas obligaciones cívicas, el pueblo necesitaba alcanzar° cierto nivel de conocimientos.

En el siglo pasado apareció la idea de asistencia° obligatoria aunque por lo general ésta era más un ideal que una realidad. La falta de recursos
50 impedía° que la enseñanza llegara a los niños rurales. Hoy día la asistencia es obligatoria hasta los doce o catorce años en la mayoría de los países hispanos, y la instrucción también es gratuita.

Comprensión

9-2 Responda según el texto.

1. ¿Cuáles fueron las tres primeras universidades de España y cuándo se fundaron?
2. ¿Cuál era la diferencia entre la organización de las universidades de París y Bolonia?
3. ¿Cuándo comenzaron a ser importantes las facultades de Derecho y de Medicina?
4. ¿Qué significa el concepto de la educación como bien nacional?
5. ¿Cuándo apareció la idea de asistencia obligatoria?

Opiniones

9-3 Responda a las siguientes preguntas personales.

1. ¿Cree Ud. que la educación en la universidad debe ser gratuita como lo es la de la escuela secundaria?
2. ¿Tienen los estudiantes mucho poder en la dirección de su universidad? ¿Cree que debería tenerlo?
3. ¿Cree Ud. que la educación va a tener mucha importancia en su vida futura? ¿Por qué?
4. ¿Cree que la universidad debe proporcionar más o menos materias electivas en su programa? Explique.

II. «Educación» y «enseñanza»

to clarify

Para entender algo del concepto de la enseñanza en el mundo hispánico y de cómo difiere del de los Estados Unidos es necesario aclarar° algunas cuestiones de terminología. La palabra «educación» tradicionalmente se refiere al proceso total de formar un adulto de un niño. Incluye, pero no se
5 limita a la instrucción recibida en la escuela. El niño también recibe su formación de su familia, de la Iglesia y de sus experiencias. El proceso académico es la «enseñanza». La palabra deriva de «enseñar», y ésta es la

task

tarea° del maestro. Sólo recientemente se encuentra la palabra «educación» usada en el sentido del proceso escolar.

10 Los niveles de la instrucción académica son la enseñanza preescolar, la enseñanza primaria o elemental, la enseñanza media o secundaria y la enseñanza superior o universitaria. Como se verá, estos niveles no son exactamente iguales a sus equivalentes en el sistema norteamericano.

Otros términos pueden confundir al estudiante norteamericano. La palabra
15 «curso» significa todo un año escolar: por ejemplo, «el sexto curso de

Course
prescribed, required
requirement

medicina». «Materia» es una serie de clases dedicadas a un curso. El curso, entonces, consiste en varias materias que por lo general están prescritas° sin que el estudiante tenga ninguna elección. El concepto de «requisitos°» apenas existe, puesto que casi todas las materias dentro del curso son obligatorias.
20 Hay casos en que el alumno puede elegir entre secciones: por ejemplo, el curso de lenguas modernas ofrece elección entre varias lenguas, pero en cualquier caso se estudia la misma serie de materias —gramática, cultura, literatura, etcétera.

El «bachillerato» es más o menos equivalente al diploma secundario en
25 los Estados Unidos y no al título universitario. Éste, por ser más especializado,

general

no tiene nombre genérico° sino que se le llama por el título profesional: profesor para los graduados de la Facultad de Filosofía y Letras, médico para los de Medicina, ingeniero para los de Ingeniería, abogado o licenciado para los de Leyes (Derecho)[2], etcétera. Las «facultades» equivalen más o menos a
30 las «escuelas» profesionales de las universidades norteamericanas, con la diferencia de que se hacen responsables de la enseñanza total del alumno. Esto quiere decir que hay profesores de inglés o de castellano en la Facultad de Medicina y otros en la Facultad de Ingeniería. Esto muestra dos contrastes muy importantes con el sistema norteamericano: la especialización que, en
35 algunos países, comienza temprano, y la falta de posibilidad de elección de las materias por el alumno. Es posible, por lo general, tomar clases en otras facultades pero no cuentan para el título.

---

[2] **Leyes (Derecho)** These two terms are used interchangeably to refer to law. *Licenciatura,* properly a law degree, has come to be used to refer to what is the equivalent of a master's degree in the United States.

Una escuela primaria en San Juan, Puerto Rico. ¿Qué opina Ud. del uso de uniformes en la escuela primaria o en la secundaria?

Comprensión

9-4 Complete según el texto.

1. El proceso total de formar a un individuo se llama _____.
2. Un curso consiste en varias _____.
3. Cuando un individuo termina su enseñanza secundaria, recibe un _____.
4. Al graduarse de la Facultad de Filosofía y Letras, uno recibe el título de _____.
5. En las universidades hispánicas comienza temprano la _____.

Opiniones

9-5 Responda a las siguientes preguntas.

1. ¿Cuántos años va a tardar Ud. en completar su educación superior? ¿Cuatro? ¿Más? ¿Por qué?
2. ¿Cuándo va a graduarse?
3. ¿Cree Ud. que es mejor especializarse temprano o esperar para estar más seguro(a)?
4. ¿Le parecen los estudios de su universidad muy, poco o nada difíciles?

III. La organización de la enseñanza hispánica

Aunque sería imposible describir en detalle todos los sistemas de enseñanza de los países hispánicos, se puede dar una idea general de éstos.

Hay jardines infantiles° que aceptan alumnos desde los dos o tres años hasta los seis. Este nivel se clasifica generalmente como «educación infantil» pero no es obligatoria y relativamente pocos niños asisten. En España entre los años cero y tres se llama educación preescolar y de los tres a seis es la educación infantil. Esta segunda etapa° es donde se comienza a estudiar la primera lengua extranjera.

La enseñanza primaria abarca° desde los seis años hasta los doce. En la mayoría de los países hispánicos es obligatoria y gratuita. Termina con un certificado de sexto° grado.

La próxima etapa es la de los «colegios» o «liceos» o a veces «institutos».[3] La enseñanza media o secundaria en Hispanoamérica generalmente se divide en dos ciclos que suman cinco o seis años en total. Por lo general el primer ciclo, o ciclo básico, termina en el bachillerato elemental o general y el segundo en el bachillerato. Este segundo ciclo representa una preparación más especializada para una carrera profesional.

En España se dividen los cursos a los catorce años en dos «itinerarios»°: uno para el bachillerato (y la universidad) y el otro de formación profesional (o sea para aprender un oficio°).

En muchos sistemas existen escuelas separadas especializadas para comercio, para maestros y para las fuerzas militares. Estas escuelas comienzan por lo general después de la escuela primaria, o sea a los trece o catorce años. Esto requiere una decisión relativamente temprana sobre el destino del alumno.

Las materias de la escuela primaria son las mismas que en los Estados Unidos: idiomas, matemáticas elementales, estudios sociales (historia y geografía, tanto nacional como universal), ciencias naturales, ciudadanía°, higiene y estética (arte y música). Hay generalmente también cursos de desarrollo moral y social que tienen el propósito° de transmitirles valores personales a los niños. En España hay dos tipos de materia de sociedad, cultura y religión: una de carácter «confesional»° realizada por las autoridades religiosas y otra «no confesional».

El día escolar en la escuela primaria es generalmente más corto que en los Estados Unidos: dura cinco horas en vez de° seis. Sin embargo, la enseñanza tiende a ser más concentrada durante este tiempo. Algunas materias como la gimnasia o la práctica de la música y del arte no se incluyen en el currículum general.

La enseñanza media o secundaria generalmente inicia la especialización del alumno. Después de recibir el certificado de la escuela primaria, los jóvenes eligen entre varios campos de estudio: humanidades, para los que piensen cursar la carrera de maestro o profesor en la universidad; ciencias para la ingeniería o la medicina; escuela vocacional, etcétera. Por lo general tienen que aprobar un examen de ingreso o de selección antes de ser aceptados en la escuela elegida.

---

[3] *«colegios» o «liceos» o «institutos»* The European system of names has traditionally been used both in Spain and Spanish America. Many universities have their own *colegios* to prepare students for entrance. The *«bachillerato»* is difficult to compare to the U.S. system.

Glosses (left margin):
- kindergartens
- stage
- covers
- sixth
- tracks
- trade
- civics
- purpose
- doctrinal
- instead of

Existe en los países hispánicos un número relativamente grande de
escuelas secundarias militares que dan el título de bachiller y también un
nombramiento a la categoría de oficial en las fuerzas armadas. Esto casi nunca
se hace al nivel universitario como en los Estados Unidos.

Al igual que en los Estados Unidos, existen muchas escuelas particulares y
religiosas en todos los niveles, en Hispanoamérica y España. Éstas tienden a
proporcionar una experiencia educativa más sólida, aunque tienen que ofrecer
más o menos el mismo currículum que las escuelas del gobierno. Como en
todas partes, las escuelas particulares y religiosas son costosas y sólo los niños
de las familias relativamente acomodadas° pueden aprovecharse de sus
excelentes instalaciones°.

En muchos países hispánicos los exámenes finales en las escuelas
secundarias se dan por materia y el alumno recibe una nota final entre 0 y 10.
Generalmente el 6 es la nota mínima de aprobación. Si recibe menos de 6 en
cualquier materia, tiene que repetirla, pero puede seguir al próximo nivel en las
materias aprobadas. Un 10 se califica de «sobresaliente»° y un 9 de «notable»°
en muchos casos. En algunos países no se acostumbra mucho dar exámenes
parciales° durante el año —el alumno se juega todo° en la nota recibida en el
examen final. Este examen casi siempre tiene al menos una parte oral, en la que
el alumno se presenta ante un tribunal° de profesores que le hacen preguntas
sobre la materia en cuestión. Por lo general el alumno tiene muy poca idea del
nivel de sus conocimientos antes de ese momento. No es necesario decir que la
época de los exámenes, que dura dos o tres semanas, debido al tiempo
requerido para los exámenes orales, inspira cierto miedo en el alumno.

En casi todos los países hispánicos el sistema escolar se organiza a nivel
nacional. Hay, por lo general, un ministerio de educación que, con sus
consejeros profesionales, determina la forma que tendrá el sistema en todos los
niveles.

well-to-do
facilities

excellent; very good

midterm exams; everything rides on

panel

Comprensión

9-6 Responda según el texto.

1. ¿A qué nivel está el colegio en los sistemas hispánicos?
2. ¿Qué materias no tiene el día típico en la escuela primaria?
3. ¿Cuándo se hace en España la decisión para la especialización entre humanidades y ciencias?
4. ¿A qué nivel se ofrecen los estudios militares en los sistemas hispanoamericanos?
5. ¿Qué notas se usan en el sistema hispánico?

Opiniones

9-7 Responda a las siguientes preguntas.

1. ¿Qué opina Ud. de la práctica de los exámenes orales en el sistema hispánico?
2. ¿Qué piensa Ud. del concepto de dar clases sobre el desarrollo moral y social?
3. ¿Piensa Ud. que el fútbol, el arte y la educación física deben ser parte del currículum de la universidad?
4. ¿Cree que debemos tener un currículum nacional uniforme? ¿Por qué?
5. ¿Le gustan sus clases generalmente? Explique.

IV. Las universidades en el mundo hispánico

Desde el establecimiento de la Universidad de Salamanca en el siglo XIII hasta la actualidad, la universidad ha ocupado una posición de importancia en la sociedad hispánica. El título universitario de doctor en medicina o licenciado en derecho es muchas veces un símbolo de prestigio más que una preparación práctica. Así que se encuentran en todas las carreras personas que poseen un título profesional que no tiene mucha relación con su verdadera profesión. Además de esto, las facultades se componen en gran parte y a veces casi exclusivamente de profesionales. Invitar a un médico de la comunidad a dar una clase en la facultad de medicina es uno de los honores más grandes que se le puede hacer.[4]

advantage

Esta costumbre tiene la ventaja° de proveer instrucción práctica especializada y variada. La desventaja es que el médico o abogado sólo se presenta en la universidad tres o cuatro veces a la semana para dar sus clases y tiene poca oportunidad para el contacto fuera de clase, que forma parte importante de la experiencia educativa.

pressures

La mayoría de las universidades mantiene cierta autonomía sobre sus asuntos internos aunque, como en cualquier país, existen presiones° sociales. Por lo general el sistema de universidades se encuentra bajo la jurisdicción del gobierno nacional, y no bajo la de los estados o provincias. Aun cuando hay centros provinciales, están obligados a seguir el currículum de la universidad nacional si quieren que sus títulos sean legalmente válidos. Esta práctica

reinforces

refuerza° el control que ejerce el gobierno federal sobre todo el sistema. Sólo las universidades particulares, que casi siempre son religiosas, tienen algo de libertad en el campo de la experimentación educativa. Esto ha resultado en la creación y expansión de las universidades católicas en el mundo hispánico. Éstas han sido centros de innovación y modernización en muchos de los países.[5]

entrance
gained

En la mayoría de las universidades hispánicas la matrícula es casi gratuita y por eso teóricamente accesible a todos. En la práctica, sin embargo, los jóvenes pobres tienen que trabajar para ganarse la vida. Además, en algunos países los exámenes de ingreso° muchas veces requieren preparación especial que sólo puede ser alcanzada° por medio de colegios particulares.

---

[4] Most administrators feel that the widespread practice of part-time teaching is undesirable: salaries are kept low, teacher-student contact is minimal, rational curriculum planning is difficult, faculty communication is poor, etc. Typically, universities outside large cities have made progress toward establishing a full-time faculty since they have fewer community resources to draw on. The same prestige factor that induces eminent physicians and attorneys to teach for very little pay makes eliminating the practice difficult. In the humanities, it is not uncommon for a professor to have three or four different schools to go to each day.

[5] Many administrative and curricular reforms are impossible in the traditional universities due to the several factors mentioned. The tenure system in which one professor is chosen in each subject for a life term stifles change. The private universities can avoid some of these problems as can new public institutions.

Comprensión

9-8 Elija la respuesta que mejor complete la oración según el texto.

1. La Universidad de Salamanca fue creada…
   a. en el siglo XX.
   b. antes de Cristo.
   c. en el siglo XIII.
2. Los profesorados hispanos se componen en gran parte de…
   a. profesores.
   b. mujeres.
   c. profesionales.
3. Últimamente las universidades católicas han sido centros de…
   a. desestabilización.
   b. experimentación educativa.
   c. control momentario.
4. Generalmente las universidades son controladas a nivel…
   a. local.
   b. nacional.
   c. católico.

Opiniones

9-9 Responda a las siguientes preguntas.

1. ¿La universidad a la que Ud. asiste queda bajo el control del gobierno o de una organización nacional, estatal o local? Explique.
2. ¿Qué ventajas y desventajas tiene su sistema?
3. ¿Es fácil o difícil ingresar en su universidad? ¿Por qué?
4. ¿Cuál es la facultad más famosa de su universidad? ¿Por qué?
5. ¿Cuáles son las ventajas y desventajas de una universidad particular?

V. La vida estudiantil

Se puede decir que los estudiantes universitarios forman una clase aparte. Tienen más contacto que el resto de la población con las actividades políticas de la nación y del mundo. Están más conscientes de los problemas y de sus posibles soluciones. Durante gran parte del siglo XX esta conciencia a
5 veces se manifestó en forma de actividades importantes para la política nacional. En algunas ocasiones esto resultó en violencia.

Una manifestación estudiantil en Tlatelolco[6] en México el 2 de octubre de 1968 resultó en la muerte de tal vez 300 personas, varias de ellas estudiantes universitarios. Fue un episodio trágico, cuyos detalles fueron mayormente
10 encubiertos por el gobierno porque ocurrió en vísperas de los Juegos Olímpicos, cuando la ciudad estaba llena de periodistas internacionales. Sólo después de la subida de otro partido a la presidencia en el año 2000 se le han abierto los archivos del gobierno al público y se ha nombrado un fiscal especial° para tratar de aclarar lo que pasó hace más de treinta años.

15 En Hispanoamérica los estudiantes universitarios participan activamente en el gobierno de la universidad; por lo general mucho más que sus colegas norteamericanos. La primera manifestación estudiantil del siglo pasado fue el movimiento de la reforma universitaria iniciado en la Universidad de Córdoba, Argentina, en 1918. Rápidamente se extendió por el continente y en muchos
20 centros se convirtió en un nuevo sistema de gobierno universitario con mucho poder en manos de las juntas estudiantiles°.

Es importante recordar que el sistema de exámenes finales, donde el candidato se presenta° a fin de curso y el hecho de que la asistencia a clases no es obligatoria le dejan al individuo el tiempo necesario para la política. Aunque
25 la mayoría de los cursos son de cuatro o seis años, es bastante común encontrar estudiantes que llevan el doble de ese tiempo sencillamente porque no han querido presentarse a los exámenes.

Debido a° la división de la universidad en facultades especializadas, los centros hispánicos muchas veces no tienen un solo «campus» como en los
30 Estados Unidos. Los estudiantes que asisten a la Facultad de Ingeniería, por ejemplo, no toman clases en otras facultades. Frecuentemente las facultades están en varias partes de la ciudad y por eso la vida estudiantil es distinta.

La mayoría de los estudiantes viven en casas particulares o en pensiones porque pocas universidades hispánicas tienen residencias oficiales para
35 estudiantes. Las pensiones que se encuentran cerca de la universidad suelen estar° llenas de estudiantes y así hay cierto contacto entre ellos. Como en los Estados Unidos, hay cafeterías en las facultades donde los estudiantes se reúnen° durante el día.

Los estudiantes hispanos también tienen sus actividades sociales —bailes,
40 fiestas, grupos dedicados a intereses especiales. Estas actividades son casi siempre funciones de los estudiantes de una facultad porque se identifican más fuertemente con su facultad que con toda la universidad. Los grupos musicales, por ejemplo, llamados «tunas» o «estudiantinas» siempre representan una facultad.

---

[6] **Tlatelolco** A historical plaza in Mexico City where a student demonstration was stopped by the military. A large number of students died—some people claimed as many as 500—although the government vigorously denied it.

special prosecutor

student councils

presents him/herself

Due to

are usually

get together

were rebuilt
do have; fact
located

somewhat apart

foster

leaves aside
reflection

appropriate

45   Algunas universidades nuevas y las que se recontruyeron° en el siglo XX a veces sí tienen° su «campus» general, pero la falta de residencias y el hecho° de que están generalmente ubicadas° en un centro urbano, no apoyan ese sentido típico de muchas universidades norteamericanas de ser el centro de la vida del estudiante. El sentido algo apartado° del «campus» ubicado en el medio rural o en

50   un pueblo pequeño, como en muchos casos de universidades norteamericanas, es muy raro en el mundo hispánico. La universidad no tiene ni quiere tener una función social en la vida del estudiante. Después de todo, no fomenta° el concepto de la carrera universitaria como una época definida en que el estudiante deja al lado° la vida real. Se limita la universidad hispánica a su función pedagógica.

55   El sistema de enseñanza se crea como reflejo° de los valores sociales del país, pero puede constituir una fuerza que actúe sobre esos mismos valores para cambiarlos o para modificarlos. Aunque la organización y la tradición del sistema son conservadoras, el proceso de educar a los jóvenes es revolucionario y crea las condiciones adecuadas° para el cambio.

Comprensión

9-10 Responda según el texto.

1. ¿Por qué son una clase aparte los estudiantes universitarios?
2. ¿Qué ocurrió en la Universidad de Córdoba en 1918?
3. ¿Por qué es fácil tomar mucho tiempo para terminar la carrera en algunas universidades hispánicas?
4. ¿Por qué no es necesario tener un «campus» en las universidades hispánicas?
5. ¿Cómo son diferentes las universidades hispánicas de las norteamericanas, en cuanto a la función social?

Opiniones

9-11 Responda a las siguientes preguntas.

1. ¿Cree Ud. que es bueno tener residencias para estudiantes en las universidades? ¿Por qué?
2. ¿Dónde y cómo vive Ud. mientras asiste a la universidad?
3. ¿Por qué vive donde vive?
4. ¿Está contento(a) o quisiera mudarse?
5. ¿Cree que es mejor que un(a) estudiante universitario(a) viva en casa con sus padres y no en una residencia universitaria? Explique.

Videomundo: educación práctica (1:12:08–1:17:50)

«Programa de Intérpretes». Mire este segmento y conteste las preguntas sobre este programa.

1. ¿Por qué necesitan intérpretes en el hospital? ¿Con quiénes tienen que comunicarse los pacientes?
2. ¿De dónde vienen los pacientes a este hospital? ¿Cuántos idiomas han contado?
3. ¿Qué significa cuando dice «no es qué idioma habla el paciente sino qué idioma habla el médico»?
4. ¿Le parece a Ud. interesante ser voluntario(a) en tal programa? ¿Por qué sí o por qué no?

A explorar

9-12 Ejercicios de vocabulario. En grupos de dos o tres personas hagan las siguientes actividades.

A. Indique la palabra que corresponda a la definición.

1. una sección profesional de la universidad		**a.**	bachillerato
2. los profesores		**b.**	colegio
3. curso de estudios secundarios		**c.**	aprobar
4. el conjunto de materias que llevan al título		**d.**	profesorado
5. la escuela secundaria		**e.**	educación
6. lo que estudian los abogados		**f.**	facultad
7. salir bien en el examen final		**g.**	autonomía
8. grupo de profesores que juzgan el examen		**h.**	curso
9. el control sobre sus propios asuntos		**i.**	derecho
10. proceso de formar un adulto		**j.**	tribunal

B. Dé la forma apropiada de la palabra entre paréntesis.

Modelo   pagamos la (matricularse) *matrícula*

1. el día (escuela) _____
2. la asistencia (obligar) _____
3. la enseñanza (segundo) _____
4. un grupo (estudiante) _____
5. la investigación (ciencia) _____

C. Indique los sinónimos.

1. colocar		**a.**	derecho
2. leyes		**b.**	lugar
3. crecer		**c.**	aumentar
4. enseñanza		**d.**	asentar
5. excelente		**e.**	por separado
6. entrada		**f.**	ingreso
7. aparte		**g.**	instrucción
8. sitio		**h.**	sobresaliente

D. Complete con una palabra relacionada a la palabra entre paréntesis.

Modelo   (especializarse)

¿Cuál es tu *especialización*?

El curso de programación informática es muy *especializado*.

1. (conocer)

   a. Es el _____ profesor de español.

   b. Se dedica a aumentar los _____ tecnológicos.

   c. Yo lo _____ en la escuela secundaria.

2. (autorizar)

   a. Necesita la _____ del profesor.

   b. Es un acto _____ ante la ley.

   c. ¿Quién _____ este movimiento?

3. (educar)

   a. Hay necesidad de reforma _____.

   b. Los padres tienen la responsabilidad de _____ al niño.

   c. Muestra su mala _____.

4. (obligar)

   a. Cumple con sus _____.

   b. Es una clase _____.

   c. Se vio _____ a repetirla.

9-13 Puntos de contraste cultural. En grupos de dos o tres personas contesten las siguientes preguntas.

1. ¿Cuáles son algunas implicaciones de la diferencia de modelos universitarios entre el mundo hispánico y el mundo anglosajón?

2. ¿Qué implica el hecho que se distinga entre la educación y la enseñanza en la cultura hispánica?

3. ¿Qué diferencias hay en el currículum secundario de los dos sistemas?

4. ¿Qué significan las diferencias entre la vida estudiantil hispánica y la de los estudiantes norteamericanos?

9-14 Debate. Organice dos equipos para que ataquen o apoyen esta resolución.

Las universidades no deben cobrar matrícula, sino que deben ser mantenidas por el estado.

9-15 El arte de escribir: Exposición (segunda parte). Este segundo tipo de exposición no es muy diferente al tipo que vimos en la unidad anterior. Es cuestión de explicar su opinión o su punto de vista sobre algún tema. Frecuentemente se pueden usar las técnicas siguientes: usar ejemplos para aclarar las ideas, hacer la descripción más detallada, hacer una comparación o un contraste con algo que el (la) lector(a) ya conoce, etcétera.

Generalmente la exposición es un modo de escribir algo formal. Por eso requiere alguna distancia de la personalidad del (de la) autor(a), y es común el uso de la voz pasiva y de las expresiones impersonales. Es de notar que la exposición no trata de convencer al (la) lector(a) que acepte su opinión, sino claramente explicarla. Sugiere también el uso de un tono neutral y una actitud objetiva de parte del autor.

Ahora, con unos compañeros de clase, escojan Uds. entre las oraciones que sean apropiadas para una exposición y las que no lo sean. En el caso de las que no sean apropiadas trate de cambiarlas.

1. ¡Ojalá que creas lo que te voy a decir!

2. Es obvio que se trata de una opinión personal.

3. Siempre he pensado que eso es indudable.
4. No dejes de leer ese libro.
5. ¡Qué película más fenomenal!
6. Muchas personas comparten esta opinión.
7. Es necesario entender el origen de esta idea.
8. Esta pintura es muy divertida por su tema.

Ahora, escriba Ud. una exposición sobre una opinión o una interpretación suya de una obra de arte, una película o una novela.

9-16 Ejercicio de composición dirigida. Dé su opinión personal, utilizando las palabras apropiadas de la lista.

1. la elección de la carrera a los dieciséis años
   (temprano, arrepentirse, decidirse, joven, maduro, equivocarse, malgastar)
2. la educación vocacional y el estudio de filosofía y letras
   (útil, trabajo, dinero, moralidad, desarrollo, ampliar, mundo)
3. el poder estudiantil contra el poder del profesorado
   (equilibrio, contribución, joven, anciano, exámenes, notas, sistema, democrático)
4. el costo de la educación superior
   (público, privado, impuestos, matrícula, bien social, mejora personal, gratuito, gobierno)

9-17 Las noticias. Haga Ud. un resumen de cada uno de estos artículos.

Presidente Chávez asiste a encuentro nacional de estudiantes universitarios

República de Venezuela

headquarters / the people

to join forces

proposals / described

Meeting

accelerates

El Presidente de la República°, Hugo Chávez Frías, se dirigió, en horas del mediodía, hasta la sede° del Núcleo Sucre de la Universidad de Oriente, donde más de 3 mil jóvenes de distintas partes del país, le presentaron propuestas° para la participación del sector estudiantil en la solución de problemas en nuestro país.

Este Encuentro° Nacional de Estudiantes organizado por la Federación de Centros Universitarios (FCU) se realiza en Cumaná estado Sucre, con motivo de la celebración de la semana del estudiante universitario.

…Oscar García… miembro de la Federación Bolivariana de Estudiantes[1] explicó que uno de los objetivos de las propuestas, entregadas al Primer Mandatario Nacional es «identificar la Universidad con el pueblo°», y exhortó a todos los sectores del país a aunar esfuerzos° para solucionar los problemas.

Oscar García calificó° como positivas las políticas en materias de educación implementadas por el Gobierno Nacional. «El Presidente de la República está creando escuelas de formación para el trabajo, lo cual contribuye con un proceso donde se acelera° la productividad y la economía… Del Programa del Presidente depende el proceso de desarrollo y la estabilidad social.»

2001 On Line (Caracas, Venezuela)

[1] *Federación Bolivariana de Estudiantes* President Chávez calls his movement the *"Revolución Bolivariana"* for the *Libertador* of South America, Simón Bolívar. All the supporting organizations usually use that name, too.

Gabriel vive a 6.000 kilómetros del colegio

El pasado miércoles, 55.467 niños almerienses° iniciaron el curso escolar. Estaban todos menos uno. Faltaba Gabriel, de siete años, residente en un cortijo° de Félix° con sus padres y su hermana de cuatro. Gabriel se ha convertido en el protagonista involuntario de un pulso familiar° al sistema educativo. Sus padres rechazan° la disciplina, el autoritarismo y la competitividad que, en su opinión, puede fomentar° entre los pequeños. Ellos creen en la educación basada en la creatividad y libertad del niño. Por esa razón han matriculado a Gabriel en un centro norteamericano para que siga los estudios desde casa, a través de Internet. La Junta de Andalucía[1] está convencida de que causará un daño irreversible en el menor° y trata de impedirlo° con todos los medios legales.

A Gabriel le gusta parar balones° cuando juega al fútbol, leer a *Mortadelo*° y disfrazarse de° rey Arturo para explorar las montañas que rodean su casa de Félix, un pueblo almeriense de 582 habitantes con calles encaladas° que huelen a° jazmín. A Gabriel le gusta todo eso y jugar con los Teletubbies de su hermana Mariana. Pero ahora ya no quiere salir a la calle y se despierta sobresaltado° a media noche. Y es que este niño de siete años, delgadito y algo pálido, está viviendo el peor verano de su vida: en julio perdió a su abuelo, en agosto se sometió° a una operación de peritonitis y ahora se encuentra envuelto en un tremendo lío° educativo que le afecta pero que no comprende.

Su madre, Lola, una traductora de inglés autodidacta°, y su padre, Gabriel, dueño de un pequeño taller de reparación de televisores en Roquetas de Mar°, han decidido que estudie por Internet en un colegio de Boston (Estados Unidos) que responde a su ideal de enseñanza. La matrícula del niño en Clonlara School, a 6.000 kilómetros de distancia de su casa almeriense, ha revolucionado a las autoridades educativas, dispuestas a agotar° todas las vías legales con tal de impedir lo que consideran un disparate° pedagógico que perjudicará° irremediablemente al niño.

Él no dice nada. Mira a los adultos con recelo° y se esmera° en los trabajos manuales. El pequeño Gabriel sabe leer, escribir, manejar el ordenador y pintar al óleo a pesar de no haber pisado° nunca una escuela. Su madre dice que ha aprendido a su ritmo, sin esforzarse, cuando ha querido y cómo le ha venido en gana°. Ésa es justamente la esencia de la doctrina del maestro norteamericano John Holt, fundador del movimiento Aprender sin escuela, del que Lola y su marido son fervientes defensores.

…Gabriel no ha recibido ni una sola indicación de sus padres sobre lo que debe aprender, cómo o cuándo hacerlo. La madre se limita a animarle a correr y a hacer gimnasia por la mañana. Después el pequeño pasa el resto del día como quiere. El niño desarrolla su creatividad dibujando, pintando y esculpiendo° pequeñas piedras. Lola nunca interfiere, ni siquiera impone horarios. «Come y cena cuando lo desea. Ni antes ni después.»

Los representantes locales de la Junta de Andalucía creen que los padres de Gabriel obran° de buena fe, pero opinan que están equivocados. «No consentiremos que arruinen la vida de ese niño», aseguran. Y para ello están dispuestos a hablar con la familia y, si no da resultado, recurrir° a la policía local para que Gabriel acabe sentado en el pupitre.

El País Digital (Madrid)

[1] **Junta de Andalucía** This is the regional government of Andalucía. It is similar in powers and jurisdiction to a U.S. state government.

from the Spanish province of Almería

farm; nearby town / prepared to exhaust

folly

family challenge / will damage

reject

promote / suspicion; concentrates

having set foot in

as he felt like it

child; to stop it

to stop balls
a Spanish comic book
to dress up as

whitewashed
smell like

startled
sculpting

underwent

fuss / are acting

self-taught

have recourse
a nearby coastal town

Los sin clase

Varias familias españolas no escolarizan a sus hijos y los educan en sus propias casas

El caso de Gabriel, el niño de Almería que, con siete años, está sin escolarizar° porque sus padres han preferido enseñarle con la ayuda de Internet, ha despertado gran preocupación en la comunidad educativa. También ha desvelado° la existencia de una red° de familias que han optado por este tipo de educación para sus hijos... Hay divergencias en la interpretación de la ley en estos casos, y las autoridades aseguran que no conocen estas situaciones.

Como Gabriel hay al menos dos decenas° más de niños en España en esta situación cuyos padres llevan años organizando congresos para exponer su opción educativa. La situación de estos niños sin clase es muy peculiar: no han pisado° ni una sola vez un colegio, pero no están desatendidos°.

En la Confederación Española de Asociaciones de Padres de Alumnos (CEAPA[1]), tampoco les consta° que exista algún caso así. Su vicepresidenta, Isabel Rodríguez González, mantiene que «el mayor logro° de este siglo ha sido la universalización del derecho a la educación. Cuando no era así recibían una educación en sus casas aquellos que podían permitirse tener profesores particulares, y eso marcaba una diferencia de clases. En estos momentos me parecería un retroceso°; no sería positivo.»

El País Digital (Madrid)

haven't set foot in
send to school / neglected

it's also not apparent
uncovered; network

achievement

twenty
setback

[1] **CEAPA** an organization similar to the PTA in the U.S.

9-18 Situación. Imagínese Ud. que puede cambiar de lugar con uno(a) de sus profesores(as). ¿Con cuál cambiaría? ¿Por qué? Ahora, su profesor(a) es «estudiante». ¿Cómo lo (la) va a tratar? ¿Cómo va a tratar a los estudiantes en general? ¿Da Ud. muchos exámenes? ¿Qué les va a decir el primer día de clase?

La ciudad en el mundo hispánico

Lecturas culturales

◄ La mayoría de la gente de Caracas, Venezuela vive en rascacielos como éstos. ¿Prefiere Ud. vivir así o en una casa aparte? ¿Cuáles son las ventajas y desventajas de los dos estilos de vivienda?

Lecturas culturales

Enfoque

Según los historiadores, las primeras ciudades de la región mediterránea nacieron de la alianza de varias tribus motivadas por necesidades económicas, sociales y religiosas. Las descripciones de la fundación de las grandes ciudades como Atenas y Roma siempre hacen hincapié en° el aspecto religioso: se consultaba con los dioses para saber dónde se debía construir la ciudad. Lo primero que se hacía era consagrar° el lugar a un dios cívico, lo cual creaba lazos permanentes para la gente, que por esta razón no podía abandonar la ciudad. El templo, las ceremonias, los sacerdotes, todo se relacionaba con el lugar. Para los pueblos antiguos la ciudad era el centro de su religión y la razón principal de su existencia. Ésta es la tradición en la que se formó la sociedad española.

emphasize
to consecrate

Las grandes ciudades indígenas de América tuvieron orígenes semejantes. Tenochtitlán, el centro de la civilización azteca, fue establecido en el lugar indicado por un dios. Los aztecas eran una tribu del norte que había vagado° por el valle de México, llamado Anáhuac («cerca del agua»), hasta que recibió la visión maravillosa de un águila°, con una serpiente en la boca, posada° sobre un nopal°. Allí se detuvieron y construyeron su ciudad sobre un lago, poniendo las casas sobre largas estacas°.

wandered

eagle; perched; cactus

stakes

En muchas culturas la ciudad ejerció siempre una gran atracción sobre el pueblo como el centro de lo bueno de la vida. Esta atracción aumentó durante el Renacimiento europeo[1] con el nuevo papel comercial que asumieron las grandes ciudades mediterráneas.

En estas lecturas vamos a examinar algunas de las grandes ciudades hispánicas y las actitudes de los hispanos hacia la vida urbana.

[1] **Renacimiento europeo** The Renaissance (or rebirth of classical culture after the Middle Ages) during the 14th and 15th centuries also marked the rise of the city in Western civilization. Cities were centers of culture and, because of the rise of the banking and export-import systems, they also became commercial centers of great economic power.

Tenochtitlán: Templos a los dioses de la guerra. Museo de Arte, México.

Vocabulario útil

Estudie estas palabras antes de leer los ensayos.

Verbos

almorzar (ue) *to eat lunch*
asociar *to associate*
atraer *to attract*
fundar *to found, to create*
provenir (ie) *to come from*
reunirse *to meet, to join with*
rodear *to surround;*
   rodeado de *surrounded by*

Sustantivos

el almuerzo *lunch*
el banco *bank, bench*
el barrio *neighborhood, area of a city*
la compra *purchase*
   hacer compras *to shop*
   ir de compras *to go shopping*

el centro *center; downtown*
la esquina *corner (outside)*
el lazo *tie, connection*
el museo *museum*
el núcleo *nucleus, center*
el piso *floor, story (of a building)*
la población *population*
el recuerdo *memory*
el sabor *flavor, taste*
la soledad *solitude, loneliness*
el tesoro *treasure*
el (la) vecino(a) *neighbor, resident of*
   a barrio

Adjetivos

antiguo(a) *old, antique*
campestre *rural*

Para practicar

Trabajen en parejas, o como lo indique su profesor(a), para hacer y contestar estas preguntas usando el vocabulario de la lista para saber algo sobre sus compañeros de clase.

1. ¿Cómo es la ciudad en que tú vives (o en que naciste)? ¿Qué población tiene? ¿Está rodeada de otras ciudades pequeñas o de tierras campestres? ¿Qué sabes de su historia? ¿Sabes cuándo fue fundada? ¿Cuántos pisos tiene el edificio más alto? ¿Es muy antigua?
2. ¿Te gusta ir de compras? ¿Vas frecuentemente de compras en el centro o prefieres hacer compras en tu barrio? ¿Dónde te reúnes con tus amigos? ¿Almuerzas frecuentemente con ellos?
3. ¿Tienes buenos recuerdos de alguna ciudad? ¿Has vivido en un barrio con un nombre propio? ¿Conociste a muchos vecinos de tu barrio? ¿Crees que es mejor que los vecinos se conozcan?

Anticipación

10-1 Trabajen en grupos de dos o tres para contestar estas preguntas. ¿Conoce Ud. una ciudad hispánica? Con un(a) compañero(a) de clase, haga una lista de todas las ciudades hispánicas posibles. ¿Cuáles son algunas características de cualquier ciudad grande? ¿Cuáles son las ventajas y las desventajas de la vida urbana?

I. Las ciudades del mundo hispánico

Desde la dominación romana, la historia de España ha sido una historia de ciudades. El concepto romano —y por lo tanto occidental— de civilización se ve en la raíz de la palabra misma: *civitas,* que se refería a las asociaciones religiosas y políticas que formaban las asambleas de familias y
5 tribus. En otras palabras, la «civilización» es el resultado de la ciudad. El espacio en el cual se juntaban° las asambleas se llamaba *urbs,* de donde proviene la palabra «urbano».

En la península ibérica, los romanos utilizaron los centros de población ya existentes, y éstos vinieron a ser los lugares más importantes. Allí se situaron°
10 primero las autoridades romanas y después el senado y los centros culturales y recreativos.

Las invasiones germánicas no cambiaron mucho esta situación. Los visigodos se adaptaron a la forma de vida romana, aunque tenían más interés en la sociedad rural del feudalismo. La única ciudad importante de la época
15 visigoda es Toledo, que fue la primera capital de la península. Esta ciudad simboliza la gloria medieval de España.

Cuando los árabes invadieron España ocuparon las ciudades que encontraron, pero establecieron su centro en la ciudad sureña° de Córdoba. Gran parte de esta culta° y brillante ciudad fue destruida durante la
20 Reconquista por ser símbolo del poder islámico. Sólo queda la mezquita° principal como recuerdo de su pasado glorioso. Un poco más al sur de Córdoba está la ciudad de Granada, donde se encuentra la Alhambra, el magnífico palacio de los reyes moros. Los viajeros° extranjeros, entre ellos Washington Irving, se han maravillado° ante esta creación de formas geométricas y
25 abstractas comparable sólo con el Taj Mahal de la India.

La capital actual, Madrid, sólo comenzó a ocupar un lugar de importancia en la vida española en el siglo XVI. Fue Felipe II el que trasladó la corte de Toledo a la comunidad de Majrit en 1560, a fin de observar la construcción de su propio monumento, El Escorial.[2] Felipe quería situar la capital en el centro
30 para afirmar la unidad nacional, concepto bastante tenue° en aquella época. En poco tiempo Madrid se convirtió en el núcleo de la vida nacional.

Hoy día Madrid es una ciudad de más de 4 millones de habitantes que sintetiza° la cultura moderna española. La historia de España se refleja en la Plaza Mayor,[3] que recuerda los primeros años de la ciudad, en el Palacio Real
35 y en la Plaza de España, rodeada de rascacielos° modernos. En el Museo del Prado y en El Escorial se encuentra el tesoro° artístico de España: obras no sólo de artistas españoles sino también de holandeses e italianos de los siglos XVI y XVII, cuyos países formaban parte del Imperio español.

Otra ciudad española que floreció° en el siglo XVI fue Sevilla. Ésta
40 simboliza la España romántica de Carmen, de Don Juan, de los gitanos°. La imagen española más conocida en el resto del mundo, y que generalmente se

gathered (line 6)
were situated (line 9)
southern (line 18)
cultured (line 19)
mosque (line 20)
travelers (line 23)
marveled (line 24)
tenuous (line 30)
synthesizes (line 33)
skyscrapers (line 35)
treasure (line 36)
flourished (line 39)
gypsies (line 40)

---

[2] ***El Escorial*** The Moorish name for Madrid was *Majrit.* Felipe II ordered the construction of *El Escorial,* a group of buildings containing a church, a monastery, and a palace, because of a vow made to St. Lawrence *(San Lorenzo)* prior to an important victory over the French in 1557. It is 30 miles northwest of the modern city.

[3] ***Plaza Mayor*** Virtually all Hispanic cities have a main *plaza* or open space surrounded by government buildings and usually the cathedral. It may be called the *Plaza Mayor* or it may bear the name of some national hero or in Mexico it may be called the *Zócalo.*

reproduce en los afiches° de viajes, corresponde a la región de Andalucía en el
sur y a su capital, Sevilla. Esta ciudad, que perteneció al reino árabe desde 712
hasta 1248, experimentó su verdadero florecimiento en el siglo XVI, época en
45 que fue el principal puerto fluvial° de España. Después del descubrimiento de
América, Sevilla se convirtió en el centro de las grandes casas comerciales
que financiaban las nuevas expediciones. Atrajo° a gente de toda Europa y su
nombre se llegó a asociar con lo exótico, lo romántico y lo misterioso.

Sevilla ha mantenido esa personalidad hasta hoy. Triana, barrio gitano, el
50 espectáculo de la Semana Santa[4] la famosa feria[5] traen el recuerdo del pasado
romántico. Velázquez y Murillo nacieron en Sevilla, y la catedral del siglo XV,
uno de los mayores edificios góticos° del mundo, contiene muchos de los
tesoros traídos del Nuevo Mundo.

Otra ciudad española importante es Barcelona, un puerto comercial
55 mediterráneo. Es el punto de contacto entre España y Europa y por eso es la
ciudad más europea del país. Su importancia data de la revolución industrial
del siglo XIX.

Barcelona se encuentra en la región de Cataluña. Esta región simboliza la
independencia e individualismo del carácter español. A pesar de° los esfuerzos
60 del gobierno del dictador Franco por imponer el idioma castellano, el catalán,
que es una lengua distinta, todavía dominaba en las calles de Barcelona. Los
conocidos pintores Miró y Dalí se consideraban catalanes antes que españoles.
Ahora que el gobierno de España es democrático, el catalán se habla
oficialmente en toda Cataluña.

65 Barcelona se enorgullece° de su modernidad, mientras que Sevilla pone
énfasis en su pasado romántico y Madrid en sus tradiciones reales e
imperiales. Son tres ciudades que muestran claramente la diversidad de la
España de hoy.

Con la importancia de la ciudad, tanto en la península ibérica como en las
70 culturas indígenas, era natural que durante la colonización se pusiera mucho
énfasis en los centros urbanos del Nuevo Mundo. La Ciudad de México y
Lima eran las ciudades principales de las colonias, pero Buenos Aires no tardó
en cobrar suma° importancia comercial. La Habana, Caracas, Bogotá y
Santiago de Chile asumieron su verdadera importancia en el siglo XIX, la
75 Ciudad de México, Lima y Buenos Aires contienen el pasado colonial.

La Ciudad de México fue construida, en un acto simbólico, encima de
Tenochtitlán, la capital azteca. Al excavar una ruta del tren subterráneo en los
años sesenta los trabajadores encontraron un templo azteca que hoy se
conserva en una parada del metro° —buen símbolo de cómo coexisten lo
80 nuevo y lo antiguo en México.

La Ciudad de México siempre ha sido la principal del país. Tiene áreas
identificadas con cada época de su historia, como las casas de hidalgos°
coloniales en la calle Pino Suárez cerca de la Plaza Mayor, llamada también el

---

[4] *la Semana Santa* Holy Week is traditionally one of the more elaborate spectacles in Spain, with
religious processions and ceremonies. In Sevilla the passion and fervor of this period are considered to be unequaled anywhere in the world.

[5] *famosa feria* Just as Holy Week is observed with religious fervor, the *feria* or fair of Sevilla,
which follows it, is characterized by a similar, though secular, intensity. Ten square blocks of col-
orful private booths, a large carnival, and numerous restaurants are constructed and serve as the
scene of ten days of constant partying. By day the grounds are filled with men and women on
horseback or in horse-drawn carriages, dressed in typical costumes. The origin of the *feria* was a
stock show, but it has become the major festival of the year for the *sevillanos*.

Zócalo; allí se encuentran, tanto la Catedral como el Templo Mayor del

unearthed 85 imperio azteca (desenterrado° recientemente).

Al oeste del Zócalo se encuentra la parte más moderna de la ciudad, casas del siglo XIX y edificios modernos como la Torre Latinoamericana, la cual posee un sistema hidráulico que mantiene la presión del agua en que flota el rascacielos de 43 pisos para que no se hunda.[6] Más al oeste hay un recuerdo 90 de la época del emperador Maximiliano,[7] el Paseo de la Reforma, una calle ancha con grandes árboles al estilo europeo. Conduce al Parque de Chapultepec, un lugar popularísimo entre las familias capitalinas los domingos por la tarde. El Parque también contiene el magnífico Museo Nacional de Antropología, construido en el siglo XX para conservar el pasado indígena de 95 la nación.

Al sur está la Ciudad Universitaria con sus pinturas murales dentro de la tradición de Rivera, Orozco y Siqueiros, las cuales crean una vista impresionante para los casi 245.000[8] estudiantes y 30.000 profesores.

La capital del Perú moderno, Lima, también muestra el pasado lejano pero 100 con una importante diferencia: los incas establecieron sus centros urbanos en las montañas, los españoles prefirieron la costa. Por eso los españoles en 1535 abandonaron Cuzco, en los Andes, que había sido la primera capital. Lima, entonces, no fue construida sobre las ruinas de una ciudad indígena. Lima fue llamada la Ciudad de los Reyes por el conquistador Pizarro. Su nombre actual

Inca language; nearby 105 deriva de *Rimac,* nombre quechua° del río cercano°.

Lo que distingue a Lima hoy es su sabor colonial. La Plaza de Armas, la más importante de la ciudad está rodeada de antiguos edificios e iglesias, y la Plaza de la Inquisición[9] recuerda que Lima fue el centro de esa institución en la colonia. La iglesia de Santo Domingo, construida en 1549, contiene los 110 restos de Santa Rosa de Lima, la primera religiosa del Nuevo Mundo en ser canonizada. Esta mujer, Isabel de Flores y de Oliva, que pasó la vida ayudando

originator a los pobres es considerada la creadora° del servicio social en el Perú.

La capital de la República Argentina, Buenos Aires, fue fundada en 1536 con el nombre de Puerto de Nuestra Señora de los Buenos Aires —la santa

sailors 115 patrona de los marineros° sevillanos— pero fue destruida poco después por los indígenas. Aunque fue fundada por segunda vez, la ciudad no tuvo gran importancia hasta el siglo XVIII, porque España no permitió que los productos

except through salieran sino por° Lima hasta fines de ese siglo. Cuando el puerto de Buenos

growth Aires se abrió al comercio, su posición geográfica le aseguró un crecimiento° 120 continuo. Además, la ciudad fomentó la inmigración de europeos, que continuó durante un siglo y medio y que dio a Buenos Aires el carácter único

[6] ***para que no se hunda*** The water-filled subsoil of Mexico City has caused many buildings to sink—up to fifteen feet in some cases. A $50 million project to prop up the large cathedral was just successfully completed. The city has sunk an estimated 24 feet in the 20th century.

[7] ***el emperador Maximiliano*** Maximilian of Austria was emperor of Mexico for a short time in the 1860s as a result of a French move to acquire a colony with the help of some misguided Mexican conservatives who were disenchanted with the liberalism of the government. Maximilian naively thought the people supported him until he died in front of a firing squad. His beautiful wife, Carlota, who had urged him to assume the position, went insane. The story is one of the great romantic tragedies of world history.

[8] ***245.000 estudiantes*** In Spanish, the functions of the period and comma in cardinal numbers are the reverse of English: e.g., *$100.000,00* in Spanish is $100,000.00 in English.

[9] ***Inquisición*** The Holy Inquisition was a major instrument of the Catholic Church in the Counter-Reformation. Its function was to seek out heretics, and it was frequently marked by violence.

de ser la ciudad más europea de América. Ingleses, alemanes, italianos, franceses y otros europeos vinieron en grandes números y se establecieron en diferentes barrios donde mantienen hasta hoy muchas costumbres étnicas y
125 también su lengua nativa. Las lenguas europeas, especialmente el italiano, han influido mucho en el español que se habla en Buenos Aires.

docks

La ciudad actual es uno de los grandes centros comerciales de todo el continente. Es muy industrializada y tiene las dársenas° más grandes de Hispanoamérica. Muchos de los edificios son relativamente nuevos porque el
130 crecimiento rápido en el siglo XIX trajo la destrucción de los edificios viejos a

in order to; to widen

fin de° ampliar° las calles para el automóvil que comenzaba a llenar la ciudad. En 1913 se inauguró el servicio de subterráneos, uno de los primeros del

480-foot width

mundo. La Avenida 9 de Julio con sus 480 pies de ancho° es la mayor del mundo.
135 Buenos Aires es el ejemplo perfecto de la ciudad que sintetiza la nación y la domina con su poder económico y su energía perpetua.

Comprensión

10-2 Responda según el texto.

1. ¿Cuáles son las características principales de Sevilla y Barcelona?
2. ¿Quién estableció Madrid como una ciudad de importancia y por qué?
3. ¿Qué tienen en común Granada y Córdoba?
4. ¿Por qué se construyó la Ciudad de México sobre las ruinas de Tenochtitlán?
5. ¿Cómo y por qué fue distinta la fundación de Lima?
6. ¿Cuándo asumió Buenos Aires su puesto de importancia?

Opiniones

10-3 Responda a las siguientes preguntas.

1. ¿Piensa viajar por el mundo hispánico? ¿Adónde quisiera ir primero? ¿Por qué?
2. ¿Cuál de las ciudades descritas le parece más interesante? ¿Por qué?
3. ¿Le gusta más viajar principalmente por centros urbanos o prefiere el campo y los pueblos pequeños? Explique.
4. ¿Qué elementos de la ciudad atraen al turista? Explique.

En la Feria de Sevilla en
el sur de España la gente
frecuentemente se viste
así para montar a caballo.
¿Tenemos en los Estados
Unidos alguna fiesta donde
la gente se vista de ropa
especial?

II. El aspecto físico de la ciudad hispánica

Hay ciertos aspectos físicos casi universales en la ciudad hispánica típica. En primer lugar, las grandes ciudades son más antiguas que las ciudades norteamericanas y retienen por lo tanto un sabor más antiguo. Aun las del Nuevo Mundo fueron fundadas en el siglo XVI. Tienden a tener calles
5 estrechas° con los edificios muy juntos a la calle. Claro que existen secciones nuevas con calles anchas construidas para el automóvil, pero esto es más típico de las afueras° que del centro de la ciudad. Por lo general, ha habido menos tendencia a derribar° los edificios antiguos que en los Estados Unidos: se reforman° por dentro y por fuera mantienen su apariencia original.

10 Otro aspecto notable de muchas ciudades hispánicas es la falta de simetría de las calles: corren en todas direcciones sin preocuparse por los ángulos rectos°, lo cual crea cruces° de una complicación formidable donde se encuentran seis u ocho calles en un mismo punto. Tanto en España como en América continúan el plan europeo de usar círculos para el tránsito de estos
15 cruces. Los círculos frecuentemente contienen monumentos, fuentes, estatuas° u otros elementos decorativos.

En general, las ciudades han crecido alrededor de° una plaza central donde se encuentran la catedral, la casa de gobierno, los bancos, los negocios grandes y los mayores hoteles. Se han añadido otras plazas menores en un
20 patrón al azar°, que forman los centros de los barrios residenciales de la ciudad.

Lo más típico es encontrar alrededor de las plazas menores una iglesia, varias tiendas pequeñas, un café al aire libre°, el quiosco de diarios y revistas° y otros negocios para atender las necesidades de la vida de los vecinos. Cada
25 habitante de la ciudad vive a poca distancia de una de estas plazas y es allí donde hace sus compras diarias.

La gente en su gran mayoría vive en grandes edificios de apartamentos, frecuentemente «condominios», lo que produce una concentración de población relativamente alta. De esta manera las ciudades no se desarrollan
30 como las ciudades norteamericanas de igual población. Esta concentración resulta en ciertas ventajas y ciertas desventajas. Las distancias son cortas, el transporte público es muy eficaz y muy usado y es menor la necesidad de un automóvil particular. En cambio, el amontonamiento° de gente en todas partes, el tráfico abrumador° y el ruido callejero° pueden ser desagradables. Sin
35 embargo, los habitantes se acostumbran a los aspectos negativos y gozan de una vida activa e intensa.

narrow (5)
outskirts (7)
to tear down (8)
they are remodeled (9)
right angles; intersections (12)
statues (15)
around (17)
random pattern (20)
sidewalk café; newsstand (23)
crowding (33)
overwhelming; street noise (34)

Comprensión

10-4 Complete según el texto.

1. Tres cosas que se encuentran con frecuencia en los círculos de tráfico son _____.
2. Por lo general, un edificio que se suele ver en la plaza central es _____.
3. Las ventajas de concentrar la población en relativamente poco espacio son _____.
4. Las desventajas son _____.
5. Los habitantes de las ciudades típicamente gozan de una vida _____.

Opiniones

10-5 Responda a las siguientes preguntas.

1. ¿Piensa Ud. vivir en una ciudad después de terminar los estudios? ¿Por qué?
2. ¿Prefiere vivir en una casa o en un apartamento? Explique.
3. ¿Qué elementos de las ciudades le atraen más?
4. ¿Le gusta la ciudad en que está su universidad? Explique.
5. ¿Utiliza Ud. el transporte público? ¿Por qué sí o por qué no? ¿Hay un buen sistema donde Ud. vive?

III. La vida urbana

Como se ha dicho anteriormente, la vida diaria del habitante de una ciudad hispánica se concentra en el barrio. Es aquí donde es conocido y donde conoce a sus vecinos. Cuando hace buen tiempo tiene una fuerte tendencia a salir a la calle en busca de contacto humano.

5   Prefiere hacer sus compras en las pequeñas tiendas especializadas del barrio. Estas tiendas son comúnmente negocios° familiares que pertenecen a una familia local. Ir de compras, lo que generalmente se hace a pie, se convierte en una ocasión social. A la persona hispánica —gregaria por naturaleza— no le atrae mucho la anonimidad de los grandes supermercados

10 ni los grandes almacenes°, aunque sí existen éstos en todas las ciudades. Los dueños de las panaderías, carnicerías, pescaderías, fruterías, lecherías, papelerías°, tabaquerías, ferreterías°, farmacias, etcétera, consideran parte de su servicio el conocer los gustos de sus clientes regulares y también a las familias de éstos. Es muy importante charlar un rato con la persona que ha

15 llegado a comprar algo, especialmente si ha ocurrido un cambio en el gobierno o la política del momento.

    Generalmente, las personas que tienen que trabajar fuera° del barrio vuelven a casa a almorzar. Puesto que es todavía común en varios países dormir la siesta del mediodía, todo se cierra durante unas tres horas después

20 de la una. Los niños vuelven de la escuela y es a esta hora que las familias tienen la comida principal del día. Las empresas y los gobiernos quieren eliminar esta costumbre, alegando que la participación de España en el comercio global requiere un horario más semejante al horario del resto de Europa. Hay otros horarios: trabajan de las ocho de la mañana a las tres de la

25 tarde cuando salen para comer en casa para no volver, por ejemplo. Pero hay mucha resistencia a los cambios especialmente en las ciudades más tradicionales. Los trabajadores de las grandes ciudades no han resistido tanto.

    Lo más importante de este estilo de vida es el sentido de comunidad que se mantiene frente a la gran masa impersonal de las grandes ciudades

30 modernas. En las calles del barrio, o en la plaza, o reunida con los amigos en el café de la esquina, la persona no sufre una crisis de identidad. Aun cuando hace las tareas diarias —ir de compras, ir al trabajo, etcétera— se siente rodeada de vecinos que saben que existe y que se preocupan por su bienestar°.

stores

department stores

stationery stores; hardware stores

outside

welfare

La Plaza de Armas de Lima es un ejemplo muy elegante de la arquitectura colonial que caracteriza las ciudades americanas antiguas como Lima y la Ciudad de México. ¿Qué será ese edificio a la izquierda de la foto?

En la Plaza de Mayo, Buenos Aires, se puede ver la Casa Rosada, la residencia oficial del presidente de la Argentina. Su diseño está basado en el de la Casa Blanca de Washington, D.C. ¿Por qué usarían la Casa Blanca como modelo?

Comprensión

10-6 Decida si las siguientes oraciones son verdaderas o falsas.

1. En la ciudad hispánica los vecinos raramente se conocen.
2. A la persona hispana le gustan las tiendas pequeñas.
3. Para la mayoría de los hispanos la comida más importante se come un poco después del mediodía.
4. En el mundo hispánico la vida social en el barrio no tiene importancia.

Opiniones

10-7 Responda a las siguientes preguntas.

1. ¿Conoce Ud. a muchos de sus vecinos? Explique.
2. Cuando Ud. va de compras, ¿prefiere las tiendas pequeñas o los almacenes grandes? ¿Por qué?
3. ¿Va Ud. de compras frecuentemente? Explique.
4. ¿Qué cosas le gusta comprar? ¿Qué no le gusta comprar? ¿Por qué?

IV. El significado de la ciudad en el mundo hispánico

enterprise; carried out
empire; developed
starting in
statistics
rate

assimilate
resulting

sever
to move

barbarism

countryside

Un artículo en el periódico *El Mundo* de San Juan, Puerto Rico, dice así: «La más grande empresa° de creación de ciudades llevada a cabo° por un pueblo, una nación o un imperio° en toda la historia, fue la desarrollada° por
5 España en América a partir de° 1492, que llenó un continente de ciudades…» dice Fernando Terán, catedrático de Urbanismo… Las estadísticas° indican que hasta recientemente la tasa° de crecimiento de las ciudades llega al doble de la población total. Fuera de los problemas obvios, como la incapacidad de los centros urbanos de asimilar° a tantas personas, el desempleo, la pobreza y el
10 descontento social resultantes°, existen otros factores negativos. El éxodo de gente del campo es cada vez más grave: España, antes predominantemente rural, sólo cuenta hoy con una fuerza agrícola del 20% de los trabajadores. Esta gran migración también efectúa cambios profundos en algunas de las antiguas instituciones de la cultura: la familia, la Iglesia y la moral tradicional
15 pierden algo de su importancia cuando las personas cortan° sus raíces rurales para mudarse° a los centros urbanos.

Debido a la experiencia de los setenta y cinco primeros años del siglo XX, los expertos en cuestiones de población predecían números espantosos para el fin del siglo. Esperaban contar, por ejemplo, unos 30 millones de habitantes en
20 la Ciudad de México. Ocurre, sin embargo, que en la mayoría de los países ha bajado la tasa de crecimiento de la población en general y por eso tampoco crecen tan rápidamente las ciudades. Según las estadísticas oficiales, por ejemplo, México, entre 1987 y 1992, recibió 404.000 residentes nuevos, mientras perdió 586.000 habitantes. Desafortunadamente, los residentes más
25 cómodos económicamente son los que se pueden mudar mientras que los pobres no tienen tal oportunidad. El dilema es obvio. Si el gobierno mejora las condiciones de los servicios sociales, viviendas, trabajos, etcétera, atraerá a más gente. Además quedaría sólo un 20% de la población del continente para producir los comestibles necesarios para el otro 80%, lo que sería difícil aun
30 con los métodos más mecanizados de agricultura.

En el siglo XIX un argentino, Domingo Faustino Sarmiento,[10] formuló una interpretación de la sociedad argentina a través del conflicto entre «la civilización y la barbarie°». Con la «civilización», Sarmiento identifica la ciudad de Buenos Aires y con la «barbarie» la pampa argentina. Este concepto
35 sirvió como base del pensamiento hispanoamericano durante todo un siglo. La actitud hispánica hacia la ciudad como centro de la civilización todavía existe como valor básico de la vida, y como lo dijo hace más de un siglo Sarmiento: «… veremos… la campaña° sobre las ciudades, y dominadas éstas en su espíritu, gobierno, civilización, formarse al fin el gobierno central unitario,
40 despótico, del estanciero Juan Manuel de Rosas, que clava en la culta Buenos Aires el cuchillo del gaucho y destruye la obra de los siglos, la civilización, las leyes y la libertad».

---

[10] **Domingo Faustino Sarmiento** (1811–1888) Sarmiento was one of Spanish America's greatest essayists. He felt that the future of Argentina lay in allowing the cities, with their higher level of culture and civilization, to dominate the provincial areas. His long essay (1845) on a brutal gaucho named Juan Facundo Quiroga showed how the rural element was backward and primitive. Juan Manuel de Rosas was the dictator, from the provinces, who exemplified the harm done when the gaucho achieved political dominance.

Una tienda especializada en Montevideo, Uruguay. ¿Qué problema tiene el dueño al principio y al fin de cada día?

Comprensión

10-9 Responda según el texto.

1. ¿Qué porcentaje de los trabajadores españoles constituye la fuerza agrícola?
2. ¿Qué instituciones tradicionales sienten el efecto de la migración hacia la ciudad?
3. ¿Por qué tienen que cambiar los expertos sus predicciones sobre la población de las grandes ciudades hispanoamericanas?
4. ¿Qué significaba «civilización y barbarie» para Sarmiento?

Opiniones

10-10 Responda a las siguientes preguntas.

1. ¿Cree Ud. que la vida urbana es mejor que la vida del campo? ¿Por qué? ¿Cuáles son algunas ventajas y desventajas?
2. ¿Preferiría criar a sus hijos fuera de la ciudad? ¿Por qué?
3. ¿Nació Ud. en una ciudad o en el campo?
4. En su opinión, ¿cuáles serían las condiciones ideales de vida?

Videomundo: México colonial (39:30–42:00)

Mire el segmento y responda a las siguientes preguntas.

1. ¿Quiénes construyeron las ciudades coloniales de México? ¿En qué aspectos se ve la influencia de los constructores?
2. ¿Cómo se llaman algunas de las ciudades coloniales de México?
3. ¿Cuáles son algunas actividades que ocurren en el Zócalo?
4. ¿Dónde se encuentra la influencia indígena en estos pueblos?

A explorar

10-11 Ejercicios de vocabulario. En grupos de dos o tres personas hagan las siguientes actividades.

A. Usando una palabra relacionada complete con la palabra entre paréntesis.

1. (urbano)
   a. El proceso de _____ es constante.
   b. Los centros _____ atraen a la gente.
   c. La población del mundo se _____ cada vez más.

2. (unir)
   a. La ciudad _____ la oportunidad y la dificultad.
   b. La gente de la ciudad está más _____.
   c. Los Estados _____ es un país norteamericano.

3. (centro)
   a. En las ciudades hispánicas siempre hay una plaza _____.
   b. La actitud etno-_____ es común.
   c. La ciudad es el _____ de los servicios.

4. (imperio)
   a. La política _____ existe siempre.
   b. La capital de la España _____ fue Madrid.
   c. El _____ hace difícil las relaciones entre países.

5. (descubrir)
   a. Colón fue el _____ del Nuevo Mundo.
   b. Sus _____ sorprendieron a los europeos.
   c. Las islas del Caribe fueron _____ en 1492.

B. Indique los sinónimos.

1. comercio   **a.** oeste
2. caminante   **b.** indicar
3. monarca   **c.** negocios
4. nativo   **d.** indígena
5. sacerdote   **e.** peatón
6. señalar   **f.** cura
7. occidente   **g.** rey

10-12 Puntos de contraste cultural. En grupos de dos o tres personas hagan las siguientes actividades.

1. La tradición anglosajona es la de vivir en comunidades pequeñas y rurales. La mediterránea es bastante distinta. Hoy día, ¿cuáles son las diferencias entre tradiciones?

2. ¿Cree Ud. que lo más valioso de una sociedad está en los centros urbanos o en el campo? ¿Existe una actitud antiurbana en los Estados Unidos?

3. ¿Qué diferencias existen entre los problemas de urbanización en Hispanoamérica y en los Estados Unidos?

4. ¿Qué diferencias hay entre la orientación de la vida urbana en las dos regiones?

10-13 Debate. Organice dos equipos para que ataquen o apoyen esta resolución.

A causa de la contaminación y el crimen, es mejor criar a los niños en un medio rural en vez de uno urbano.

10-14 El arte de escribir: Repaso. De aquí en adelante esta sección sugerirá algunos temas de composición para que Ud. utilice todas las estrategias que ha aprendido. También repasaremos los puntos más importantes de las unidades anteriores.

Escriba Ud. una composición que resuma lo que dice el texto sobre dos de las ciudades principales. No se olvide de enumerar lo que dice el texto y poner la lista en orden lógico. Luego decida cuáles de los detalles va a incluir y cuáles no son necesarios.

10-15 Las noticias. Indique Ud. los puntos principales de estos artículos.

Un tercio de la clase media dejó de ir al supermercado

Hace un par de meses, Claudia Arce decidió dejar de hacer una gran compra quincenal° en el supermercado que tiene a cuatro cuadras° de su departamento, en el barrio de Congreso... , «Me parece que ya no tenía sentido ir al súper, porque perdía mucho tiempo y tampoco representaba un gran ahorro°... explicó Arce, una joven fotógrafa.

Su caso es uno más de los miles de consumidores de clase media que en los últimos meses dejaron de hacer sus compras habituales en los supermercados. Según un estudio de la consultora Análisis e Inteligencia de Mercado (AIM), realizado° en la Capital Federal, en el último tiempo las grandes cadenas° perdieron más de un 20% de sus clientes. Hace sólo tres meses, el 85% de los porteños° realizaba habitualmente sus compras en las grandes cadenas, mientras que en la actualidad ese porcentaje cayó al 63 por ciento. De los que abandonaron los supermercados, un 67% eligió° los comercios barriales°, como almacenes y minimercados...

En AIM señalan° que la pérdida de clientes de los súper se explica, entre otros factores, por los cambios en los hábitos de compra, impulsados básicamente por la crisis económica. «Como la gente no tiene plata°, cada vez realiza compras más chicas° y por menos valor, y a pesar de que la mayoría continúa percibiendo a los supermercados como una oferta° económica, en muchos casos terminan eligiendo° otras propuestas por un tema de comodidad o cercanía°», afirmó Broner.

Consultados por AIM, dos tercios de las personas reconocieron que en los últimos tres meses están comprando menos productos que antes, o la misma cantidad pero en envases° más pequeños, mientras que un 17% señaló que sólo lleva lo que considera indispensable y posterga° el resto de las compras. «La verdad es que en mi caso ya no vale la pena ir al supermercado porque estoy comprando sólo lo básico y, en este tipo de productos, los precios que encuentro en el autoservicio° chino cercano° a mi casa son los mismos», comentó Esteban B. Rodríguez, empleado de una librería.

La Nación Online (Buenos Aires)

biweekly
blocks / money
smaller and smaller

offering
saving / end up choosing

proximity

packaging
carried out

chains / delays

people from Buenos Aires

self-service; near
chose
neighborhood

indicate

Los menores de 12 tienen ideas propias para mejorar las plazas

caretakers
trash cans

Los chicos quieren plazas. Pero atención, que cuando dicen plazas se refieren a lugares lindos, cuidados, con flores, limpios y, sobre todo, con muchos árboles. Porque tienen miedo de que los pájaros se vayan y porque no quieren que la atmósfera se contamine.

Sus aspiraciones no se terminan ahí: están preocupados por la conservación del medio ambiente y por la seguridad en las plazas. Quieren ver a los guardianes de los que les hablaron sus abuelos.

he noted
a lot

«Pensamos que los espacios verdes en la ciudad contribuyen a limpiar el aire. Por eso son importantes, pues cuidan nuestra salud y la de nuestro planeta, amigo», dijeron María

receipts
retired
keep separate

Florencia Lista y Coni Rodríguez, de nueve años… Los chicos del 4° grado… proponen colaborar con el reciclado de basura, como latas°,

tin cans

papel, plástico y vidrio. Además, dicen que ellos pondrían «más cuidadores° y tachos de basura°», sugirieron.

«A mí me gustaría… que las plazas fueran más grandes y de mejor calidad. Yo las volvería más seguras y limpias… »

Otro defensor de los espacios verdes, Juan Francisco Pellet Lastra, de 10 años, está preocupado porque cada vez hay más departamentos y autos. «Los parques son necesarios, sobre todo en la Capital Federal, donde hay miles de edificios», señaló°.

Juan tiene un montón° de ideas más: que los chicos administren quioscos en las plazas para que con la recaudación° se puedan comprar juegos nuevos, que personas jubiladas° trabajen como guardianes y que aíslen° a los perros en todas las plazas.

La Nación Online (Buenos Aires)

Madrid me ahoga

El aire de Madrid es uno de los más sucios de Europa

La OMS [Organización Mundial de Salud]… reveló que Madrid, junto con Atenas y Belgrado, son las ciudades más contaminadas de Europa.

Roman aqueduct in Segovia
worker disability
of the skin

No obstante, la calidad del aire madrileño ha mejorado en los últimos 20 años, debido a la entrada en vigor° de las directivas comunitarias° sobre emisiones, la renovación del parque° de vehículos y la sustitución de antiguas calefacciones de carbón°.

taking effect / per capita income
of the (European) community
equipment base / vehicular

coal-fired heaters
numbers

El coste de la contaminación en España es de 199.000 millones de pesetas° al año… Para esa evaluación

119,000 euros

tuvieron en cuenta los costes de reparación de estructuras y del patrimonio artístico (como en el caso del Acueducto de Segovia°, la incapacidad laboral° producida por enfermedades respiratorias, cutáneas°, oculares; las emisiones de monóxido de carbono por kilómetro cuadrado; la pérdida de ecosistemas; la renta per capita° y la densidad de población. En Madrid, el tráfico rodado° es el responsable del 59 por ciento de los efectos de la contaminación… El informe de la OMS y las cifras° reflejan la necesidad de adoptar medidas…

Cambio 16 (Madrid)

10-15 Situación. Imagínese Ud. que es un(a) gran arquitecto(a) que ha recibido una comisión de planear una ciudad nueva para 100.000 habitantes. ¿Cómo sería su ciudad? ¿Cómo viviría la gente? ¿En casas? ¿apartamentos? ¿condominios? Para Ud., ¿qué aspectos serían más importantes en el plan? ¿las diversiones? ¿los centros comerciales? ¿el transporte? ¿las viviendas?

Los Estados Unidos
y lo hispánico

Lecturas culturales

◄ Se ve la presencia de las grandes instituciones ban-
carias estadounidenses por casi todo el mundo. ¿Por qué
querría establecer *Bank of America* una sucursal en la
Ciudad de Panamá?

Lecturas culturales

Enfoque

Al examinar la historia de las relaciones entre los Estados Unidos y los países hispánicos lo que más sorprende es la larga tradición de desconfianza y de sospechas mutuas que la han caracterizado. Tal vez sea por las grandes desigualdades económicas, o por las profundas diferencias culturales y religiosas, pero lo cierto es que no se encuentran muchas ocasiones que revelen verdadera amistad o alianza política. En el caso de España sería posible atribuir esto a la falta de intereses comunes y al hecho de que la mayor parte del territorio de los Estados Unidos perteneció en una época al Imperio español. Después de todo, España era un país colonizador que se identificaba con Europa, pero ése no era el caso de los países hispanoamericanos. Todos comparten varias tradiciones: el pasado colonial, las guerras de independencia, la proximidad geográfica y el americanismo que ésta produce, un liberalismo fundamental nacido en el siglo XVIII. Sin embargo, lejos de verificar la teoría de Herbert Bolton[1] sobre «el destino común de las naciones americanas», la realidad ha sido otra. El análisis de la historia de las relaciones interamericanas resulta relativamente pesimista.

Esta unidad repasa la historia de esas relaciones y busca algunas causas importantes.

[1] ***Herbert Bolton*** One of the best-known historians of the Southwestern United States.

Calle España, Ciudad de Panamá

45 En 1895 los Estados Unidos comenzaron a sentirse suficientemente fuertes° como para apoyar la rebelión iniciada años antes por los patriotas cubanos bajo la inspiración de José Martí. Ya para 1898 el sentimiento a favor de la guerra era tal entre el pueblo norteamericano que habría sido difícil evitarla. Cuando el acorazado° *Maine* explotó misteriosamente en el puerto de 50 La Habana, los que querían que los Estados Unidos participaran en la guerra se aprovecharon del incidente para echarles la culpa a los españoles. En abril de 1898, el presidente McKinley pidió al congreso permiso para entrar en la guerra entre Cuba y España.[3] Alegó como justificación cuatro razones: 1) el deseo humanitario de poner fin a la matanza°, 2) la necesidad de proteger a los 55 ciudadanos norteamericanos residentes en Cuba, 3) la protección del comercio entre Cuba y los Estados Unidos, 4) la amenaza que significaba la guerra para los estados situados a poca distancia de la isla. Es interesante comparar estas razones con las ofrecidas en el caso más reciente de Grenada. La guerra duró menos de un año, durante el cual la marina norteamericana tomó Cuba, Puerto 60 Rico y las Filipinas. El tratado de paz firmado en París en diciembre de 1898 cedió las Filipinas, Puerto Rico y la isla de Guam a los Estados Unidos y dejó a Cuba bajo el control de una fuerza norteamericana de ocupación. La guerra marcó el fin del imperio colonial de España en América. A causa de ella, surgió° en la península un movimiento cultural llamado la Generación del 98, 65 que buscaba la causa de la decadencia de España y la manera de volver a la grandeza anterior.

Puerto Rico sigue como parte de los Estados Unidos. Durante los más de cien años de esta relación la isla ha sido otro punto de conflicto. Hoy el pueblo puertorriqueño demuestra tres actitudes hacia su situación. El primer 70 grupo quiere la estadidad° o sea que la isla se incorpore como el estado 51 de los Estados Unidos. El segundo grupo prefiere la situación actual, que data de 1952, de ser un Estado Libre Asociado° bajo el cual tienen algunos privilegios de ciudadanos regulares, aunque no todos (por ejemplo, tienen representación, pero sin voto en el Congreso y no pagan impuestos federales). El tercer grupo, 75 con menos influencia, prefiere la independencia. La gran mayoría quiere mantener una relación estrecha° con los Estados Unidos, pero los intelectuales tienen cierto temor que su cultura se pierda o que se transforme por estar en contacto constante con su vecino y socio° gigante.

En la actualidad las relaciones entre España y los Estados Unidos se 80 limitan a las relaciones comerciales y la presencia de España en la OTAN.[4] El problema de las bases militares, instaladas para la guerra fría durante la dictadura de Franco, se resolvió cuando los Estados Unidos cerraron la mayoría de ellas.

[3] *guerra entre Cuba y España* Called the Spanish–American War in U.S. history. It began as a struggle by Cuba for independence. José Martí was one of the inspirational leaders of the movement. The Hearst newspapers were in a circulation war with the Pulitzer papers, and both sent reporters to Cuba to file sensational stories which had the effect of inflaming public opinion in the United States. The National Geographic Society conducted an investigation in 1998 and still could not decide between an accidental explosion or the effect of a Spanish mine.

[4] **OTAN** *Organización del Tratado del Atlántico del Norte* The North Atlantic Treaty Organization or NATO in English.

Comprensión

11-2 Responda según el texto.

1. ¿Cómo ayudó España a las trece colonias?
2. ¿Qué territorios españoles pasaron a los Estados Unidos en 1898?
3. ¿Qué es la Doctrina Monroe?
4. ¿Qué quería hacer Buchanan con Cuba?
5. ¿Quién era José Martí?
6. En la actualidad, ¿en qué se basan las relaciones entre España y los Estados Unidos?

Opiniones

11-3 Responda a las siguientes preguntas.

1. ¿Sigue Ud. las noticias internacionales? ¿Dónde consigue la mayoría de su información?
2. ¿Cree que hay medios de comunicación libres de prejuicios? ¿Cuáles son?
3. ¿Cree que las cadenas *(networks)* de televisión presentan las noticias sin prejuicios políticos? Explique.
4. ¿Cuáles son los países con los que los Estados Unidos han tenido tradicionalmente las mejores relaciones?

II. Los Estados Unidos y las nuevas naciones americanas

Además del reconocimiento diplomático de Cuba, los Estados Unidos se ocuparon durante el siglo XIX de las fronteras con Texas y California, que todavía restringían° la expansión norteamericana, por pertenecer a México. La Doctrina Monroe fue ampliada para incluir no sólo una
5 prohibición de la colonización sino también la de cualquier intervención diplomática. Esto se hizo porque el presidente Polk temía que los europeos se metieran° en el problema de Texas, pero fue el principio de una política dominadora de los Estados Unidos hacia México. Los Estados Unidos ayudaron a los texanos y también a los ciudadanos de California que
10 buscaban la independencia de México. Al lograr la independencia, Texas pidió incorporarse a los Estados Unidos. La petición fue aceptada, y México —aunque no se hallaba en condiciones de sostener esta lucha— inmediatamente declaró la guerra contra los Estados Unidos. Por el Tratado de Guadalupe Hidalgo (1848),[5] que puso fin a la guerra, los mexicanos se vieron
15 obligados a aceptar la pérdida de casi la mitad de su territorio nacional, incluyendo Texas, California, Nuevo México, gran parte del estado de Arizona y toda la región al norte de estos estados. Cinco años más tarde, por el Tratado de Gadsden, los Estados Unidos compraron otra faja° de tierra en el sur del estado de Arizona porque ofrecía una ruta hacia el océano Pacífico, algo que
20 el gobierno consideraba necesario para el desarrollo de California. Como consecuencia, el gobierno mexicano quedó en pésimas condiciones°, lo que preparó la situación para la primera verdadera prueba° de la Doctrina Monroe.

restricted

would meddle

strip

in a terrible state

test

[5] **Tratado de Guadalupe Hidalgo** This treaty, signed in 1848, ended the war between the United States and Mexico. Most of what is now the western United States was ceded by Mexico.

had to

loans

conceived

rejected

undertaking, venture

isthmus

purpose

stronger and stronger

Debido al costo de la guerra contra los Estados Unidos, el gobierno mexicano bajo Benito Juárez se vio obligado a° suspender el pago de los
25 préstamos° que le habían hecho varios gobiernos europeos. Inglaterra, Francia y España se pusieron de acuerdo sobre la necesidad de intervenir con una fuerza militar para proteger sus intereses.[6] En realidad, veían la posibilidad de establecer una colonia en América. El más interesado era Napoleón III, que tramó° el plan y mandó a Maximiliano a México. A pesar de que la Doctrina
30 Monroe prohibía tal invasión, los Estados Unidos, que en ese momento se hallaban en medio de la Guerra Civil, no pudieron evitarla y los mexicanos tuvieron que defenderse solos sin la ayuda de los Estados Unidos.

Durante la segunda mitad del siglo XIX, los Estados Unidos siguieron una política de expansión. Una tentativa de conseguir más territorio de México
35 fracasó cuando el Congreso rechazó° el tratado. El gobierno de la República Dominicana pidió ser incorporado al territorio de los Estados Unidos, y éstos pasaron unos años tratando de conseguir la isla.[7] Pero la única empresa° que tuvo éxito fue la compra de Alaska de los rusos.

Otra cuestión que interesaba a los Estados Unidos en esta época era la
40 posibilidad de construir un canal en Centroamérica. El mejor lugar para el canal era el istmo° de Panamá, que formaba parte de Nueva Granada, ahora Colombia. El tratado con Nueva Granada en 1846 y el Tratado Clayton-Bulwer con Inglaterra en 1850 tenían como propósito° asegurar los derechos de los Estados Unidos sobre cualquier canal o ferrocarril que fuera construido
45 en la región. El tratado con Inglaterra también buscaba imponer límites al establecimiento de colonias inglesas en la región y comprometía a los Estados Unidos a garantizar la neutralidad de un futuro canal. Proclamó, además, que ningún canal del futuro sería propiedad de los Estados Unidos.

Así era la situación a fines del siglo XIX. Hasta ese momento las
50 relaciones entre todos los países americanos habían demostrado cierta unidad contra las continuas amenazas europeas. La Doctrina Monroe no parecía ser un documento imperialista, sino uno que afirmaba la independencia de todas las naciones americanas. La última década del siglo XIX, sin embargo, abrió una nueva época en las relaciones interamericanas, caracterizada por
55 declaraciones de unidad cada vez más fuertes° y por actos cada vez más agresivos de parte de los Estados Unidos.

[6] ***para proteger sus intereses*** Default on debt payments was mainly an excuse. Napoleon III sent Maximilian, archduke of Austria, to take over and become emperor of Mexico. A large group of Mexican conservatives supported this ill-fated move.

[7] ***la isla*** The island of *Hispaniola* consisted of the former Spanish colony, the Dominican Republic, and the former French colony of Haiti. Because Haiti served as a base for French colonial pretensions, and because the island was a strategically important naval base, the United States was continually trying to take it.

Comprensión

11-4 Complete según el texto.

1. El Tratado de Guadalupe Hidalgo puso fin a _____.
2. Los Estados Unidos ganaron una ruta hacia el océano Pacífico por _____.
3. Napoleón III era el líder europeo más interesado en _____.
4. En el siglo XIX los Estados Unidos se interesaban en _____ en Panamá.
5. El Tratado Clayton-Bulwer buscaba imponer límites al _____ en Centroamérica.
6. La Doctrina Monroe parecía afirmar _____.

Opiniones

11-5 Responda a las siguientes preguntas.

1. ¿Cree Ud. que las relaciones interamericanas merecen más, o menos atención del gobierno? Explique.
2. ¿Cree que las relaciones con México son más importantes que las relaciones con los otros países hispanoamericanos? ¿Por qué?
3. ¿Con qué país hispano parecen ser las relaciones mejores hoy día? ¿peores? ¿Por qué?
4. ¿Cree Ud. que la economía hispanoamericana va a mejorar en el futuro próximo? Explique.

III. El Panamericanismo y «el Coloso del Norte»

En 1889, a petición de los Estados Unidos, tuvo lugar la primera reunión panamericana en Washington. Hubo otras en 1902 en México, 1906 en Río de Janeiro y en 1910 en Buenos Aires. Aunque el gobierno norteamericano siempre apoyó estas reuniones, sus acciones no contribuyeron a una idea de
5 amistad y alianza. Primero, los Estados Unidos participaron en la guerra contra España, que resultó en la adquisición de Puerto Rico por parte de los norteamericanos y en la ocupación de Cuba por un tiempo no determinado.

the latter
would not contract

Otro aspecto de la política norteamericana hacia Cuba fue la declaración en 1901 de ciertas prohibiciones contra el gobierno cubano:[8] 1) éste° no
10 permitiría fuerzas de otras naciones en la isla, 2) no contraería° deudas excesivas, 3) daría a los Estados Unidos el derecho de intervención para proteger la «independencia» del país, 4) vendería a los Estados Unidos la tierra necesaria para construir en la isla una base militar norteamericana (que se llama hoy Guantánamo). En pocas palabras, el gobierno norteamericano
15 pensaba asumir el papel de «protector» del nuevo gobierno cubano.

claims

Debido a ciertas reclamaciones° de parte de países europeos sobre deudas del gobierno dominicano, apareció la amenaza de otra invasión semejante a la que había ocurrido antes en México. Esta vez los Estados Unidos decidieron actuar primero, y en 1905 se apoderaron de° la aduana° de la isla para
20 distribuir el dinero a los gobiernos europeos.

took over; custom-house

[8] ***prohibiciones contra el gobierno cubano*** This is known as the Platt Amendment (to the Army Appropriations Bill of 1901). It was symbolic of U.S. arrogance for many years in Latin America. It was mentioned in the Cuban Missile Crisis of 1962 since that case, too, involved threatened intervention. The 1979 U.S. protest against the presence of Soviet combat troops in Cuba was another invocation of this policy.

suspicions

Los recelos° hispanoamericanos aumentaron como resultado de una
proclamación del presidente Theodore Roosevelt en 1904 en la que se
extendía la Doctrina Monroe para incluir el derecho norteamericano de
intervenir en los asuntos de los otros países en caso de una amenaza a su

25 estabilidad y orden internos. Esta idea, llamada el «corolario de Roosevelt a la
Doctrina Monroe» es clasificada por la mayoría de los historiadores como la
cumbre° de la arrogancia norteamericana en las relaciones interamericanas.
Roosevelt dijo que no había peligro de intervención en los países que «se
portaran bien»° y que mostraran su capacidad de gobernarse «de una manera

30 eficaz° y decente». En casos de «errores crónicos» los Estados Unidos se
verían obligados a actuar como «policía internacional» para restaurar° el orden
y la civilización en el país.

Haciendo uso de esta doctrina el presidente Taft mandó fuerzas militares a
varios países centroamericanos que amenazaban sufrir algún problema interior.

35 Uno de los efectos negativos de esta política era que tendía a favorecer a los
dictadores en lugar de los partidos más democráticos.

Taft creó también la «diplomacia del dólar», una tentativa de reemplazar
las inversiones° europeas en Hispanoamérica con dólares norteamericanos, lo
que ayudaría a eliminar la amenaza europea a la soberanía de estos países. Si

40 no pagaban las deudas, los únicos que se quejarían serían los financieros
norteamericanos, y el gobierno garantizaría las deudas. Los que se oponían a
esta táctica declaraban que los países pequeños llegarían a ser° casi propiedad
de los Estados Unidos. La intervención resulta mucho más fácil cuando no
hay necesidad de ponerse de acuerdo con otros gobiernos acreedores°.

45 Otra, y probablemente la más importante, de las intervenciones de los
Estados Unidos fue la construcción del canal de Panamá. Hacia fines del siglo
XIX el canal asumió gran importancia en la política estadounidense° a causa
de la atracción comercial del Lejano Oriente° y de la necesidad militar de
proteger las dos costas de los Estados Unidos. Después de conseguir de

50 Inglaterra el derecho de construir y dirigir el canal por su propia cuenta°, los
Estados Unidos tuvieron que entrar en un acuerdo con Colombia, por cuyo
territorio iba a pasar el canal. Sin embargo, cuando iba a concluirse el tratado
con Colombia el congreso de ese país rehusó° aceptar los términos, porque
querían aclarar algunos artículos relacionados con los derechos reservados a

55 su propio gobierno. Mientras se debatía el problema, estalló° una revolución
en la región de Panamá, una provincia de Colombia, para lograr la
independencia. Los colombianos pensaron que los Estados Unidos habían
fomentado la rebelión, ya que después de tres días, Roosevelt reconoció a la
nueva república de Panamá y comenzaron las conversaciones sobre un tratado

60 de concesión por el cual los Estados Unidos conseguían el derecho de
construir el canal, de dirigirlo para siempre y de incorporar la tierra por la cual
pasaba como territorio nacional. El canal quedó en manos del «Coloso del
Norte» hasta el 31 de diciembre de 1999 cuando fue entregado a Panamá bajo
términos de un tratado firmado en 1977.

Good Neighbor

led to
On the outbreak of

65   Hubo otras intervenciones en la América Central durante la segunda década del siglo XIX y no fue hasta 1936, durante la presidencia de Franklin Roosevelt —quien inició la política del «Buen Vecino»°— cuando comenzó a haber cambios notables en las relaciones entre los Estados Unidos e Hispanoamérica. Esta política rechazó varias prácticas del pasado y condujo

70 a° algunos tratados: entre ellos, la prohibición de la intervención y de la guerra entre países del continente. Al estallar° la guerra en Europa casi todos los países de América se declararon aliados, por lo que durante los años de la Segunda Guerra mundial hubo paz y amistad entre los Estados Unidos y los países hispanoamericanos.

Comprensión

11-6 Responda según el texto.

1. ¿Cuándo y dónde tuvieron lugar las cuatro primeras reuniones panamericanas?
2. ¿Por qué los Estados Unidos invadieron la República Dominicana?
3. ¿Qué era la «diplomacia del dólar», y quién la creó?
4. ¿Cuáles fueron algunos motivos para construir el canal de Panamá?
5. ¿Cómo fueron las relaciones interamericanas durante la Segunda Guerra mundial?

Opiniones

11-7 Responda a las siguientes preguntas.

1. ¿Cree Ud. que los Estados Unidos se han mostrado arrogantes hacia Hispanoamérica? Explique.
2. ¿Cree Ud. que la política actual hacia Hispanoamérica es buena? ¿Por qué?
3. ¿Cómo podrían los Estados Unidos mejorar las relaciones generales en el mundo?
4. ¿Por qué cree Ud. que los hispanoamericanos llaman «Coloso del Norte» a los Estados Unidos?
5. ¿Cuáles son los elementos básicos que influyen en las relaciones internacionales?

En el año 2000 Panamá tomó control del canal de Panamá que estaba bajo el control de los Estados Unidos. ¿Qué importancia militar y económica tiene el canal?

IV. Las relaciones en la época de la posguerra

Casi todas las relaciones norteamericanas después de la Segunda Guerra mundial fueron influenciadas por la «guerra fría» entre los Estados Unidos y la Unión Soviética. Los aliados hispanoamericanos ocuparon un lugar importante en este juego diplomático porque casi todos tenían gobiernos conservadores, pero al mismo tiempo veían el nacimiento de nuevos movimientos izquierdistas°. Por lo general, aunque estos movimientos mostraban una ideología de izquierda, sus lazos con el movimiento comunista internacional eran débiles°. Sus intereses tendían a ser nacionalistas, antinorteamericanos y anticapitalistas.

Basándose en° los acuerdos y tratados interamericanos, los Estados Unidos comenzaron a formular tratados de seguridad mutua. Los gobiernos conservadores firmaban con gusto estos acuerdos porque contenían garantías de estabilidad interna e iban acompañados de° ofertas° de ayuda económica en forma de armas modernas. Puesto que estos dictadores generalmente mantenían su poder gracias a las fuerzas militares, las armas representaban una ayuda efectiva contra cualquier grupo rebelde. De nuevo, la política norteamericana aparecía como una política dominadora que exigía cierta conducta de los países vecinos a cambio de° la ayuda económica y la amistad. Esta nueva actitud fue formalizada en el Tratado de Río de Janeiro[9] de 1947. Se trataba en realidad de una alianza militar —la primera de este tipo para los Estados Unidos desde 1778, cuando el nuevo gobierno había aceptado la ayuda francesa.

En 1948 los representantes de 21 repúblicas se reunieron en Bogotá para el Noveno Congreso Internacional de Estados Americanos. En medio de tumultos° y violencia[10] se formularon los principios de un nuevo cuerpo: la Organización de Estados Americanos (OEA), que primero se había llamado La Unión de Repúblicas Americanas y luego El Sistema Interamericano. La nueva organización, además de reconocer el alto nivel de actividad nacida durante la guerra, creó un consejo° permanente de defensa para coordinar la cooperación militar, es decir, la venta de armas y el entrenamiento° de oficiales. La Unión Panamericana fue designada como Secretariado de la organización y el órgano principal de las relaciones culturales.

A pesar de los acuerdos, la corriente anticomunista en los Estados Unidos llevó al gobierno a mezclarse° en los asuntos de varias naciones para que el comunismo no ganara ninguna ventaja.

El caso más notable fue el de Guatemala. El Partido Comunista logró alguna influencia en el gobierno de Jacobo Árbenz Guzmán, un presidente reformista con ideología de izquierda. La oposición, encabezada° por el General Carlos Castillo Armas, estaba preparando una revolución en el vecino país de Honduras. Árbenz aceptó la ayuda ofrecida por la Unión Soviética, y eso despertó el interés de los Estados Unidos. Éstos ofrecieron ayuda secreta a

---

[9] **Tratado de Río de Janeiro** Known as the Rio Pact; the full name: Inter-American Treaty of Reciprocal Assistance. It expressed adherence to the recently formed United Nations and declared the intention to settle disputes peacefully. It also declared that an armed attack against any American State constituted an attack against all.

[10] **tumultos y violencia** Known as the *Bogotazo*; rioting and burning broke out when a popular political leader was assassinated. The conference seemed to be part of the motive.

leftist

weak

Based on

were accompanied by; offers

in exchange for

riots

council
training

meddle

headed

carried out	Castillo Armas, en forma de armas y de entrenamiento, que fue llevado a
denied	cabo° por la Agencia Central de Inteligencia. Esto hizo posible el triunfo de
proven occurrence	la revolución en 1955. Aunque los Estados Unidos negaron° sus acciones
blame	durante diez años, las admitieron después. Con un caso comprobado°, los

45 hispanoamericanos comenzaron a culpar° a los Estados Unidos cada vez que
ocurría un incidente semejante. Los Estados Unidos siempre han negado su
interés en estas situaciones, pero ocurrieron otros casos, como el de la Bahía

Bay of Pigs de Cochinos° en Cuba en 1961, donde la misma táctica fue empleada, aunque
sin éxito.

50   Cuba, por su proximidad geográfica, ha sido otro punto de conflicto entre
los Estados Unidos y los países hispanoamericanos.

El presidente John F. Kennedy formuló una nueva política hacia
Latinoamérica llamada «La Alianza para el Progreso». El nuevo programa

effort consistía en un esfuerzo° continental de cooperación, cuya base era la oferta
55 de ayuda económica en casos donde el gobierno local demostrara algún
esfuerzo propio, es decir, donde se pudiera formar una alianza entre la ayuda
norteamericana y el capital nativo para un programa de desarrollo. Este plan
atrajo mucho interés entre los intelectuales americanos por su indiscutible
idealismo. En la práctica, sin embargo, logró muy poco.

60   Con la llegada al poder de los sandinistas en Nicaragua, Centroamérica

they lent volvió a ocupar la atención del gobierno norteamericano porque prestaban°
apoyo a los guerrilleros de los países vecinos como El Salvador. Los dos
países fueron la escena de violencia constante durante la década de 1980. En
1990 los sandinistas perdieron las elecciones y su poder político. En 1992 los

arrived at an agreement 65 guerrilleros salvadoreños y el gobierno moderado llegaron a un acuerdo° que
put an end to; struggle puso fin a° la lucha° armada por el momento.

En 1989 en Panamá y otra vez en 1993 en Haití, los Estados Unidos
volvieron a sus métodos antiguos. En los dos casos intervino el ejército

to overthrow norteamericano para derrocar° a un gobierno militar y devolver a los
70 candidatos elegidos a la presidencia. Por un lado actuaron a favor de la
democracia, pero por el otro constituyeron otras intervenciones más en la larga
serie que ha caracterizado las relaciones interamericanas.

El caso de la guerra en 1982 entre la Argentina y Gran Bretaña por las
islas Malvinas[11] muestra otro aspecto de la complejidad de las relaciones
75 interamericanas. Por un lado un antiguo aliado de Europa y por el otro una
nación americana quieren el apoyo de los Estados Unidos. Ni la Doctrina

stopped Monroe ni el Tratado de Río impidieron° que el gobierno norteamericano
apoyara a los ingleses. El hecho de que el gobierno militar argentino estaba

discredited casi totalmente desacreditado° en el continente añadió otro factor a la
80 decisión.

El Tratado de Libre Comercio,[12] firmado por el Canadá, los Estados
Unidos y México es el primer paso a la creación de una zona de libre
comercio en el hemisferio entero para el futuro. Este proceso tampoco es
sencillo puesto que algunos países, como el Brasil, no quieren perder su
85 dominio económico sobre sus vecinos. Hay diversas opiniones sobre todos los

[11] ***Islas Malvinas*** Called the Falkland Islands in English. Argentina has long claimed sovereignty
over these islands but Great Britain has refused to give them up. In 1982 Argentina attempted to
take them by force but was unsuccessful in the face of an all-out British defense.

[12] ***Tratado de Libre Comercio*** This treaty is abbreviated TLC in Spanish. It is called the North
American Free Trade Agreement or NAFTA in English.

trust

are raised

basically

efectos de tal tratado y no sorprende que haya bastante recelo de parte de los
hispanoamericanos, en vista de la historia de sus relaciones con «el Coloso del
Norte». Con el fin de la «guerra fría» las relaciones han perdido algo de su
base ideológica para concentrarse en cuestiones económicas.

90   La historia hace difícil lograr una actitud de confianza° y respeto mutuos.
Es interesante notar que un latinoamericano o un español y un norteamericano
pueden llegar fácilmente a ser buenos amigos a pesar de sus diferencias
culturales, religiosas o económicas. Pero, cuando estas diferencias se elevan°
al nivel nacional se vuelven verdaderos obstáculos para la paz y comprensión

95 que todo el mundo, en el fondo°, desea.

Comprensión

11-8 Responda según el texto.

1. ¿Por qué atraían tanta atención los países hispanoamericanos durante la «guerra fría»?
2. ¿Qué aspecto único tenía el Tratado de Río de Janeiro?
3. ¿Cuál era la misión principal de la OEA?
4. ¿Cuáles eran las bases de la «Alianza para el Progreso», y quién originó esta política?
5. ¿Cuál ha sido el motivo principal de los conflictos centroamericanos recientes, y cuál ha sido la posición de los Estados Unidos?
6. ¿Qué dilema para las relaciones interamericanas surgió durante la guerra de las Malvinas?

Opiniones

11-9 Responda a las siguientes preguntas.

1. ¿Cree Ud. que puede haber mejores relaciones entre los Estados Unidos y los países hispánicos? ¿Cómo?
2. ¿Cuál es su opinión sobre las organizaciones internacionales como la Organización de las Naciones Unidas y la OEA? ¿la OTAN?
3. ¿Cree Ud. que puede haber una prohibición total de armas nucleares? ¿Cómo?
4. ¿Cuáles son los países más agresivos hoy día?

 VIDEO • DVD

Videomundo: Puerto Rico

Mire los segmentos y responda a las preguntas.

A. Puerto Rico (33:45–39:28)

1. ¿Qué tres culturas forman el Puerto Rico moderno?
2. ¿Cuándo y por qué pasó Puerto Rico a ser parte de los Estados Unidos?
3. ¿Qué se hicieron los puertorriqueños en 1917?
4. ¿Cuáles son algunas ventajas, según los comentaristas, de la independencia para Puerto Rico?

B. Deportes: Luis Mayoral, Chi Chi Rodríguez (1:42:05–1:50:45)

1. ¿Cómo ven los peloteros jóvenes a Luis Mayoral?
2. ¿Qué quiere Chi Chi Rodríguez para los ciudadanos de Puerto Rico?

Una voluntaria del Cuerpo de Paz le enseña a una niña en Honduras. ¿Tiene el Cuerpo de Paz un lugar en el mundo contemporáneo?

A explorar

11-10 Ejercicios de vocabulario. En grupos de dos o tres personas hagan las siguientes actividades.

A. Complete las oraciones.
1. El comunismo es una política _____.
2. Cuba ha sido importante por su _____ geográfica.
3. La «_____ para el Progreso» fue muy popular entre los intelectuales norteamericanos.
4. Los Estados Unidos recibieron California por el _____ de Guadalupe Hidalgo.
5. La Doctrina Monroe fue una respuesta a las _____ europeas de volver a colonizar América.

B. Complete usando una palabra relacionada con la palabra entre paréntesis.
1. (prohibir) El tratado contiene _____ contra la intervención.
2. (los Estados Unidos) La política _____ se basaba en la «guerra fría».
3. (ideal) Ese programa es caracterizado por un tono _____.
4. (ideología) El movimiento tiene semejanzas _____ con el comunismo.
5. (colonia) España fue un país _____.

11-11 Puntos de contraste cultural. En grupos de dos o tres personas contesten las siguientes preguntas.

1. ¿Cuáles son las causas de la enemistad entre los gobiernos hispanoamericanos y los Estados Unidos?
2. ¿Qué diferencias hay entre los motivos básicos de la política internacional de los Estados Unidos y los de un país hispánico?
3. ¿Cree Ud. que es posible tener unidad en el hemisferio occidental? ¿Por qué?

11-12 Debate. Organice dos equipos para que ataquen o apoyen esta resolución.

La influencia de las grandes compañías multinacionales es mala para los países en vías de desarrollo.

11-13 El arte de escribir: Repaso. Escriba una composición en la que exponga su opinión sobre la idea de que todos los habitantes de este hemisferio deben hablar, tanto el español como el inglés. Incluya ideas que apoyen su opinión.

11-14 Las noticias. Lea los siguientes artículos y coméntelos entre los miembros de la clase.

Iberoamérica debate su papel en el mundo...

… Así estaban las cosas, entre la globalización arrolladora° de los noventa y la suma de fragmentaciones dispuestas a salvar° tradiciones e intereses nacionales, cuando apareció un nuevo desorden internacional. El 11 de septiembre de 2001, por la violencia de una ONG del terror[1] y no por un Estado o suma de Estados dispuestos a° la humillación y conquista de otros, se abrió en medio de la interacción generalizada una era°... desconocida por la Historia.

…[O]chenta políticos, intelectuales y empresarios° han debatido en Toledo [España]… qué papel puede corresponder en adelante° al conjunto° de sociedades de Europa y América que comparten como lenguas el español y el portugués, provienen de un pasado que las vincula desde las raíces° y están hermanadas° por una cultura vigorosa…

… Los pueblos que se hallan, como la Argentina, atrapados desde mediados de° 1998 en el mismo pantano° de la economía y la política, con hambre y desocupación° crecientes, han sentido por más de cuatro años que la marcha del tiempo les ha sido ajena°. Pero desde el 11 de septiembre de 2001 saben, además, que han pasado a ocupar en el mundo un lugar menos relevante de lo que hasta entonces suponían.

El punto que interesa a los argentinos es menos flagelador° que el acto de hacerles patente° que seguir con el acendrado° espíritu egocentrista de tantas generaciones es una bobería descomunal°. En realidad, de lo que se trata es de preguntarse si por compartir la Argentina con el resto de América latina una idéntica irrelevancia en la política internacional, a raíz de estar todos ellos fuera de los principales escenarios° de inseguridad, han de quedar relegados° en el mundo de manera irremediable o podrán concebir, como alternativa, alguna fórmula superadora° de la situación.

[Glosses in margin:]
the middle of; swamp
sweeping
unemployment
aimed at saving
alien

prepared for
punishing
age / clear
pure

entrepreneurs / grotesque idiocy

in the future; group

ties them from their roots / settings
joined / forgotten

overcoming

[1] *una ONG de terror* an NGO (non-governmental organization). Refers to the fact that, unlike in past conflicts, one side now is not a government.

En el documento de 33 páginas en que los Estados Unidos delinearon en fecha reciente la esencia de su nueva política exterior° sólo hay tres párrafos dedicados a América Latina. Allí no se la menciona al expresarse el espíritu de construir un mundo donde los norteamericanos compitan en paz con Canadá, Europa, Rusia, India... Como derivación práctica de lo dispuesto° por Washington, en las discusiones de Toledo se dijo que los Estados Unidos no están interesados en resolver crisis del carácter de la que afecta a la Argentina...

Por así decirlo, hay ventajas que la presente situación mundial ofrece a América Latina si sabe aprovecharlas°: si combate con eficacia el narcotráfico, el lavado° de dinero, el crimen organizado, en suma, y si hace una contribución notable a la humanidad... estará a su alcance° la recompensa° que corresponda por la protección del medio ambiente y las riquezas naturales...

La Nación Online (Buenos Aires, Argentina)

foreign
to take advantage of them

laundering

put forth / within reach; reward

Guantánamo no es Panamá

[Este artículo salió poco antes de comenzar el nuevo uso de la base.]

La base naval de Guantánamo es, con el Canal de Panamá, la primera y más famosa posesión militar norteamericana fuera de sus fronteras. [Con] la entrega del Canal a las autoridades panameñas, nada parece haber cambiado en relación a Guantánamo.

El coronel [Estévez, jefe de la Brigada Fronteriza cubana en Guantánamo] explica sobre un mapa cuál es la situación: la base naval ocupa una extensión de 117,6 kilómetros cuadrados°, de los cuales el 49% son tierra firme, el 29% es zona pantanosa° y el resto agua. La bahía, una de las más grandes de Cuba, tiene 18 kilómetros de profundidad°, de los cuales los primeros 9 kilómetros son norteamericanos y el resto, dice, es «territorio libre». En la parte norteamericana hay dos aeropuertos, un hospital, almacenes, radares y hasta playas.

«Hace algunos años había unos 7.000 norteamericanos, de ellos cerca de 3.000 eran militares. Hoy la cifra° se ha reducido considerablemente. En total quedan 1.500 *marines* y unos 2.000 civiles. También se han llevado los tanques y los aviones de combate.» Cuba también ha reducido sus tropas... [El coronel Estévez explica los motivos por la reducción.] «El primero es puramente económico... el segundo motivo es la disminución de tensiones con EE.UU.»...

El País Digital (Madrid, España)

number

square
swampy

distance from the shore to the mouth

Un acuerdo político para América Latina

[Algunas] influyentes figuras de la política exterior norteamericana se aprestan° a proponer dentro de pocas semanas la idea de una «Comunidad Interamericana», que incluya tanto acuerdos comerciales como políticos.

El proyecto, inspirado vagamente en la Unión Europea, es que un acuerdo de integración económica que incluya acuerdos políticos y quizás hasta de seguridad sería mucho más fácil de «vender» al Congreso que uno centrado en el libre comercio.

El estudio [se titula] *América del Sur 2005* y es el resultado de varias reuniones a puertas cerradas en Washington, Brasil, la Argentina y Chile, que culminarán con sesiones en Venezuela y Colombia…

Un borrador° argumenta que «una política exitosa° de libre comercio requiere un consenso político» en Estados Unidos para generar confianza en la estabilidad democrática de la región.

Es difícil pensar que muchos países latinoamericanos acepten mezclar° el libre comercio con temas de seguridad regional, pero quizás estén más dispuestos° a firmar compromisos° democráticos, como ya lo han hecho entre ellos. En momentos en que la región está enfrentando nuevas amenazas a la democracia y una creciente «fatiga» sobre las reformas de libre mercado, la idea de un compromiso común para lograr la estabilidad democrática podría ser atractiva para todos.

La Nación Online (Buenos Aires, Argentina)

are getting ready

to mix

willing; commitments

first draft
successful

11-15 Situación. Ud. acaba de ser elegido(a) presidente de los Estados Unidos. En la campaña electoral Ud. prometió mejorar las relaciones interamericanas. Ahora tiene que cumplir con su promesa. ¿Qué va a hacer en ese campo?

12

La presencia hispánica en los Estados Unidos

Lecturas culturales

◄ Uno de los lugares más famosos de Los Ángeles, California, es la calle Olvera. ¿En qué aspectos se ve la influencia hispánica?

Lecturas culturales

Enfoque

Puerto Ricans

Por varias razones históricas, la población actual de los Estados Unidos contiene un 12,5% o más de personas de ascendencia hispana. Se calcula que hay unos 21,7 millones de personas de antecedentes mexicanos, 2,9 millones de puertorriqueños°, 1,3 millones de cubanos, 4,7 millones de centro- y sudamérica y unos 2 millones de otros países hispánicos. A diferencia de otros grupos étnicos, la mayor parte de éstos nunca inmigraron a los Estados Unidos, ni son descendientes de inmigrantes a este país. En el suroeste de los Estados Unidos, muchas personas fueron incorporadas a los Estados Unidos a través del Tratado de Guadalupe Hidalgo en 1848. Los puertorriqueños se convirtieron en ciudadanos en 1917. En otras palabras, la mayoría de las personas de habla hispana en los Estados Unidos son los habitantes de territorios ocupados en dos guerras.

by force

Generalmente el inmigrante llega a una nueva tierra dispuesto a asimilar la cultura, a aprender una lengua, a adaptarse a las costumbres y a los valores del país, muchas veces con un entusiasmo extremado. Pero cuando se ve incorporado por la fuerza° a otra cultura, no siente esta disposición. Más bien tiende a resistirse y a tratar de preservar su cultura original como un tipo de defensa. Un caso comparable es el de la provincia de Quebec, en Canadá, donde la situación de los habitantes de cultura francesa se asemeja a la de los de origen hispánico en los Estados Unidos. Es indispensable conocer este contexto para comprender las actitudes contemporáneas de esta minoría étnica.

Una escena de «Spanish Harlem» de Nueva York. ¿De dónde será la mayoría de las personas que ocupan este barrio hispano?

Vocabulario útil

Estudie estas palabras antes de leer los ensayos.

Verbos

adaptarse *to adapt to*
asimilar *to assimilate*
emigrar *to emigrate, to move out of a country*
estallar *to break out, to erupt, to explode*
incorporar *to incorporate*
inmigrar *to immigrate, to move into a country*

Sustantivos

la ascendencia *ancestry*
los centenares *hundreds*
la disposición *disposition, readiness*
el ferrocarril *railroad*

el ganadero *cattleman*
el ganado *cattle*
la cría de ganado *cattle raising*
la mayoría *majority*
la migración *migration, movement from one area to another*
la minoría *minority*
el (la) obrero(a) *worker*
el suroeste *southwest*

Adjetivos

anglosajón(ona) *Anglo-Saxon*
dispuesto(a) *disposed to, ready*
étnico(a) *ethnic*
pacífico(a) *peaceful*
poblado(a) *populated*

Para practicar

Trabajen en parejas, o como lo indique su profesor(a), para hacer y contestar estas preguntas, usando el vocabulario de la lista para descubrir algo sobre sus compañeros de clase.

1. ¿Cuándo se incorporaron tus antepasados a los Estados Unidos? ¿De dónde vinieron? ¿Cuál es su ascendencia? ¿Sabes por qué inmigraron? ¿Vinieron dispuestos a asimilarse a la cultura?
2. ¿En tu familia se mantienen algunas costumbres étnicas? ¿Cuáles son?
3. ¿Crees que es mejor que los inmigrantes se adapten a su nuevo país o es mejor que se queden aparte en su propia comunidad? ¿Por qué?

Anticipación

12-1 En grupos de dos o tres hagan una lista de los problemas con que se encuentran los hispanos en los Estados Unidos y algunas soluciones posibles. Prepárese para presentarle su lista a la clase.

I. Orígenes de «La Raza»°

Mientras que el porcentaje de personas de ascendencia hispánica en el país entero es de casi 12,5%, en los estados del suroeste ese porcentaje es dos o tres veces mayor. La causa básica de esta concentración tiene su origen en algunos hechos de la primera mitad del siglo XIX.

⁵ A principios° del siglo XIX nació en los Estados Unidos el concepto que se llamó «destino manifiesto». Según éste, el destino de los anglosajones era ampliar° su territorio, a expensas del pueblo hispánico, en el continente americano. Existía cierta confusión en cuanto a los límites de esta expansión: algunos pensaban que debía incluir todo el hemisferio; otros sólo veían la ¹⁰ necesidad de abarcar° la tierra entre Nueva Inglaterra° y el océano Pacífico. Antes de invadir abiertamente los territorios, los estadounidenses preferían animar° a los habitantes de las regiones fronterizas a que se separaran° de México y a que pidieran incorporarse después a la Unión Americana. Los Estados Unidos ya habían comprado el territorio de Luisiana en 1803 y el de ¹⁵ la Florida en 1819, de manera que sólo quedaba por anexar el área entre Texas y California.

Hubo entonces una migración constante de estadounidenses hacia estas dos provincias mexicanas tan poco pobladas, con el propósito de fomentar° una revolución en favor de la independencia. O sea que, aunque el gobierno ²⁰ de los Estados Unidos no estuviera cometiendo actos agresivos contra México, su política favorecía esta agresión, ya que aprobaba de antemano° la incorporación de esos territorios como nuevos estados. Por razones económicas, la política mexicana también favorecía esta inmigración, ofreciendo tierra a inmigrantes tales como Stephen F. Austin, quien estableció ²⁵ la primera colonia anglosajona en Texas.

El resultado de esta política fue un choque° cultural. Como estaba cerca de los Estados Unidos, Texas se llenó de anglos; en 1834 se calculaba que había allí 301.000 anglosajones y sólo 500 mexicanos. En 1836, los ciudadanos de Texas se declararon independientes de México. Después de la ³⁰ famosa derrota de la misión del Álamo, el ejército texano, bajo el mando° de Sam Houston, pudo vencer° al ejército mexicano en San Jacinto. Se inició inmediatamente una petición de anexión° a los Estados Unidos, pero por razones políticas internas ésta no fue aprobada hasta 1845.

En las provincias de California y Nuevo México la política fue semejante, ³⁵ pero el número de anglos no alcanzó el nivel necesario para imitar el proceso texano. Los Estados Unidos declararon la guerra en 1846 para conseguir esos territorios. Con la ocupación de la Ciudad de México en 1847, el gobierno mexicano se vio forzado a aceptar la pérdida de la mitad de su país y el Tratado de Guadalupe Hidalgo fue firmado° en 1848.

⁴⁰ Por este motivo, a más de 100.000 habitantes mexicanos de esa región se les dio a elegir entre irse a México o quedarse como ciudadanos estadounidenses sin perder ni los bienes ni los derechos que tenían. Sin embargo, el gobierno norteamericano no se mantuvo completamente fiel° a esa promesa. Dos días después de haberse firmado el tratado llegó la noticia ⁴⁵ del descubrimiento de oro en California, lo que contribuyó a aumentar la población de anglosajones de ese estado. En Texas los anglos se aprovecharon° de las leyes norteamericanas para confundir° la cuestión de la

validity validez° de los títulos de propiedad aun cuando éstos tuvieran origen en la época colonial de México.

55 El territorio de Nuevo México, que era la región menos poblada, no comenzó a recibir inmigración de los Estados Unidos hasta después de 1848, y no fue hasta fines del siglo que los anglos llegaron a constituir una mayoría. La región desde Santa Fe hasta San Luis, Colorado, estaba poblada por españoles que habían estado allí desde el siglo XVII y que en realidad no se

55 habían sentido mexicanos después de la independencia. La región tenía un fuerte sentimiento español, y el hecho de que las misiones católicas habían sido su único lazo con el mundo exterior les dio carácter de conflicto religioso entre católicos y protestantes a las luchas entre «anglos» e «hispanos» que hubo durante el siglo XIX.

60 Sólo en el sur del estado de Arizona existió cierta paz y amistad entre los dos grupos. Tal vez porque los ganaderos mexicanos y anglos tenían que

to face enfrentar° a otros enemigos, como el clima severo del desierto y los apaches, no se dedicaron a la lucha cultural o racial que caracterizó el resto del suroeste.

65 Esta larga época de conflictos dio origen a una serie de anécdotas sobre héroes culturales. En California, un minero chileno o mexicano[1] se rebeló

undertook contra las condiciones en que sus compañeros mexicanos vivían y emprendió°

campaign; revenge una campaña° de venganza°; su nombre, Joaquín Murieta, ha venido a simbolizar la resistencia del pueblo mexicano. En Texas un bandido llamado

70 Juan Nepomuceno Cortina dominó una gran región del sur del estado entre 1860 y 1875; para asegurarse del apoyo del pueblo adoptó una ideología antianglo. En Nuevo México, Elfego Baca, que era miembro de la policía

captured; unheard of territorial en Socorro, apresó° a un texano —cosa inaudita°— y tuvo que resistir solo, durante dos días, el ataque de varios amigos del prisionero. Se

hostile 75 cree que ese acto puso fin a la migración de texanos belicosos° al territorio.

La reacción de los anglos fue la venganza organizada de los «vigilantes» (es interesante —e irónico— el origen del nombre). Se calcula que hubo

lynchings centenares de «linchamientos»° de mexicanos en esta época. Los mexicanos

since muertos a manos de los anglos llegaron a números espantosos puesto que° en

80 la opinión de muchos eso no era un acto criminal.

No sorprenderá que esta tradición violenta no haya conducido a una asimilación pacífica. Si los mexicanos hubieran sido inmigrantes, se podría esperar la adaptación tradicional. Si ellos mismos hubieran pedido la incorporacón de su tierra a los Estados Unidos, también se podría esperar que

85 tuvieran una actitud favorable. Si se hubiera seguido el artículo octavo del

claims tratado, no habrían tenido reclamaciones° contra el gobierno norteamericano. Si se les hubiera dado la oportunidad de adaptarse, hoy tal vez no habría problemas. Pero la historia es muy clara: fueron incorporados a la fuerza,

dispossessed; relegated desposeídos° de sus tierras y relegados° a los trabajos más bajos. El resultado

90 fue inevitable.

[1] **un minero chileno o mexicano** The nationality of Joaquín Murieta is obscure. Many Chileans who had mining experience in Chile were attracted to California during the Gold Rush of the mid-nineteenth century. They, of course, tended to join the Mexican population so that all were considered Mexicans by the Anglo authorities.

Comprensión

12-2 Responda según el texto.

1. ¿En qué parte de los Estados Unidos vive el mayor número de personas de ascendencia hispana?
2. ¿Cuáles eran los dos puntos de vista sobre el significado del concepto del «destino manifiesto»?
3. ¿Qué batalla siguió a la del Álamo y cuál fue el resultado?
4. ¿Cuál fue el resultado para México de la ocupación de la capital por el ejército estadounidense?
5. ¿Qué resultado tuvo en la región el descubrimiento del oro en California?

Opiniones

12-3 Responda a las siguientes preguntas.

1. ¿Cree Ud. que el concepto del «destino manifiesto» era una política justa? ¿Por qué?
2. ¿Recuerda Ud. algunos aspectos de la batalla del Álamo? ¿Cuáles?
3. Si otro país invadiera y ocupara la parte de los Estados Unidos donde Ud. vive, ¿qué haría? ¿Iría a una parte no ocupada o se quedaría? ¿Cuáles son algunas ventajas y desventajas de las dos posibilidades?
4. ¿Qué cosas, en su opinión, justificarían una invasión de algún otro país por parte de los Estados Unidos?

II. Presencia de la cultura hispánica en el suroeste

Cualquier persona que haya viajado por los estados de Texas, Nuevo México, Colorado, Arizona y California habrá visto que existe una fuerte influencia hispánica en los toponímicos°, los apellidos, la arquitectura, la comida y aun en la lengua oída en la calle o en la radio y en la plaza central
5 de los pueblos pequeños. Si una ciudad lleva un nombre inglés, se puede estar seguro de que su origen es reciente. Un ejemplo es Phoenix, en el estado de Arizona. Fue fundada a fines del siglo XIX como parada° del ferrocarril, mucho después de Casa Grande, Mesa, Ajo, Yuma, etcétera. Los nombres de montañas —Guadalupes, Sangre de Cristo, Sierra Nevada— y de ríos como el
10 Río Grande (llamado el Río Bravo en México), el Brazos y el Pecos demuestran el origen de sus descubridores. Varios nombres españoles de accidentes geográficos, como cañón, arroyo o mesa, han pasado al inglés por referirse a fenómenos de esa región.

Tal vez es en el campo lingüístico donde ha existido más intercambio
15 pacífico entre las dos culturas. Una serie de palabras españolas fueron incorporadas al inglés como resultado de ciertas condiciones comunes a todos los habitantes del suroeste. En la cría de ganado los mexicanos habían establecido una terminología que fue adoptada por los anglos: *ranch* (rancho); *lasso* (lazo); *lariat* (la reata); *buckeroo* (vaquero); *burro* (burro); *corral*
20 (corral); *hoosegow* (juzgado); *calaboose* (calabozo); *vamoose* (vamos). Muchas palabras en español son usadas comúnmente en inglés: patio, rodeo, plaza, fiesta, siesta, tornado. La lista incluye también los nombres de plantas

place names

stop

indígenas (quinina, saguaro), de animales (puma, coyote), de platos típicos (tacos, chile con carne), de materiales de construcción (adobe), etcétera.

25   Claro que el español del suroeste muestra igual influencia del inglés. Muchas palabras inglesas son usadas en la lengua diaria y también hay docenas de anglicismos, o sea palabras tomadas del inglés y modificadas. Las *brakes; truck; to park* palabras asociadas con el automóvil —brecas°, troca°, parquear°— frecuentemente derivan del inglés. Otro fenómeno es el uso de una traducción
30 literal cuando algo no tiene equivalente adecuado en español: por ejemplo, «escuela alta» *(high school),* «chanza» *(chance)* o «yarda» *(yard).*

    La influencia hispánica también se ve en la arquitectura del suroeste. Es muy común allí el estilo «español» en los edificios que fueron construidos *in style* entre 1910 y 1930, cuando el estilo estaba de moda° en California. Sin
35 embargo, existen numerosos ejemplos de auténtica arquitectura española en las iglesias antiguas y en algunos edificios preservados. Los elementos *roofs; tiles; beams* básicos de esta arquitectura son el adobe, los techos° de tejas° y vigas° de *enclose* madera labrada, que no se cubren. Las paredes de adobe encierran° el patio. *décor; doesn't lend itself* El decorado° suele ser sencillo porque el adobe no se presta° a las
40 elaboraciones típicas de los edificios del sur de México. Las ventanas tienden *thick; warm* a ser pequeñas y las paredes exteriores gruesas°, tanto en las regiones cálidas° como en las frías.

    La influencia española, en la lengua y en la arquitectura, es muy notable en todos los estados del suroeste y existe, aunque en menor grado, en los
45 estados de más al norte. Se pueden encontrar distinciones marcadas entre una y otra región. Hay por lo menos cinco regiones culturales hispánicas en el suroeste, debido a° los antecedentes históricos coloniales y luego al *due to* movimiento de los pobladores° norteamericanos del siglo XIX. Geográfica- *settlers* mente, estas regiones pueden identificarse así: 1) el sur de Texas; 2) la región
50 que se extiende desde el noroeste de Texas hacia el sur de Nuevo México, Arizona y California; 3) la costa de California; 4) los grandes centros urbanos, creaciones del siglo XX; 5) la región del norte de Nuevo México y el sur de Colorado.

    La primera de estas regiones fue poblada en la época colonial por los
55 españoles. Como tenía tierra fértil, atrajo a los primeros anglosajones. Por su proximidad al centro de México, fue la región más disputada en la guerra de 1846.

    La segunda región, concentrada en la cría de ganado, tuvo un desarrollo *late* más tardío°, pero la llegada del ferrocarril lo aceleró. Es el sitio de las grandes
60 haciendas, como el *King Ranch.* La región también se caracterizaba por los conflictos entre los nuevos pobladores, anglos y mexicanos, contra los indios *warlike* guerreros°.

    La costa de California era el lugar más poblado por los españoles y por los mexicanos después de 1824. Su accesibilidad por mar contribuyó a la
65 actividad, tanto comercial como misionera, de la colonia.

    Las grandes ciudades del suroeste, Los Ángeles, Tucson, Albuquerque, Denver, El Paso, Laredo, San Antonio, reflejan una cultura hispánica nueva, formada por elementos y acontecimientos del siglo XX.

    La región entre Santa Fe, Nuevo México y San Luis, Colorado, es la que
70 ha preservado en su estado más puro la antigua cultura española. Estimulado

por las historias de Cabeza de Vaca,[2] en 1539 el Virrey mandó a Fray Marcos de Niza acompañado por el moro Estebanillo en busca de las ciudades fabulosas de Cíbola y Quivira. Al año siguiente, la expedición de Coronado continuó la búsqueda°, llegando hasta Kansas, antes de decidir que las leyendas eran mitos° o mentiras° de los indígenas. La región fue olvidada hasta 1598 cuando un rico de Zacatecas, Juan de Oñate, emprendió la colonización.

    Santa Fe existió como una colonia segura pero aislada° de México. A causa de esta separación se creó una sociedad basada en las prácticas y costumbres del siglo XVII que cambió muy poco en los años siguientes por falta de° contactos culturales. El viaje de ida y vuelta° desde Santa Fe hasta Chihuahua llevaba más de cinco meses. Después de 1848, cuando el territorio se incorporó a los Estados Unidos, entró en contacto con la cultura anglosajona, aunque los habitantes persistían, como lo hacen hoy, en seguir su vida tradicional.

    Los estudios folklóricos en esta región revelan la existencia de poesías y canciones procedentes de la España medieval. También muestran todavía ejemplos de artes coloniales: los tejidos de Chimayó y los santeros[3] que labran° imágenes de madera. Estas imágenes ejemplifican la mezcla de las culturas española e indígena. Los que han estudiado la lengua de la región notan la presencia de formas antiguas que ya no existen en el español moderno.

Margin glosses:
- search — búsqueda
- myths; lies — mitos; mentiras
- isolated — aislada
- lack of; round trip — falta de; ida y vuelta
- carve — labran

Line numbers: 75, 80, 85, 90

[2] **Cabeza de Vaca** Shipwrecked off the coast of Texas, Cabeza de Vaca wandered through much of the Southwest, living with the Indians and learning their legends, including that of the Seven Cities of Cíbola, all made of gold. He finally made it back to Mexico where he reported his adventures and stimulated further official expeditions.

[3] **los santeros** Carvers of saints. A traditional art form involving the creation of images of saints either from wood or as paintings, frequently on metal. The *santeros* of northern New Mexico show the isolation from the mainstream of Mexican culture and the strong indigenous influence of the region.

Comprensión

12-4 Responda según el texto.

1. ¿Cuáles son algunas palabras españolas usadas en inglés?
2. ¿Cuáles son algunas palabras inglesas usadas en el español de la frontera del suroeste?
3. ¿Cuántas regiones distintas de cultura hispánica hay en el suroeste? ¿Cuáles son?
4. ¿Por qué era más poblada la costa de California?
5. ¿Quién fue Cabeza de Vaca? ¿Por dónde viajó?
6. ¿Por qué cambió relativamente poco la vida de Santa Fe?

Opiniones

12-5 Responda a las siguientes preguntas.

1. ¿Cuántos nombres españoles de lugares norteamericanos puede Ud. mencionar?
2. ¿Ha viajado Ud. por el suroeste de los Estados Unidos? ¿Por dónde? ¿Le gustó? ¿Ha vivido allí? ¿Dónde?
3. ¿Cree Ud. que es mejor que los grupos étnicos mantengan su propia cultura? Explique.

III. Avances del siglo pasado

Gran parte del siglo pasado fue caracterizado por un despertar de la población hispana en varias áreas. Entre 1900 y 1930 ocurrió un intenso desarrollo económico en el suroeste y una consecuente necesidad de trabajadores. La fuente natural era el norte de México, donde vivían miles de
5 mexicanos desempleados°. La construcción del ferrocarril, las cosechas° del algodón°, de frutas y legumbres° en las tierras regadas° por el Río Grande y de betabeles° en Colorado y California, fueron realizadas por obreros mexicanos, como ya lo había sido° el establecimiento de las industrias minera y ganadera. No sólo fue el trabajo de los mexicanos, sino también sus
10 conocimientos tecnológicos lo que facilitaron este progreso. Los angloamericanos no conocían la técnica del riego que los españoles habían aprendido de los árabes ni las técnicas mineras que se habían desarrollado en México en el siglo XVI. El ferrocarril[4] tuvo que seguir las rutas ya descubiertas por los mexicanos. Todo el progreso del suroeste habría sido
15 imposible o mucho más lento sin la ayuda de la población hispánica.

En las tres primeras décadas del siglo XX la población mexicana de Texas creció en un mil por ciento. El contrabando más importante de toda la frontera consistía en obreros mexicanos; hubo guerras de contrabandistas en las cuales se robaban a los obreros como si fueran ganado. Hasta 1930 los mexicanos
20 tenían fama de trabajadores dóciles° que hacían cualquier tarea sin quejarse°. En la década de los treinta, sin embargo, bajo la influencia de organizadores sindicales°, estallaron varias huelgas de obreros agrícolas en California. El único resultado de las huelgas fue la supresión violenta.

Los sindicatos nacionales, dirigidos por los trabajadores del este del país,
25 no les ofrecieron mucho apoyo a los mexicanos. Al contrario, ayudaron a mantener el nivel de vida como estaba, al establecer sueldos° bajos para la gente morena y para los mexicanos.

Durante la Segunda Guerra mundial muchas personas de la comunidad hispana[5] sirvieron en las fuerzas armadas de los Estados Unidos con mucha
30 distinción. Los que no fueron a la guerra se quedaron a trabajar en las fábricas y agencias de defensa. Además, durante la guerra, el gobierno federal, que necesitaba mantener buenas relaciones con México, había tratado de evitar la discriminación en el suroeste. Se deseaba evitar la posibilidad de incidentes como el que ocurrió cuando un restaurante en Texas se negó a° servir al
35 cónsul mexicano en Houston. Estos incidentes sirvieron para crear un clima más propicio° para la protesta y para la organización de las minorías.

Sin embargo, hubo poca actividad organizada hasta 1965 cuando en California se oyó de nuevo° el grito° de «¡Huelga!» entre los obreros agrícolas.

---

[4] *El ferrocarril* Unlike most railroads, the Southern Pacific was built not following other development but preceding it. The company stimulated the development of the region.

[5] *personas de la comunidad hispánica* There is no universally applicable name either in English or Spanish for the people of Spanish ancestry in the United States. Many have been used, Mexican-American being perhaps the most widely accepted. Mexican, Hispano, Spanish-American, and Latin American all are ambiguous because of their confusion with foreign areas; *Chicano* and *«La Raza»* imply a somewhat political grouping unacceptable to some members. Government agencies tend to use "Spanish-surnamed" because of its factual basis. In some areas *mexicano* is acceptable, in others not. Both *mexicanoamericano* and *méxicoamericano* are sometimes used and recently *latino* has begun to return to use. As with other minority groups, the situation is generally in flux.

Bajo la dirección, tanto práctica como espiritual de César Estrada Chávez, el
40 16 de septiembre de 1965 (el día de la independencia mexicana)[6] fue
proclamado el Plan de Delano. La huelga de los trabajadores campesinos°
despertó el interés de miles de personas, especialmente el de los jóvenes. El
Plan era un documento sencillo que proclamaba la solidaridad de los
campesinos mexicanos. «La Causa» rápidamente ganó el apoyo de muchos
45 habitantes urbanos y creó el término «chicano», de origen desconocido, que
fue utilizado para referirse a los adherentes al movimiento.

Al extenderse el movimiento a otras regiones del suroeste se adoptó otro
término antiguo: «La Raza». Según algunos, el origen de la expresión se
encuentra en la misión dada a los españoles en la época de la conquista de
50 formar «La Santa Raza», es decir, de llevar la fe católica a los pueblos de
América. Como quiera que sea°, el término «La Raza» se ha aplicado
genéricamente a la tradición hispánica para distinguirla de la anglosajona. La
expresión tiene un significado semejante en toda Hispanoamérica, donde se
celebra el día 12 de octubre (que en los Estados Unidos se llama *Columbus
55 Day*) como «El Día de la Raza».

En la misma época unos estudiantes universitarios formularon el «Plan
Espiritual de Aztlán» en 1969. En la mitología azteca Aztlán era el lugar de
origen de la tribu, y según algunos correspondía al suroeste de los Estados
Unidos. Aunque creó cierta unidad geográfica, también proclamaba unos
60 sentimientos separatistas que muchos no aceptaban. El término «chicano»
surgió de ese movimiento pero ya no se usa mucho.

Ahora en el siglo XXI se ha adoptado un nombre nuevo que resulta más
inclusivo —latino— y sugiere más unidad entre los grupos de varios orígenes.
El movimiento pone énfasis en ejercer su poder político, comenzando en el
65 nivel local. Una complicación ha resultado del gran número de inmigrantes,
principalmente de México y Centroamérica, que han entrado en el país en los
primeros años del milenio. Las estadísticas del censo del año 2000 indican que
los latinos sufren de varias maneras económicamente, por ejemplo, más de
25% de los puertorriqueños vive en la pobreza y la figura es 7,7% para los no
70 latinos. Así que después de los años de protesta ha llegado la época de
consolidación y la tarea de educar a la gente acerca de sus posibilidades
políticas.

[6] ***el día de la independencia mexicana*** Mexico declared its independence from Spain on
September 16, 1810. A priest in Dolores, *Padre Hidalgo,* gave what is called «*El grito de
Dolores*» on that day. Many Mexican-American groups in the United States celebrate that day as a
show of cultural independence.

El descubrimiento de las Américas, el 12 de octubre de 1492, cambió la civilización occidental. Se celebra este acontecimiento como el Día de la Raza en toda Hispanoamérica. ¿Cómo lo conmemoran los hispanos en nuestro país?

Comprensión

12-6 Decida si las siguientes oraciones son verdaderas o falsas. Corrija las falsas.

1. El norte de México sirvió como fuente natural de trabajadores entre 1900 y 1930.
2. El progreso del suroeste hubiera sido más fácil sin la población hispánica.
3. Hasta 1930 los mexicanos tenían mala fama como trabajadores.
4. El resultado de las huelgas iniciales en California fue la supresión.
5. Los sindicatos nacionales ayudaron a mejorar el nivel de vida de los mexicano-americanos.
6. La guerra hispanoamericana les dio a los mexicanos el primer contacto con los anglos como iguales.
7. La huelga de César Chávez ocurrió en México.
8. «La Raza» viene de los primeros viajes a América.
9. «Chicano» es un nombre nuevo más inclusivo.

Opiniones

12-7 Responda a las siguientes preguntas.

1. ¿Ha sentido Ud. alguna forma de discriminación o la ha visto alguna vez? Describa la situación.
2. ¿Qué concepto tiene Ud. de los trabajadores mexicanos en los Estados Unidos hoy? ¿Ha cambiado su opinión en los años recientes?
3. ¿Cuáles son algunas causas del prejuicio? ¿Cree que es posible eliminar totalmente el prejuicio? ¿Cómo?
4. ¿Cuáles son algunos de los efectos de los cambios en la ley sobre la inmigración en los Estados Unidos?

IV. La variedad de la minoría hispánica

found themselves

Por lo general, los otros grupos hispánicos de los Estados Unidos son más recientes. Los puertorriqueños, que principalmente se concentran en el este del país, se vieron° incorporados a los Estados Unidos después de 1898 cuando su isla fue capturada en la guerra con España. Desde 1917 han podido

5 viajar libremente entre su territorio y el continente. Su motivo en migrar a Nueva York y a las otras ciudades del este es básicamente económico y el número que viene tiende a reflejar el estado económico, tanto de la isla, como de los Estados Unidos. Hay años en que más personas vuelven a la isla y otros en que más vienen al continente.

10 Su experiencia en el país no ha sido muy buena. Probablemente constituyen uno de los grupos más pobres de la nación. Frecuentemente son personas del campo tropical de la isla y al encontrarse en el norte —urbano, industrializado y frío— se sienten bastante desorientadas. No poseen las

skills

capacidades° necesarias para encontrar buenos puestos y se resignan a las

deserve

15 tareas más básicas. Tal vez a causa de su posición económica tampoco han podido ejercer el poder político que sus números merecen°.

Al fin, sin embargo, debe haber alguna atracción fuerte porque de todos los grupos hispánicos en los Estados Unidos, éste es el único que puede volver fácilmente a su tierra si así lo quiere. Es decir que, por malas que sean sus

20 condiciones en Nueva York, hubieron sido peores en la isla.

En los años setenta la inmigración cambió de dirección y hubo más puertorriqueños que volvieron a la isla de los que vinieron al continente. Esto ha creado ciertos problemas culturales. Las familias que han pasado algún tiempo en Nueva York u otra gran ciudad estadounidense han cambiado parte

25 de su propio «estilo de vida» y algunas de sus costumbres. Además, han adquirido ciertas capacidades nuevas que los ponen a la cabeza de aquéllos que buscan trabajo. Esto puede causar reacciones negativas entre los que nunca han dejado la isla.

El tercer grupo hispánico de importancia lo constituyen los cubanos que

30 vinieron a los Estados Unidos cuando Fidel Castro formó un gobierno marxista y comenzó a hacerles la vida difícil a las personas que habían tenido una posición importante en el campo económico, político o social antes de la revolución. Estas personas fueron aceptadas en los Estados Unidos como

refugees

refugiados° políticos durante la década de los sesenta.

35 Vinieron principalmente a vivir en el sur de la Florida. En muchos casos ya habían visitado antes la región y algunos tenían en el área parientes que habían salido de Cuba en épocas anteriores.

Hay unas diferencias profundas en el caso de los cubanos —eran principalmente de la clase media o alta en Cuba. En el caso de los inmigrantes

40 tradicionales la mayoría de los que inmigran son de los grupos más pobres y menos capacitados, pero los cubanos eran gente educada (y frecuentemente habían estudiado en los Estados Unidos) —profesionales, abogados, médicos, ingenieros, etcétera. Aunque en muchos casos no pudieron practicar inmediatamente su antigua profesión, eran personas acostumbradas a

45 prepararse y pudieron aprender otra. Tal vez debido a una ideología común las comunidades cubanas han podido aprovechar su influencia política, especialmente en las relaciones entre los Estados Unidos y Cuba. Todo esto explica porqué los cubanos han tenido mucho más éxito económico y social

en su nueva patria y se encuentran hoy en todas partes del país en puestos
50 altos de la banca, de los negocios y de la educación.

Finalmente, debido a los problemas políticos de varios países
centroamericanos, el número de refugiados de esa región crece cada vez más.
Se calcula que constituyen un 12% de los hispanos en todo el país.

Es obvio que si sigue esta tasa de aumento, dentro de pronto los hispanos
55 serán la minoría más numerosa si es que no lo son ya.

emerged; wave

Últimamente ha surgido° una nueva ola° de confianza de parte de la
generación latina joven (que a veces se llaman la «generación Ñ» y otras la
«generación Mex» como forma propia de la famosa «generación X»). En vez
de esconder sus raíces latinas, han asumido una actitud de orgullo y
60 optimismo hacia su cultura hispana. Este cambio de actitud se ha visto
acompañado de una nueva popularidad entre el público norteamericano en
general de la comida y la música latinas.

Desde Gloria Estefan y Rubén Blades que ya hace tiempo han ocupado
un puesto de importancia en la música popular norteamericana hasta Ricky
65 Martin, Marc Anthony y Jennifer López que más recientemente han atraído un
público enorme fuera de la comunidad hispana, la música latina fue un
fenómeno del fin del siglo XX.

Grupos que tocan una música, que es una «fusión» de rock y de salsa,
también aparecen en todos los países latinos y tienen un gran público cuando
70 tocan en los Estados Unidos. «Los Fabulosos Cadillacs», Los Aterciopelados,
Maná, Café Tacuba y El Tri son algunos grupos populares del llamado «Rock
en español».

La comida mexicana y su variante, «texmex», retienen su popularidad
entre la mayoría de los norteamericanos. La salsa mexicana (no la música,
75 sino la que se usa para sazonar la comida) ha superado el «ketchup» en
popularidad en los Estados Unidos. Además, la comida del Caribe, con sus
ingredientes tropicales y por eso más exóticos también ganó un público mayor
en las dos últimas décadas del siglo XX.

Lo importante es el cambio de actitud que ha ocurrido. En vez de
self-esteem 80 clasificarse como víctimas, su amor propio° les permite sentir satisfacción de
su estado bicultural. Esto promete un futuro de más esperanza.

Comprensión

12-8 Responda según el texto.

1. ¿Quiénes son los dos otros grupos grandes de hispanos en los Estados Unidos?
2. ¿Cómo llegaron los puertorriqueños a ser ciudadanos estadounidenses?
3. ¿Por qué algunas veces emigran más al continente y otras veces a la isla?
4. ¿Cuáles pueden ser los problemas de las familias que vuelven a la isla?
5. ¿Cuándo y por qué vinieron la mayoría de los cubanos a los Estados Unidos?
6. ¿Quiénes eran ellos principalmente?
7. ¿Cuál ha sido la diferencia mayor entre ellos y los inmigrantes tradicionales?
   Explique.

Opiniones

12-9 Responda a las siguientes preguntas.

1. Si Ud. fuera a vivir en otro país, ¿cómo cambiaría su vida?
2. ¿Cuántos nombres de hispanos notables en los Estados Unidos puede Ud. mencionar?
3. ¿Ha visitado Ud. el Caribe alguna vez? ¿Qué países ha visitado? ¿Cuándo? Si no los ha visitado, ¿quisiera hacerlo?

Videomundo: La creciente influencia hispánica en los Estados Unidos

Mire los segmentos y responda a las preguntas siguientes.

A. Los hispanos en Washington: Henry Cisneros (41:59)

1. ¿Cuáles son algunos de los aspectos del ambiente latino según el secretario?
2. ¿Cuántas elecciones más faltan para que haya candidatos hispanos para la presidencia según él?

B. Algunas equivocaciones culturales (46:29)

1. ¿Qué error mencionan más los comentaristas?

C. Carlos Santana y el Centro Cultural de la Misión (56:18)

1. ¿Cuáles son algunas actividades que tienen en el Centro Cultural?

D. Radiolandia (59:30)

1. ¿Qué noticias ofrecen en esta emisora de radio? ¿Cómo consiguen las noticias?
2. ¿Cuál es la música más popular hoy y de dónde proviene?

E. Alfredo Estrada y la revista _Hispanic_ (1:04:20)

1. ¿De dónde es el Sr. Estrada y dónde se crió?
2. ¿Cómo quiere la revista tratar la diversidad de la comunidad hispana?

A explorar

12-10 Ejercicios de vocabulario. En grupos de dos o tres personas hagan las siguientes actividades.

A. Dé dos palabras relacionadas.

Modelo   tierra
territorio terreno

1. poblar   _____   _____
2. migración   _____   _____
3. incorporar   _____   _____
4. adaptar   _____   _____
5. obrar   _____   _____

B. Indique los sinónimos.

1. sueldo		**a.** declarar
2. destino		**b.** afición
3. proclamar		**c.** letrero
4. adherentes		**d.** guerrero
5. cartel		**e.** exigir
6. bienes		**f.** salario
7. reclamar		**g.** aumentar
8. ampliar		**h.** miembros
9. belicoso		**i.** propiedad
10. inclinación		**j.** suerte

C. Complete con una palabra relacionada con la palabra entre paréntesis.

1. (incluir) Es común la _____ de palabras españolas en el inglés.
2. (geografía) Hay cinco regiones _____.
3. (espíritu) Formularon el Plan _____ de Aztlán.
4. (ganado) Estimularon la industria _____.
5. (frontera) Poblaron las provincias _____ de la región.
6. (folklore) Han hecho estudios _____.
7. (por ciento) Hay un gran _____ de personas desempleadas.
8. (oscuro) La palabra «mexicana» _____ la nacionalidad estadounidense de la persona.

12-11 Puntos de contraste cultural. En grupos de dos o tres personas contesten las siguientes preguntas.

1. ¿Cree Ud. que se le debe exigir a la gente de habla hispana en los Estados Unidos la misma actitud que se les exige a otros inmigrantes?
2. ¿Por qué existe tanto intercambio lingüístico en la frontera entre dos culturas?
3. El relativo aislamiento de la región de Santa Fe desde el siglo XVII ayudó a impedir el desarrollo de la lengua. ¿Sabe Ud. de alguna región de los Estados Unidos donde haya ocurrido algo semejante con el inglés?
4. ¿Cree Ud. que se debe observar hoy día el derecho a la tierra que tuvo su origen en las mercedes reales españolas del siglo XVII?

12-12 Debate. Organice dos equipos para que ataquen o apoyen esta resolución.

Los Estados Unidos tenían el derecho de aumentar su territorio en el siglo XIX aunque tuvieran que quitarles la tierra a otras personas como a los hispanos y a los indios.

12-13 El arte de escribir: Repaso. Escriba una composición para exponer sus opiniones sobre si existe o no la discriminación en los Estados Unidos hoy día. Trate de convencerle al (a la) lector(a) de que su posición es la acertada *(the right one)*.

12-14 Las noticias. Lea estos artículos y prepárese para comentarlos con los compañeros de clase.

Los reyes del mambo escriben en castellano

Mucho antes de que los primeros anglosajones pisaran° Estados Unidos, ya había un libro escrito y publicado en castellano. Tras cuatro siglos de aventuras editoriales, la lengua de Cervantes ha copado° un puesto en el mercado que no deja de crecer. Los propietarios de las editoriales han fijado su mirada en nombres como la chilena Isabel Allende, la mexicana Laura Esquivel, el argentino Tomás Eloy Martínez o la puertorriqueña Rosario Ferré. Además de ellos, hay otros escritores de origen hispano que escriben en inglés y son traducidos al castellano. Gente como el neoyorquino° de padres cubanos Óscar Hijuelos, el dominicano Junot Díaz o la chicana Sandra Cisneros tienen una música, un sabor, un estilo propio e inconfundible°. El estilo hispano.

«Lo interesante del caso es que el primer libro escrito en cualquier idioma en el territorio de lo que hoy es Estados Unidos lo fue en castellano», recapacita° el español Eduardo Lago…

Pero la escritura en castellano en EE.UU. no es sólo cosa del pasado. «Al contrario, ha recobrado° en los últimos años un vigor muy excitante», dice Julio Ortega, escritor peruano…

Y dice Eduardo Lago «Más pragmática, la industria editorial norteamericana está descubriendo que el mercado de libros en español es uno de los más jugosos° de Estados Unidos».

El País Internacional (Madrid, España)

Expertos analizan la presencia hispana en EE.UU.

El 10% de la población de Estados Unidos ya habla español —unos 26 millones— , pero en medio siglo la cifra° de hispanohablantes ascenderá° a 80 millones en el territorio de la Unión. Entretanto°, unos 600.000 estudiantes anglohablantes estudian español como segunda lengua en los centros de enseñanza. A partir de° estos datos, un grupo de expertos no dudó en subrayar que «el futuro de Estados Unidos es bilingüe entre el inglés y el español».

Las razones básicas de este impresionante crecimiento de los hispanoparlantes responden a la enorme y sostenida emigración desde países de América Latina a Estados Unidos, a la proliferación de los medios de comunicación en español… y a una cada día mayor presencia de la literatura hispana. Estas circunstancias vienen a sumarse° a todos aquellos estadounidenses que cuentan desde siempre con el español como lengua materna.

El País Internacional (Madrid, España)

---

stepped on the soil of / unmistakeable

won
considers

recovered

New Yorker / juicy

number; will rise

Meanwhile

Starting with / to be added

Hollywood celebra

«Mes de la Herencia° Hispana»…

… con una exposición que recuerda las contribuciones de esta comunidad a lo largo de la historia del séptimo arte.

Recordatorio°, por ejemplo, de que antes de que naciera Antonio Banderas, el puertorriqueño José Ferrer había [recibido]… el primer Oscar para un actor capaz de hablar español por su labor, en 1952, en «Cyrano de Bergerac».

O devolver a la memoria que, mucho antes de que las curvas de Jennifer López o Salma Hayek conquistaran la gran pantalla°, Margarita Cansino tenía al público boquiabierto°, esperando que se quitara el otro guante° como Rita Hayworth [en la película *Gilda*].

Ferrer sería el primer hispano en conseguir un Oscar pero no el último, ya que a él se le unirían años más tarde actores como el mexicano Anthony Quinn, con *Viva Zapata*, o la puertorriqueña Rita Moreno, con *West Side Story*.

Junto a Edward James Olmos, Martin Sheen, Rubén Blades, Raúl Juliá, Héctor Elizondo o Sonia Braga, todos conocidos por sus lazos hispanos, están las nuevas generaciones como Madeline Stowe o Cameron Díaz, tan asimiladas a la parte anglosajona de la cultura estadounidense que casi están olvidados sus orígenes, la primera descendiente de costarricenses, la segunda de padre cubano.

La exposición guarda un lugar especial para el rostro de Desi Arnaz, no sólo por la popularidad adquirida por este cubano junto a su esposa, Lucille Ball, sino por convertirse en el primer hispano al frente de un estudio de Hollywood.

LatinoLink

Heritage

Reminder

screen
open-mouthed

glove

12-15 Situación. Imagine que Ud. es nativo(a) del planeta Marte y acaba de inmigrar a la tierra por razones económicas. ¿Qué cosas tendrá que hacer al llegar aquí? ¿Cómo van a reaccionar los terrestres ante el hecho de que Ud. es de color verde claro y que mide más de tres metros? Qué les va a responder? ¿Cuáles van a ser sus mayores problemas?

Vocabulario

Vocabulario

This vocabulary does not include articles, possessive adjectives, pronouns, numbers, or exact cognates. The gender of nouns is listed except for masculine nouns ending in **-o** and feminine nouns ending in **-a, -dad, -tad, -tud,** or **ión.** Adverbs ending in **-mente** are not listed if the adjectives from which they are derived are included.

Abbreviations

adj adjective
adv adverb
Am American
auxil auxiliary
conj conjunction
f feminine
fig figurative
m masculine
n noun

part participle
pl plural
pret preterite
prep preposition
pron pronoun
refl reflexive
s singular
subj subjunctive

A

abajo below
abandonar to abandon
abarcar to include, comprise
abarrotado(a) crowded, packed
abertura opening
abierto(a) open; opened
abogado(a) attorney, advocate
abolir to abolish
abrir to open
abrumador(ra) overwhelming, wearying
absoluto(a) absolute
absorber to absorb
abstracción abstraction
abstracto(a) abstract
abuelo(a) grandfather, grandmother; **los abuelos** grandparents
abundancia abundance, plenty
abundante abundant, plentiful
abundar to abound, be plentiful
aburrido(a) bored; boring
abusar to abuse
abuso abuse
acabar to end up; **acabar de** to have just

académico(a) academic
acariciar to caress
acarrear to cause
acceder to accede, give in; to have access to; to reach
accesibilidad accessibility
acceso access
acción action; act; stock
aceite oil
acelerar to speed up, accelerate
acendrado(a) pure
aceptar to accept, admit
acerca de about, regarding
acercamiento bringing near
acercarse to approach
acierto good idea
aclarar to clarify
acoger to receive, welcome
acomodado(a) well-to-do
acompañar to accompany; to go along
acontecer to happen, occur
acontecimiento event, occurrence
acorazado battleship
acordar (ue) to agree
acortar to shorten, cut short

acostar (ue) to put to bed

acostumbrado(a) accustomed; customary

acostumbrarse (a) to be used to; to customarily (+ verb); to become accustomed to

actitud attitude

acto act; action

actriz *f* actress

actual current, present, contemporary

actualidad current time, the present

actuar to act, act as

acudir to participate (in an election)

acueducto aqueduct

acuerdo accord; **de acuerdo a** according to; **de acuerdo con** in agreement with; **estar de acuerdo** to be in agreement; **ponerse de acuerdo** to reach an agreement

acumulación accumulation

acumular to accumulate

acusar to accuse, blame

adaptarse to become adapted, adapt

adecuado(a) adequate

adelante ahead; **más adelante** later on

además moreover, besides, in addition; **además de** in addition to

adepto(a) initiate, adept, member

adherente *m* or *f* supporter, adherent

adherir (ie) to be a member of

adhesión support, belief in

administrar to administer, run

admirable *adj* wonderful, awesome

admitir to admit; to allow; to accept

adoptar to adopt, take up

adorar to worship

adorno decoration, adornment

adquirir (ie) to acquire

adquisición acquisition

aduana customhouse; customs

adueñarse to take over, acquire

adulto(a) *n* and *adj* adult

advertencia warning

advertirse (ie) to be noted

aéreo(a) *adj* air

aeropuerto airport

afectar to affect

afición inclination; fondness; taste

afiliarse to join

afinidad affinity, resemblance

afirmación assertion; affirmation; statement

afirmar to affirm, assert

africano(a) African

afuera *adv* outside

afueras *f pl* outskirts

agencia agency, bureau

agotar to exhaust, dry up, run out

agradable agreeable, pleasant

agrario(a) agrarian, agricultural

agravarse to become worse

agredido(a) assaulted

agresivo(a) aggressive

agrícola *adj m* or *f* agricultural

aguardiente *m* brandy, liquor

águila eagle

ahí: de ahí que thus

ahogado(a) drowned person

ahorro *n* saving

ahorrar to save (as money)

aire *m* air; **al aire libre** outside, in the open air; **aire acondicionado** air conditioning

aislado(a) isolated

aislamiento isolation

aislar to isolate, keep separate

ajedrez *m* chess

ajeno(a) alien, separate

ajuste *m* adjustment

alarmado(a) alarmed

alba dawn

alcachofa artichoke

alcalde *m* mayor

alcanfor *m* camphor

alcance: a su alcance *m* within one's reach

alcanzar to reach; to achieve; to gain; to catch up with

alcázar *m* castle; fortress

alcoba bedroom, alcove

aldea village

alegar to allege, claim, put forward

alejarse to move away, leave

alemán(ana) *n* and *adj* German

alentador(ra) encouraging

alentar (ie) to encourage, inspire

alfabetismo literacy

alfabeto alphabet
alfombra carpet
alfombrar to carpet
algo something; *adv* somewhat
algodón *m* cotton
alguien *pron* someone
alguno(a) someone; algunos(a)s some
aliado(a) *adj* allied; *n* ally
alianza alliance
aliarse to side with, ally with
aliento vigor, activity, breathing
alimentar to feed
alimento food, nourishment
aliviar to alleviate, lessen; soothe
allegado *m* having arrived
allí there, over there
alma soul, spirit
almacén *m* department store; warehouse
almohada pillow, cushion
almuerzo lunch
alpinismo mountain climbing, hiking
alquimia alchemy
alrededor (de) around
alternativa *n* alternative
alto(a) high, tall
altura altitude, height
alumno(a) pupil, student
alza rise (in price)
amante *m* or *f* lover, mistress
amar to love
amarillo(a) yellow
ambiente *m* environment; atmosphere;
    medio ambiente the environment
ambigüedad ambiguity
ámbito *n* scope
ambos(as) both
ambulante *adj m* or *f* walking, strolling
amenaza threat
amenazar to threaten
ametrallar to machine gun
amistad friendship
amo(a) master, mistress
amontonamiento crowding
amor *m* love; amor propio self-esteem
amoroso(a) amorous
amparo shelter
ampliado(a) widened, broadened,
    enlarged

ampliar to widen, broaden, enlarge
Anáhuac *m* Aztec name for valley
    around Mexico City
analfabeto(a) illiterate
ancho(a) wide
anciano(a) old, elderly
andaluz(a) Andalusian
andino(a) Andean
anécdota anecdote, story
anexar to annex
anexión annexation
anglicismo Anglicism, word borrowed
    from English
anglo(a) person of English descent
anglosajón(ona) Anglo-Saxon
ángulo angle
angustia anguish
anhelo desire, eagerness
animar to stimulate, encourage
anonimidad anonymity
anónimo(a) anonymous
ansiar to yearn
antagónico(a) antagonistic, contrary
ante before, in the presence of
antemano: de antemano beforehand
antepasado(a) ancestor, predecessor
anteponer to place first
anterior previous, preceding; former
antes (de) before, earlier; antes que
    before, rather than
anticipar to anticipate, expect
anticomunista *m* or *f* anticommunist
antiguo(a) old, ancient, antique; former,
    prior
antiperonista *m* or *f* opponent of the
    Peronista party
antropología anthropology
antropólogo(a) anthropologist
anular nullify
anunciar to announce
anuncio announcement, advertisement
añadir to add
año year
aparato apparatus, machine
aparecer to appear
aparentemente apparently
aparición appearance; apparition, vision
apariencia appearance

apartado(a) distant; separated

apartamento apartment

aparte *adv* separate

apegado(a) close

apellido surname, family name

apenas barely, hardly, just, only

apertura opening

apetito appetite

aplauso applause

aplicar to apply

apoderarse to take control

aportación contribution

aportar to contribute, add

apoyar to support, uphold, aid

apoyo support, aid

aprecio appreciation

aprender to learn

apresar to take prisoner

aprestarse to get ready

apretado(a) close together, crowded

aprobación approval

aprobar (ue) to approve; to pass (a course, etc.)

apropiado(a) appropriate

aprovechar(se) (de) to take advantage of

aproximar to draw near, make close

apuntar to point out

aquel, aquella that; **aquellos(a)s** those

aquí here

árabe *m* or *f* Arabic or Arabian; *n* Arab

arabesco(a) arabesque

arábigo(a) *adj* Arabic, Arabian

arbitrario(a) arbitrary

árbol *m* tree

área region, area

arenal *m* sandy ground

argentino(a) Argentinean, Argentine

argumentar to sustain, defend

argumento basis; argument, reasoning

árido(a) arid, dry, barren

arma weapon; *pl* arms

armado(a) armed

arqueólogo(a) archaeologist

arquitecto(a) architect

arquitectura architecture

arraigado(a) rooted, deep-seated

arrastrar to carry

arrepentirse (ie) to repent

arriba above, up

arriesgar to risk

arrogante arrogant

arrollador(a) sweeping

arroyo stream, brook

arte *m* or *f* art; skill

artesanía handicraft

artista *m* or *f* artist

artístico(a) artistic

asamblea assembly

ascendencia origin, ancestry

ascendente ascending

ascender (ie) to rise to

ascenso promotion

asegurar to assure; **asegurarse** to make sure of; to satisfy oneself

asemejarse to be similar

asentar (ie) to place, seat; *refl* to settle (down)

asesinar to murder

asesinato murder

asesino(a) murderer

asesoramiento advising; consulting, tutoring

así thus, in this manner, so, that way; **así que** therefore

asiático(a) Asian

asiento seat

asignatura (school) subject

asilo asylum

asimilar to assimilate, incorporate

asimismo likewise

asistencia attendance

asistente *m* or *f* one who attends, attendee

asistir (a) to attend

asociado(a) associated

asociarse to associate, be related

asombrado(a) surprised

asombro awe, wonder

asonada demonstration

aspecto aspect, look

aspirar to aspire

astrología astrology

astronomía astronomy

astronómico(a) astronomical

asumir to assume, take upon oneself

asunto matter, subject, affair

asustar to scare, startle
atacar to attack
ataque *m* attack
ataúd *m* coffin
Atenas Athens
atender (ie) to attend to
atendiendo in response to
atentado attack
atentar to attack
atmosférico(a) atmospheric
atracción attraction
atractivo(a) attractive; *n m* attraction
atraer to attract
atrajo *pret of* **atraer**
atrapado(a) trapped
atravesar (ie) to go through; to spread across
atreverse to dare
atribuir to attribute
atributo attribute, characteristic
atrocidad atrocity
audacia audacity, nerve
aumentar to increase, augment, grow
aumento increase, growth
aun even
aún still, yet
aunar esfuerzos to join forces
aunque although, even though
ausencia absence
auspiciar to sponsor
austeridad austerity
autocrático(a) autocratic
autodidacto(a) self-taught
autoimposición self-imposed
automotor *m* automobile
autonomía autonomy, independence
autonómico(a) of an autonomous region (in Spain)
autónomo(a) autonomous
autor(ra) author
autoridad authority; *pl* officials
autoritario(a) authoritarian
autorización authorization, permission
autorizar to authorize, permit
autoservicio self-service market
avance *m* advance
avanzado(a) advanced
ave *f* bird

avenida avenue
aventura adventure
averiguar to find out
ayer *m* yesterday
ayllus *Quechua* Incan community
aymará *m* Aymara
ayuda help, aid
ayudante *m or f* assistant, helper; *adj m or f* helping
ayudar to help, aid, assist
azar *m* chance; **al azar** at random
azteca *m or f* Aztec (Indian)
Aztlán *m* legendary place of origin of the Aztecs—sometimes thought to be the southwestern U.S.
azúcar *m or f* sugar
azucarero(a) relating to sugar
azucena white lily
azufre *m* sulphur
azul blue, azure
azulado(a) bluish
azulejo glazed tile

B

bachiller *m or f* bachelor (holder of degree)
bachillerato bachelor's degree
bahía bay
baile *m* dance
baja fall (in price)
bajar to descend, go down, lower
bajo(a) low; **bajo** *adv* beneath, under
bala bullet
balón *m* soccer ball
bananera pertaining to bananas
banano banana tree
bancario(a) relating to banking; financial
banco bank, financial institution; bench
banda band (music)
bandido bandit
barato(a) inexpensive, cheap
barba beard
barbarie *f* barbarism; ignorance
barrial *adj* neighborhood
barril *m* barrel
barrio neighborhood, section, or district of a city

basarse (en) to be based on

base *f* base, basis

básico(a) basic, fundamental

bastante *m* or *f* enough, sufficient; *adv* quite, rather

baste it's enough

batalla battle

batir to break (e.g., a record)

bautismo baptism

bautizado(a) baptized

beber to drink

bebida drink

belicoso(a) warlike, bellicose

belleza beauty

bello(a) beautiful, pretty

beneficiar to benefit

beneficio benefit

benévolo(a) benevolent, beneficial

betabel *m* beet

biblioteca library

bicicleta bicycle

bien well; **más bien** rather; **los bienes** wealth, goods

bienestar *m* well-being

bilingüe bilingual

billón *m* billion

biodiversidad biodiversity

blanco(a) white; *n m* target

bloque *m* block

bobería idiocy, foolishness

boca mouth

bocanada mouthful

boda wedding

bolsa stock market

bomba bomb

bombazo bomb blast

bondad goodness, good quality

bono bond

boquiabierto(a) open-mouthed

borrador *m* first draft

bosque *m* forest, woods

botánica botany; **botánico(a)** *adj* botanical

bravo(a) wild, savage

brecas *n f pl dialect* brakes

brecha breach, gap

breve brief; **en breve plazo** shortly

brigada brigade

brillante brilliant, shining

brillar to shine

brillo shine, brilliance

brote *m* outbreak, bud

buen, bueno(a) good; **bueno** *interjection* well

burguesía bourgeoisie, middle class

burlarse (de) to mock, laugh at

burocracia bureaucracy

burro donkey

busca search; **en busca de** in search of

buscar to look for, seek, try to

búsqueda search

C

caballo horse

cabeza head

cabo end; **llevar a cabo to** carry out, complete

cada *adj* each, every; **cada vez más** more and more

cadáver *m* corpse, dead body

cadena chain

caer to fall

café *m* café; coffee; *adj* brown

caída fall; downfall

calabozo dungeon, jail

calar to catch on

calavera skull

calcular to calculate, figure

calefacción heater

calendario almanac, calendar

calidad quality

cálido(a) hot, tropical

califa *m* caliph, Moslem ruler

calificar to grade (exams, etc.); to classify, categorize

callar(se) to be quiet, shut up

calle *f* street

callejero(a) *adj* street

calor *m* heat, warmth

cama bed

cámara chamber

cambiar to change; to exchange

cambio change; **a cambio de** in exchange for; **en cambio** on the other hand; **libre cambio** free trade

caminante *m* or *f* walker, traveller
caminar to walk, to travel, to go
camino road, street, way
camión *m* truck; *Mexico* bus
campaña campaign; countryside
campesino(a) *n* or *adj* peasant, rural
campestre *adj m* or *f* rural, country
campo country, field; campus
camuflado(a) camouflaged
canalizado(a) channeled
canción song
candidato(a) candidate
canoa canoe
canonización bestowal of sainthood, canonization
canonizado(a) canonized, admitted to sainthood
cansarse to become tired
cantar to sing; *m n* song
cantidad quantity
canto chant
caña sugar cane
cáñamo hemp
cañón *m* canyon
capacidad capacity; ability
capear el temporal to ride out the storm
capita: per capita per person
capital *m* capital, money; *f* capital city
capitalino(a) from the capital
capitalista *m* or *f* capitalist
capitán *m* captain
capítulo chapter
captar to capture
cara face; side
caracola percussion instrument
carácter *m* character, nature
característico(a) *adj* characteristic; *n f* trait
caracterizar to characterize
carbono carbon
cárcel *f* jail
carga load, burden
cargar to carry; to load; to charge
Caribe *m* Caribbean
caribeño(a) *adj* Caribbean
caridad charity
cariño affection
carisma *m* charisma, personal magnetism

carismático(a) charismatic
carnaval *m* carnival, esp. the week before Lent, Mardi Gras
carne *f* meat, flesh
carnicería meat market
caro(a) expensive, dear
carrera career; race; course
carretera highway
carroza wagon
carta letter; decree
cartel *m* poster
cartero(a) mail carrier
casa house; home; firm
casado(a) married
casarse to marry, get married
casero(a) *adj* home
casi almost, nearly
caso case, occurrence
castellano(a) Castilian; *n m* Spanish language
castidad chastity
castigo punishment
castillo castle
cataclismo disaster, cataclysm
catalán(ana) Catalonian; *n m* the language of Catalonia
catástrofe *f* catastrophe
catedral *f* cathedral
catedrático professor
categoría category; status, rank
católico(a) Catholic
caudal *m* abundance; volume of water
caudaloso(a) abundant, voluminous
causa cause, movement; **a causa de** because of
causar to cause
cautivo(a) captive
cayera *past subj of* **caer**
ceder to cede, turn over; to give in
celebrar to celebrate; to praise
celestial heavenly, celestial
celo zeal
celtíbero(a) Celtiberian
cementerio cemetery, graveyard
cena dinner, supper
cenar to eat dinner
ceniza ash; *pl* ashes
censo census

censurar to censure; to criticize

centenar *m* hundred; *pl* hundreds

centenariamente for centuries

centenario centenary, 100th anniversary

céntrico(a) centrally located

centro center; downtown; middle; head-quarters

Centroamérica Central America—the region from Guatemala to Panama

cerámica ceramics

cerca (de) nearly, close to; **de cerca** closely, close

cercanía *n* proximity

cercano(a) nearby

cercar to fence in

cerebro brain

ceremonia ceremony

cero zero

cerrar (ie) to close, shut

certificado certificate

Chaco area of jungle around border between Paraguay and Bolivia

chanza *dialect* chance

charla chat

charlar to chat

che *Argentina* pal, buddy

chicano(a) person of Mexican heritage in the U.S.

chico(a) youngster, youth; *adj* small

chileno(a) Chilean

chiquito(a) small child; **rechiquito(a)** *adj* very little

choque *m* shock, collision, clash

ciclo cycle

cielo sky, heaven

ciencia science

científico(a) scientific

ciento hundred; **por ciento** per cent

cierto(a) certain, sure, a certain; **es cierto** it is true; **lo cierto** the truth

cifra number; cipher

cine *m* movies, movie theater

cinismo cynicism

cinturón *m* belt

circo circus

circular to circulate

círculo circle

circunstancia circumstance

cirugía surgery

cita date, appointment; quote

citado(a) cited

citar to cite, quote

ciudad city

ciudadano(a) citizen

cívico(a) civic, civil

civilizado(a) civilized

clandestinamente secretly

clarividencia clairvoyance

claro(a) clear; light (color); **claro que** of course

clase *f* class, type, kind

clásico(a) classic, classical

clasificar to classify, characterize

clavar to plunge (a knife, sword, etc.)

clave *f* key (to a map, puzzle, etc.)

clero clergy, clergyman

cliente *m* or *f* customer

clima *m* climate

coalición coalition

cocer (ue) to cook

coche *m* car, automobile

cocina kitchen

códice *m* codex; original manuscript

coexistencia coexistence

coexistir to coexist

cohabitar to cohabit, live together

coincidir to coincide, happen simultane-ously

colectivo(a) shared; collective; *n m* fixed route taxi or bus

colega *m* or *f* colleague, cohort

colegio secondary school

cólera *m* cholera

coletazo slap with a tail

colibrí *m* hummingbird

colina hill

colocar to place, locate

colombiano(a) Colombian

colombino(a) of or belonging to Columbus; **precolombino(a)** before the arrival of Columbus

Colón Columbus

colonia colony

colonizar to colonize, take, or settle colonies

colono colonist, settler

colorado(a) *adj* red

coloso colossus, giant

columna column

comandante *m or f* commander

combate *m* combat

combatir to fight

combinar to combine, join

comentar to comment, discuss

comentarista *m or f* commentator

comenzar (ie) to begin, start

comer to eat

comercio commerce, business

comestible *m* foodstuff, edible substance

cometer to commit

comida food; meal

comisaría police station

como as, like, about; **¿cómo?** how? what?

comodidad comfort

cómodo(a) comfortable

compañero(a) companion, comrade

compañía company

comparación comparison

comparar to compare

compartir to share; to divide

compatibilizar to come together

competencia competition

competir (i) to compete

competitivo(a) competitive

complacer to comply with

complejidad complexity

complejo(a) complex, complicated

completar to complete

completo(a) complete, whole

complicado(a) complicated

componer to compose, make up; to fix

comportarse to behave oneself, act

compra purchase

comprar to buy, purchase

comprender to understand

comprendido(a) included

comprensión comprehension, understanding

comprobar (ue) to prove, verify

comprometer to compromise; to commit

comprometido(a) engaged

compromiso commitment

compuesto(a) composed

común common, ordinary, customary

comunal communal

comunidad community; commonness

comunista *m or f* communist

comunitario(a) from a community or the European Community

concebir (i) to conceive

conceder to concede

concejal(la) council member

concentrar(se) to concentrate

concepto concept

concesión concession, grant

concha seashell, shell

conciencia conscience; consciousness

concierto concert; agreement

concluirse to conclude, come to an end

concurso contest, competition

condecorar to decorate (with a medal)

condenar to condemn

condominio condominium

condonar to forgive, cancel (a debt)

conducir to conduct, lead

conducta conduct, behavior

condujo *pret of* **conducir**

conectar to connect, join

confección candy

conferencia meeting, lecture

confesar (ie) to confess, admit

confianza confidence, trust

confiar to confide

conflicto conflict, struggle

confundir to confuse, confound

congestionado(a) congested, crowded

congregación congregation, group

conjunto(a) *adj* joint; **conjunto** *n* group, system, aggregate

conjurar to ward off

conmoción unrest

cono cone

conocer to know, be acquainted with

conocido(a) known, well-known

conocimiento knowledge, skill

conquista conquest, conquering

conquistador(ra) conqueror; *adj* conquering

conquistar to conquer, subdue

consagrar to consecrate, hallow, dedicate

consciente conscious, aware

consecuencia consequence

conseguir (i) to attain, get, obtain, succeed in

consejero(a) adviser, counselor

consejo advice

consentir (ie) to consent, agree

conservador(ra) conservative

conservar to conserve, preserve

considerar to consider, think over

consignado(a) recorded

consignar to record; to set (write) down

consistir (en) to consist (of), be made up (of)

consolador(a) consoling

consolar (ue) to console

consolidar to consolidate

constante *n f* constant; *adj m or f* constant, continual

constar to consist of; **constarle a uno** to be apparent to

constituir to constitute, make up

constituyente *adj* constitutional

constructor(ra) builder

construir to build, construct

consuelo consolation

consulta consultation, referendum

consultar to consult

consultor(ra) consulting firm; consultant

consumidor(ra) consumer

consumir to consume

consumo consumption

contabilizar to account for

contacto contact

contaminación pollution

contaminado(a) contaminated

contar (ue) to count; to relate; **contar con to** depend on, rely on; to have use of

contemplar to look to, consider

contemporáneo(a) contemporary, current

contener (ie) to contain

contenido *n* contents

contestar to answer, respond

contexto context

contiguo(a) adjoining

continente *m* continent

continuar to continue

continuo(a) continuous

contra against

contrabandista *m or f* smuggler

contrabando contraband, smuggled goods

contracara other side

contraer to contract; to acquire

contrapartida compensation, price

contrario(a) contrary, opposed

Contrarreforma Counter-Reformation

contrastar to contrast, distinguish

contraste *m* contrast, difference

contratar to make a contract

contribuir to contribute

contribuyente *m or f* contributor

controlar to control, dominate

convencer to convince

convenio agreement, compact

convenir (ie) to suit, fit

convertir (ie) to convert, change

convivencia act of living together

convivir to live together

convocar to convoke

cooperación cooperation

cooperar to cooperate, join in

coordinar to coordinate

copar to win

copla couplet, verse

corajudo(a) courageous, brave

corazón *m* heart; nerve center

corolario corollary

corona crown; monarch

corregir (j) to correct

corresponder to correspond, fit

correspondiente *m or f* corresponding

corrida bullfight

corriente *f* current; *adj m or f* common, current

cortar to cut

corte *f* royal court

cortijo farm

cosa thing; matter, affair

cosecha crop, harvest

cosechar to harvest

cosmopolita *n m or f* cosmopolite; *adj* cosmopolitan

costa coast

costar (ue) to cost

coste *m* cost (in money)

costo cost

costumbre *f* custom, habit, tradition

cotidiano(a) everyday, daily

cráneo skull

creación creation

creador(ra) creator; *adj* creative

crear to create

crecer to grow, increase

creciente *adj* growing

crecimiento growth

crédito credit

creencia belief

creer to believe

cría raising, breeding, rearing

criar to raise (a crop; to bring up (a child)

crimen *m* crime

criollo(a) Creole, person born in the colonies of Spanish parents

cristianización conversion to Christianity

cristianizar to convert to Christianity

criterio criterion, opinion

crítica criticism

criticar to criticize

crítico(a) critic

crónico(a) chronic

cronista *m* or *f* chronicler, historian

cruce *m* intersection

cruz *f* cross

cruzada crusade

cuadra city block

cuadrado(a) square

cual which, as, like; **el (la) cual** the one who, who; **¿cuál?** which? which one? what?

cualquier(a) *adj* or *pron* any, whichever, any one

cuando when, whenever; **¿cuándo?** when?

cuanto(a) as much as; *pl* as many as; **¿cuánto?** how much?, *pl* how many?; **en cuanto a** regarding

cuaresma Lent

cuarto room; **cuarto(a)** *adj* fourth

cubrir to cover

cuchillo knife

cuenta account; **darse cuenta de** to realize; **por su cuenta** on one's own; **tener en cuenta to** keep in mind

cuentista *m* or *f* writer of short stories

cuento story, short story

cuerpo body; group, corps

cuestión matter, subject, question

cuidado care, caution

cuidador(ra) caretaker

cuidadoso(a) careful, cautious

cuidar to care for, take care of

culminar to complete

culpa blame, fault

culpable *adj* guilty

culpar to blame, place guilt

cultivar to grow, farm, develop

cultivo cultivation, farming

culto(a) cultured, sophisticated; *n m* cult

cultura culture; politeness

cumbre *f* summit, top, height

cumpleaños *m* birthday

cumplimiento fulfillment

cumplir to fulfill, perform, obey

cuna cradle

cuñao *dialect* **cuñado** brother-in-law

cuota fee

cupo quota, maximum number

cura *m* priest

curado(a) cured

curiosidad curiosity

curioso(a) curious

cursar to follow a course

curso course; degree requirements

custodia custody

curtido(a) hardened, experienced

cutáneo(a) *adj* skin

cuyo(a) whose

D

danza dance (style or type)

dañar to harm, damage

daño harm

dar to give, render

dardo dart

dársena harbor, dock

datar to date, set in time; **datar de** to date from

dato datum, piece of information

datos *m pl* data; **base de datos** *f* database

debatir to debate, discuss

deber to owe; must, ought; *n m* debt, duty, obligation

debidamente duly

debido (a) due (to)

débil weak

debilidad weakness

década decade

decadencia decadence, decay

decaer to decay

decididamente decidedly

decidido(a) decisive

decidir to decide

decir (i) to say; *n m* saying; **es decir** that is to say; **querer decir** to mean

decisivo(a) decisive

declarar to declare

decorado decoration, adornment

decorativo(a) decorative

decretar to decree

dedicar to dedicate

deducir to deduce

defecto defect

defender to defend

defensa defense

deficiencia deficiency

definir to define, outline

defunción death, demise

dejar to leave; to permit, let; **dejar de** to stop (doing something)

delante ahead, in front; **por delante** in front of

delinear to delineate, outline, set out

delirante delirious

delirio *n* delirium

delito crime

demanda demand

demandar to demand

demás: lo demás the rest

demasiado *adv* too, too much; **demasiado(a)** *adj* too much

demócrata *m or f* democrat

democrático(a) democratic

demografía demographics, study of population

demográfico(a) demographic

demostrar (ue) to demonstrate, show

denominar to call, give a name to

densidad density

dentro (de) in, into, inside (of)

denunciar denounce

departamento apartment

dependencia dependence

depender (de) to depend (on)

deponer to depose; to lay down arms

deporte *m* sport

depositar to deposit

depósito deposit

deprimido(a) depressed

derecho legal right, privilege, law

derivar to derive, trace (from the origin)

derretir to melt

derribar to overthrow, tumble, tear down

derrocar to overthrow

derrota defeat

derrotar to defeat

desacostumbrar to break of a habit

desacreditado(a) discredited

desafiar to challenge

desafío challenge, duel; struggle

desagradable disagreeable

desalentar (ie) to discourage

desaparecer to disappear

desaparición disappearance

desaprobar (ue) to fail, condemn

desarrollar to develop, improve

desarrollo development, evolution; **en vías de desarrollo** developing

desastre *m* disaster

desastroso(a) disastrous, wretched

desatendido(a) law-breaker, truant

desbarrancar to tumble down

descansar to rest

descanso rest

descartar discard, leave aside

descender (ie) to descend, come from

descendiente *m or f* descendent; *adj* descending

descifrar to decipher

descomunal *adj* grotesque

desconfianza mistrust, suspicion

desconfiar to mistrust, lack confidence in

desconocido(a) unknown

descontaminación decontamination

descontento discontent, unhappiness

describir to describe

descripción description

descrito *past part of* **describir**

descubierto(a) discovered

descubridor(ra) discoverer

descubrimiento discovery

descubrir to discover, find

descuidar to neglect, forget

descuido neglect, lack of care

desde since, from, after; **desde hace** for (a length of time)

deseable desirable

desear to want, desire

desembocar *to* lead to

desempleado(a) unemployed

desempleo unemployment

desenfrenado(a) unchecked, wild

desenterrado(a) unearthed, disinterred

desenvolver (ue) to develop

desenvolvimiento development

deseo desire, want, wish

desestabilizar to destabilize

desfavorecer to slight, disfavor

desfile *m* parade

desgracia misfortune; **por desgracia** unfortunately

desgraciadamente unfortunately

desierto desert

designado(a) designated, named

designar to designate, name

desigualdad inequality

desilusionarse to become disillusioned

desligar to loosen, untie

deslumbrante dazzling, awesome

desocupación unemployment

desocupar to vacate; to empty

desorden *m* disorder

desorganizar to break up, disperse

desorientado(a) disoriented

despectivo(a) pejorative

despertar (ie) to awaken; *refl* to wake up

desplazamiento displacement

desplazar to move, displace

desposeído(a) dispossessed

despótico(a) despotic

despreciar to scorn, look down on

después (de) after, afterward

desregulación deregulation

destacado(a) outstanding, prominent

destacar to emphasize; *refl* to stand out, be prominent

desterrar (ie) to get rid of; to exile

destinado(a) destined (for)

destinar to assign

destino destiny, future, fortune

destitución discharge

destrucción destruction

destructivo(a) destructive

destruir to destroy

desvelar to awaken; to turn up

desventaja disadvantage

detalle *m* detail

detención arrest

detener (ie) to detain, stop

determinado(a) specific, determined

determinar to determine

deuda debt

devaluación devaluation

devenir (ie) to become

devolución return

devolver (ue) to return

día *m* day; **de día a día** day by day; **hoy día** nowadays

diablo devil

diario(a) daily; *n m* newspaper; **de diario** *adj* everyday

dibujar to draw, sketch

dibujo sketch, drawing

dictador(ra) dictator

dictadura dictatorship

dictar to teach, lecture; to hand down (a sentence)

dicho saying; *past part of* decir; **lo dicho** what was said

diferencia difference

diferir (ie) to differ

difícil *m or f* difficult, unlikely

dificultad difficulty

dificultar to make difficult

difunto(a) dead person, deceased one

dignidad dignity

digno(a) worthy

dijo *pret of* **decir**

dilema *m* dilemma, difficult choice

dinamita dynamite

dinero money

dios(a) god, goddess

diplomacia diplomacy

diplomático(a) diplomatic; diplomat

diputado(a) representative, congress-person

dirección direction; address

directiva directive

directo(a) direct

dirigente *m or f* director, leader; *adj* ruling, leading

dirigir to direct, lead, manage

discoteca discotheque

discriminar to discriminate

discriminatorio(a) discriminatory

discurso speech

disfrazar to disguise

disminución decrease

disminuir to diminish, decrease

disparado(a) unleashed

disparate *m* folly

disponibilidad availability

disponible available

disposición disposition, inclination

dispuesto(a) disposed, ready; aimed at; **lo dispuesto** what was put forth

disputar to dispute, fight for

distar to be distant

distinción difference; distinction

distinguir to distinguish, differentiate

distinto(a) distinct; different

distribuir to distribute

diversidad diversity, variety

diversificar to diversify

diversión entertainment, amusement

diverso(a) diverse, various

divertir (ie) to amuse; *refl* to have fun

dividir to divide

divorcio divorce

divulgar to divulge; to popularize

doblado(a) dubbed

doble *m* double; *adj* twice as much

docena dozen

dócil tame, docile

doctrina doctrine

documento document, paper

dólar *m* dollar *(esp. U.S.)*

doloroso(a) painful

doméstico(a) domestic; **animal doméstico** pet

dominación domination

dominador(ra) dominating

dominancia dominance

dominante dominant, domineering

dominar to dominate

dominio dominion; control, rule

donde where, in which; **¿dónde?** where?

dormido(a) asleep, sleeping

dormirse (ue) to fall asleep

duda doubt

dudoso(a) doubtful

dueño(a) owner, possessor

dulce *adj* sweet

dupla *n* double, dualism

duplicar to duplicate, double

duración duration

durante during

durar to last, go on, endure

duro(a) hard, difficult

E

eclesiástico(a) of or relating to church

ecología ecology

economía economy

económico(a) economic, economical

ecosistema *m* ecosystem

echar: echar el auto encima to run over with a car

edad age

edición edition

edificio building, edifice

edilicio(a) municipal

editorial *f* publishing house

educar to educate, raise

educativo(a) educational

efectivo(a) effective

efecto effect, result

efectuar to effect, cause to happen

eficacia efficiency

eficaz *m or f* efficient

egipcio(a) Egyptian

egocentrista *n m or f* egocentric

eje *m* axis; axle

ejemplar *m* specimen, copy (of a book, record, etc.)

ejemplificar to exemplify, serve as an example

ejemplo example; **por ejemplo** for example

ejercer to exercise, practice

ejército army

elaboración working out, elaboration

elaborar to decorate; to work out; to create

elección election; choice

electoral *adj* electoral, election

elegante elegant, luxurious

elegir (i) to elect, choose

elemento element, aspect

elevar to elevate, raise, increase

eliminar to eliminate

elogiar to praise

embarazo pregnancy

embargo: sin embargo nevertheless, however

emboscada ambush

emergente emerging

emigrante emigrant

emigrar to emigrate, migrate

emisora broadcasting station

emperador(ra) emperor

emperatriz *f* empress

empezar (ie) to begin

empleado(a) employee

emplear to hire, employ

empleo job

empobrecido(a) impoverished

empobrecimiento impoverishment

emprender to undertake, engage in

empresa enterprise, business

empresario(a) businessperson

enajenación alienation

enamorado(a) person in love, lover

encabezar to head, lead

encalado(a) whitewashed

encarcelado(a) jailed, imprisoned

encarcelamiento imprisonment

encauzado(a) on the track

encender (ie) to light (candle, fire, etc.)

encerrar (ie) to enclose, close up, confine

encima (de) above, on top of; **por encima** over

encomendero(a) holder of an **encomienda**

encomienda Spanish colonial land grant

encontrar (ue) to find, discover; *refl* to find oneself in a state or condition

encuentro encounter, meeting

encuesta survey, poll

endémico(a) endemic

enemigo(a) enemy, opponent

enemistad enmity, hostility, hatred

energéticas *adj* energy (not energetic)

energía energy

énfasis *m* emphasis, stress

enfermarse to become sick

enfermedad sickness, illness

enfermo(a) ill

enfocar to focus, concentrate

enfrentamiento confrontation

enfrentar to confront, face

engrandecer to glorify; to make larger or greater

enmascarado(a) masked person

enmendar (ie) to amend

enorgullecer to make proud; *refl* to be proud

enorme enormous

enriquecer to enrich; *refl* to become rich

enriquecimiento enrichment

ensanchar to widen, enlarge

ensayista *m* or *f* essayist, writer

ensayo essay; rehearsal

enseñanza teaching

enseñar to teach; to show, point out

entender (ie) to understand

entendimiento understanding

entero(a) entire, whole, complete

enterrar (ie) to bury

entidad establishment, place

entierro burial, funeral

entonces then; **hasta entonces** up to that time

entrada entrance; admission; access

entrañar to be involved

entrañas innards, entrails

entrar to enter

entre between, among; within

entrega: entrega mensual monthly installment

entregar to deliver, hand over

entrenado(a) trained

entrenamiento training
entretanto meanwhile
entrevistarse (con) to have an interview (with)
entusiasmarse to become enthusiastic
entusiasmo enthusiasm
entusiasta *adj* enthusiastic
envase *m* packaging
envenenado(a) poisoned
envenenamiento poisoning
enviar to send
épico(a) epic, heroic
epidemia *n* epidemic
época epoch, period, age, era
equidad equity
equilibrado(a) balanced
equilibrio balance
equipaje *m* luggage
equipo equipment
equivalente equivalent, the same (as)
equivaler to be equivalent
equivocación mistake
era *n* age, epoch
erótico(a) erotic, sexual
escala scale
escalar to climb, scale
escándalo scandal
escapar(se) to escape; to avoid
escarlata scarlet
escasez *f* scarcity, shortage
escena scene; view
escenario scene
esclavo(a) slave
escoger to choose, select
escolar *adj m or f* school; *n m or f* student
escolaridad school attendance
escolarizar to send to school
escoltar to accompany
escombro ruins, rubble
esconder(se) to hide oneself
escribano(a) scribe
escribir to write
escrito(a) *past part of* **escribir**
escritor(ra) writer
escritura writing
escrutinio vote count
escuela school

esculpir to sculpt
escultura sculpture
ese, esa that; **esos, esas** those; **eso** that
esencia essence
esencialmente essentially
esfera sphere; area
esforzarse (ue) to make an effort
esfuerzo effort; try
eslabón *m* link (of a chain)
esmerarse to take pains with
esotérico(a) esoteric, rare
espacio space
espantar to scare, frighten
espanto scare, fright
espantoso(a) scary, frightening
español(a) *adj* Spanish; *n* Spaniard
especial special
especialista *m or f* specialist
especialización specialization; major (in school)
especializado(a) specialized
especializarse (en) to specialize, major (in)
especie *f* species, kind, sort
espectacular spectacular, notable
espectáculo spectacle, show
esperanza hope; **esperanza de vida** life expectancy
esperar to hope; to wait; to expect
espíritu *m* spirit
espiritual spiritual, of the spirit
espiritualidad spirituality, fervor
espléndido(a) splendid
esquela note, notice
esqueleto skeleton
esquema *m* scheme
esquina corner
estabilidad stability
estabilizar to stabilize
estable stable
establecer to establish
establecimiento establishment
estaca stake, piling
estacionado(a) parked
estacionamiento parking lot
estadidad statehood
estadística statistics

estado state, condition; political subdivision; *past part of* **estar; los Estados Unidos** the United States

estadounidense of or relating to the United States

estallar to explode

estanciero(a) rancher, owner of an **estancia** (large ranch)

estaño tin

este *m* east

este, esta this; **estos, estas** these; **esto** this

estela stele, inscribed stone slab

estera straw mat

estética esthetics; **estético(a)** *adj* esthetic

estilo style, way; **al estilo** in the manner of

estimar to estimate

estimular to stimulate

estímulo stimulus

estirar to stick out; **estirar la pata to** die

estirpe *f* ancestry

estratagema stratagem

estratégicamente strategically

estrecho(a) narrow; close; *n m* strait

estrella star

estreno debut, premier

estribar (en) to rest (on)

estrictamente strictly

estructura structure

estudiante *m or f* student

estudiantil *adj* student

estudiantina student musical group

estudiar to study

estudio study, investigation; studio

estufa stove

etapa stage; station

eterno(a) eternal, unending

etiqueta label

etnia ethnic group

étnico(a) ethnic

europeo(a) European

evadir to evade, avoid

evaluación evaluation

evangelio gospel

evasión flight

evento event

evitar to avoid; to shun

exacto(a) exact, precise

exagerar to exaggerate

examen *m* examination, test

examinar to examine, test

excavar to excavate

excepción exception

excesivo(a) excessive

exceso *n* excess

exhortar to exhort, call to action

excitar to rouse, stir up

exclamatorio(a) exclamatory

exclusivo(a) exclusive

exigencia demand, exigency

exigir to demand, require, need

exilado(a) exiled

exilio exile

existente existing

existir to exist, be

éxito success; **tener éxito** to be successful

exitoso(a) successful

éxodo exodus, emigration

exótico(a) exotic, foreign, strange

expandible expandable

expansivo(a): onda expansiva shock wave

expedición expedition

expensas expenses; **a expensas de** at the expense of

experiencia experience; experiment

experimentar to experience; to try, experiment

experto(a) expert

explanada esplanade, open space

explicación explanation

explicar to explain

explícito(a) explicit

explorar to explore

explosivo(a) *adj* explosive; *n m* explosive

explotación exploitation

explotar to exploit; to work, develop

exponente representative

exportación export, exportation

exportador(a) exporting

exportar to export

expresar to express

expropiación expropriation

expropiar to expropriate, confiscate

expulsar to expel, throw out

extender (ie) to extend; *refl* to stretch out; to extend to

extenso(a) extensive, extended

exterior *n m, adj m or f* exterior, outside; foreign; **relaciones exteriores** foreign relations, affairs

externo(a) external

extranjero(a) foreigner, stranger, alien; **el extranjero** abroad

extraño(a) strange

extraordinario(a) extraordinary

extremado(a) extreme

extremaunción extreme unction, last rites

extremo *n* end; **extremo(a)** *adj* extreme

F

fábrica factory

fabricación manufacture

fabricado(a) manufactured

fabricar to manufacture, make

fabuloso(a) fabled, legendary

facción faction

fachada façade, front of a building

fácil *m or f* easy, likely

facilitar to facilitate, make easy

factible *m or f* possible, feasible

factor *m* factor, element

facultad faculty, school or college of a university

facultar to empower

faja strip

falla fault

fallar to fail

fallecer to die

fallecimiento death

falso(a) false

falta lack

faltar to be lacking, be needed

fama fame, reputation

familiar *adj m or f* familiar; family; *n m or f* family member

famoso(a) famous, well-known

fantasma *m* ghost

farmacia pharmacy, drugstore

farolillo small light

fascinar to fascinate, enchant

fastidio annoyance

fatalismo fatalism, determinism

favor *m* favor; **por favor** please

favorecer to favor, promote

favorito(a) favorite, preferred

fecha date

fecundidad fertility

fecundo(a) fertile

femenino(a) feminine

feminidad femininity

feminista *m or f* feminist

fenómeno phenomenon

feria fair, carnival

ferretería hardware store

ferrocarril *m* railroad

fértil fertile

fertilidad fertility, fecundity

festejar to celebrate

festivo(a) festive

feudalismo feudalism, medieval economic system

fidelidad fidelity

fiel *adj* faithful, loyal

fiera beast

fiesta party, celebration, holiday, festival, feast

figura figure; image

figurar to figure in, show up

figurativo(a) figurative, symbolical

fijar to fix; to establish; **fijarse (en)** to notice; to pay attention to

fila row (of seats, etc.)

filología philology, historical study of language

filólogo(a) philologist

filosofía philosophy

filosófico(a) philosophical

filósofo(a) philosopher

fin *m* end; **a fin de** in order to, with the motive of; **a fines de** at the end of; **al fin** finally, in the end

final: a finales de near the end of

finalidad goal, purpose

financiación financing

financiamiento financing

financiar to finance, fund

financiero(a) *adj* financial; *n* financier, supporter

firma signature; signing
firmar to sign
físico(a) physical
flaco(a) skinny
flagelador(a) *adj* punishing
flojo(a) weak, lazy
flor *f* flower
florecer to flourish; to flower
florecimiento flowering, flourishing
florido(a) flowery; choice, select
flotar to float
flote: a flote afloat
fluir to flow
fluvial *adj m or f* of a river, river
fogón *m* fire
follaje *m* foliage
fomentar to foment; to develop, further
fondo *n* bottom, base; *pl* funds
fonético(a) phonetic
forma form, shape; way
formación formation, shaping; training
formalizado(a) formalized
formar to form, shape, make up
formativo(a) formative
formular to formulate
foro forum
fortalecer to fortify, strengthen
fortuna fortune, luck
forzar (ue) to force, break into
fotógrafo(a) photographer
fracasar to fail
fracaso failure
fragilidad fragility
francés, -esa *adj* French; *n* French person
Francia France
frase *f* phrase, sentence
fraternidad fraternity, brotherhood
fraude *m* fraud
fraudulento(a) fraudulent, phony
frecuencia frequency; **con frecuencia** frequently
frecuentar to frequent
frenar to slow, brake
frente *m* front; **frente a** in the face of; **al frente de** in charge of
fresco(a) cool, fresh
frío(a) cold

friolento(a) susceptible to the cold, chilly
frontera border, frontier
fronterizo(a) of or relating to frontier
fructífero(a) fruitful
frustración frustration
frustrar to frustrate
fruta fruit
frutería fruit store or stand
fuego fire; **a fuego lento** over a low fire
fuente *f* fountain; source; spring (of water)
fuera (de) outside of, besides
fuere: sea cual fuere whichever it may be
fuerte strong
fuerza force, strength; **por la fuerza** by force
función function; performance
funcionamiento functioning
funcionar to function, work, perform
funcionario(a) functionary, official
fundación foundation, founding
fundador(ra) founder
fundamentalista *adj m or f* fundamentalist
fundar to found, establish
fundirse to fuse, blend
funerario(a) funerary, of or relating to funerals
furia fury
fútbol *m* soccer, football
futuro future; *adj* future, coming

G

galería gallery
gallego(a) *n or adj* Galician
gana desire; **con ganas** willingly
ganadero(a) of or relating to cattle raising; *n* cattleman
ganado cattle
ganancia profit
ganar to earn, win, gain
garantía guarantee
garantizar to guarantee, assure
gasolina gasoline
gastar to spend
gasto expense, expenditure
gaucho Argentine cowboy

generación generation, time period
generador(ra) creator
generalizado(a) generalized
generar to generate, create
genérico(a) generic, general
género type, kind; gender
generoso(a) generous
gente *f* people
geografía geography
geográfico(a) geographical
germánico(a) Germanic
germen *m* germ, seed
gesticular to gesture
gigante *adj m* or *f* giant
gira tour
giro *n* turn
gitano(a) gypsy
gloria glory, fame
glorioso(a) glorious
gobernador(ra) governor, one who
  governs
gobernar (ie) to govern
gobierno government
golpe *m* blow, coup
gordo(a) fat; thick
gorra cap, hat
gótico(a) Gothic
gozar (de) to enjoy
gracia grace; **gracias** thanks
grado grade, title, degree
graduado(a) graduate
gramática grammar
gran, grande great, large, vast
grandeza greatness, vastness
grano blemish, sore
gratis *adv* free
gratuito(a) free
grave serious
gravedad seriousness, gravity
gregario(a) gregarious, outgoing
griego(a) *n* or *adj* Greek
gripe *f* flu
gris gray
grito shout, yell
grueso(a) thick
grupo group
guaje *m* percussion instrument
guardar to guard, keep

guardia guard (body of soldiers)
guerra war
guerrero(a) warrior, fighter
guerrilla skirmish; party of **guerrilleros**
guerrillero(a) guerrilla
guía *f* guidebook
gustar to please, be pleasing to
gusto taste; pleasure; **a gusto** at ease

H

haber *auxil verb* to have; **hay** there is,
  there are
hábil able, capable, skillful
habitación room
habitante *m* or *f* inhabitant
habitar to inhabit, dwell
hábito habit
habla *f* speech, language; **de habla
  española** Spanish-speaking
hablar to speak, talk
hacer to do, make; **hace cinco años** five
  years ago; **hace un mes que** for a
  month
hacia *prep* toward; around
hacienda ranch
hallar to find
hambre *f* hunger
hambriento(a) hungry
hasta until, up until; even
hay there is, there are
hecho deed, fact; *past part of* **hacer; de
  hecho** in fact
hectárea hectare (10,000 sq. meters)
hegemónicamente predominantly
heladera refrigerator
helicóptero helicopter
hemisferio hemisphere
heredar to inherit
heredero(a) heir, heiress, inheritor
hereditario(a) hereditary
herencia inheritance, legacy
herido(a) *adj* wounded; *n* wounded
  person
hermanado(a) *adj* joined
hermano(a) brother, sister
hermoso(a) beautiful
hermosura beauty

héroe *m* hero

heroicamente heroically

herramienta tool

hervir (ie) to boil

heterodoxo(a) heterodox, heretical, unbelieving

heterogéneo(a) heterogeneous

hidalgo minor noble

hidráulico(a) hydraulic, moved or operated by water pressure

hierba grass; herb

hierro steel, iron

higiene *f* hygiene, sanitation

hijo(a) son; daughter; child; *pl* children

hilo strand, string

hilvanar to baste, tack

hincapié: hacer hincapié en to emphasize

hipócrita *m* or *f* hypocrite

hispanista *n m* or *f* Hispanist

hispanohablante *adj m* or *f* Spanish-speaking; *n m* or *f* Spanish speaker

hispanoparlante *adj m* or *f* Spanish-speaking; *n m* or *f* Spanish speaker

historia history; story

historiador(ra) historian

histórico(a) historical

hogar *m* home, hearth

hogareño(a) *adj* home, pertaining to home

holandés, -esa *adj* Dutch; *n* Dutch person

hombre *m* man

homicidio homicide

homogéneo(a) homogeneous

homosexualidad homosexuality

hondo(a) deep

honrar to honor

hora hour; time; **¿Qué hora es? ¿Qué horas son?** What time is it?

horario schedule

hostil hostile

hoy today

huelga labor strike

hueso bone

huir to flee

humanidad humanity

humanitario(a) humanitarian, humane

humano(a) human

humilde humble, simple

humillación humiliation

hundirse to be submerged

I

ibérico(a) Iberian

ida going, outward trip; **de ida y vuelta** round trip

identidad identity

identificar identify

ideográfico(a) ideographic

ideología ideology

ideológico(a) ideological

idioma *m* language

iglesia church

igual equal; **igual que** like

igualado(a) equaled, alike, even

igualar to match

igualdad equality

igualitario(a) egalitarian

ilegal *adj* illegal

ilícito(a) illegal

ilustrado(a) illustrated

ilustrar to illustrate

ilustre illustrious, famous

imagen *f* image; appearance

imaginar to imagine

imán *m* magnet; attraction

imitar to imitate

impago(a) nonpayment

impedir (i) to impede, stop

imperio empire

implantación implantation, implementation

implantar to establish

implicación implication, meaning

implicar to imply, to implicate

implícito(a) implicit

imponer to impose

importación importation, importing

importador(ra) importer

importante important

importar to import; to matter; **no importa** it doesn't matter

imprescindible indispensable

impresionante impressive

impresionar to impress, make an impression

impuesto(a) *adj* imposed; *n m* tax

impulsado(a) promoted

impulso impulse, urge

inaccesible inaccessible

inaceptable unacceptable

inapropiado(a) inappropriate

inarticulado(a) incomprehensible, inarticulate

inaudito(a) unheard of, strange

inaugurar to inaugurate, dedicate

incaico(a) Incan

incapacidad inability, lack of skill

incapaz incapable, unable

incertidumbre *f* uncertainty

incienso incense

incierto(a) uncertain

incitación incitement

inclinación inclination, tendency

incluir to include

incluso(a) *adj* included; *adv even,* including

incomodar to make uncomfortable, bother, upset

incómodo(a) uncomfortable, uneasy

inconfundible unmistakable

incorporación incorporation, inclusion

incorporar to incorporate; *refl* to join

increíble incredible, unbelievable

incrementar to increase

indebido(a) improper

indefectiblemente unfailingly

independentista *m* or *f* person who is in favor of or fights for independence; *adj.* of or relating to independence

Indias Indies, original name given to the New World

indicar to indicate, point out

índice *m* index

indicio indication, sign, mark

indígena *m* or *f* indigenous, native; *(Am)* Indian

indio(a) Indian

indiscutible unquestionable

individuo *n* individual

indudablemente undoubtedly

industria industry

industrialización industrialization

industrializado(a) industrialized

ineficaz inefficient

inestabilidad instability

inevitable inevitable, unavoidable

inexistente nonexistent

infancia infancy, childhood

inferior inferior; lower

infierno inferno; hell

infinito(a) infinite; *n m* infinite

influenciar to influence

influir to influence

informar to inform; to shape

informe *m* report

infrecuente infrequent, seldom

ingeniería engineering

ingeniero(a) engineer

Inglaterra England

inglés,-esa *adj* English; *n* English person

ingresar to enter

ingreso entrance; admission; income

iniciar to begin, initiate

iniciativa initiative

injusto(a) unfair, unjust

inmediato(a) immediate; **de inmediato** immediately

inmenso(a) immense, large

inmigración immigration

inmigrante *m* or *f* immigrant

inmueble *m* building

innecesario(a) unnecessary

innegable undeniable

innovación innovation

inolvidable unforgettable

inoperante inoperative

inquietud concern, worry

inquisición inquisition, hearing

inscripción registration

insecto insect

inseguridad insecurity, uncertainty

insistir to insist

insoportable unbearable

inspeccionar to inspect

inspirar to inspire

instalación facility

instalar to install

institucional institutional

institucionalizado(a) institutionalized
instituto institute
instrucción instruction; schooling
insultar to insult
insulto insult
insurgente *adj m or f* insurgent
insustituible irreplaceable
integración integration
integrantes members
integrar to make up; to be part of
intelecto intellect
intelectualidad intellectuality
inteligencia intelligence
inteligente intelligent
intencionado(a) intentioned
intensificar to intensify
intensidad intensity
intensivo(a) intensive, intense
intenso(a) intense, concentrated
intentar to try
intento attempt
interacción interaction
interactivamente interactively
interamericano(a) inter-American
intercambio exchange, interchange
interceptar to intercept
interés *m* interest; stake
interesante interesting
interesar to interest, be interesting
interino(a) interim, temporary
internacional international
internar to enter, penetrate
interno(a) internal, inner
interpretar to interpret
interrumpir to interrupt
interrupción interruption
intervención intervention
intervenir (ie) to intervene, interfere
intimidar to intimidate
íntimo(a) intimate
intrigar to intrigue, arouse interest
introducir to introduce, insert
inundación flood
inútil useless
invadir to invade
invasión invasion, attack
invencible invincible, unbeatable
inventar to invent; to create

invento invention
inversión investment
inversionista *m or f* investor
invertir (ie) to invest
investigación investigation, research
investigar to investigate, research
invitar to invite
inyección injection
irónico(a) ironic, sarcastic
irrelevancia irrelevance
irrigación irrigation
irrumpir to burst into
isla island
islámico(a) Islamic, Moorish
istmo isthmus
izar to raise
izquierdista *m or f* leftist
izquierdo(a) left; *n f* the left (political or direction)

J

jactarse to brag, boast
jamás never
jardín *m* garden; yard
jarope *m* syrup
jefe *m* chief, boss, leader
jerarquía hierarchy
jeroglíficos *pl* hieroglyphics
jesuita *m or f* Jesuit
jornada working day
joven *m or f* young; youthful person
jubilado(a) retired person
judío(a) *adj* Jewish; *n* Jew
juego game; **Juegos Olímpicos** Olympics
juez *m* judge
jugar (ue) to play (a game or sport)
jugoso(a) juicy
juguete *m* toy
junta governing committee
juntar to join; *refl* to join with, ally with
junto(a) together; **junto con** along with, together with
jurisdicción jurisdiction; territory
jurisprudencia jurisprudence, law
justicia justice
justificar to justify, explain

justo(a) just, fair

juvenil juvenile, of or relating to youth

juventud youth; young people

juzgado court of justice; **juzgado(a)** *adj* person judged

juzgar to judge, adjudicate

K

kilómetro kilometer

L

labio lip

laboral *adj* work, labor

laboratorio laboratory

labrar to carve (wood); to work (iron)

lado side; **por todos lados** on all sides, everywhere

ladrillo brick

ladrón(ona) thief

lago lake

laguna lagoon, small lake

lamentar to lament, regret

lana wool

lanzado(a) advanced, put forth

lanzamiento launching

lanzar to throw; *refl* to launch

largo(a) long

lástima pity

lata tin can

latino(a) Latin (American)

latir to beat

laúd *m* lute

lavado de dinero money laundering

lavar to wash

lavarropas *m* washer

lazo tie, bond; lariat

lealtad loyalty

lechería milk store, dairy

lector(ra) reader

lectura reading

leer to read

legalidad legality

legalizar to legalize

legendario(a) legendary

legislación legislation

legislativo(a) legislative

legítimo(a) legitimate

legumbre *f* vegetable

lejano(a) distant, far

lejos *adj* far away, far; **lejos de** far from

lema *m* motto, slogan

lengua language; tongue

lento(a) slow

letra letter (of the alphabet); *pl* letters; literature

letrero sign, poster

levantar to raise; *refl* to get up, rise up

leve gentle, light

ley *f* law; *pl* law studies

leyenda legend

liberalizar to liberalize

liberar to free, liberate

libertad freedom, liberty

librar to unleash, free

libre free

librería bookstore

libro book

licenciado(a) lawyer; used also as equivalent of master's degree in other fields

liceo lyceum, high school

líder *m* leader

liga tie, connection

ligado(a) tied, attached

ligero(a) light (weight, food, clothing, etc.)

limitarse to be limited

límite *m* limit, boundary

limpiar to clean

linaje *m* lineage, ancestry

linchamiento lynching

línea line

lingüístico(a) linguistic; *n f* linguistics

lino linen

lío *n* fuss, mess, fix

lirismo lyricism

lista list, roll

listo(a) ready

literal *m* or *f* literal, to the letter

literario(a) literary

literatura literature

liviano(a) light

llama llama

llamado(a) so-called

llamar to call; *refl* to be called, named

llamativo(a) interesting

llegada arrival

llegar to arrive; **llegar a ser** to come to be

llenar to fill

lleno(a) filled, full

llevar to carry; to wear; to lead; **llevar a cabo** to carry out

llorón(ona) whiner; *f* legendary ghost, used to scare children as is the "bogey-man"

lluvia rain

lobo wolf

localidad locality

localizado(a) located

lodo mud

lograr to achieve, get, manage to

logro achievement, accomplishment

Londres *m* London

loza pottery, clay

lucha struggle, fight, conflict

luchar to struggle, fight

luego then; later, afterward; presently

lugar *m* place; **en lugar de** instead of; **lugar común** commonplace, cliché; **tener lugar** to take place

lujo luxury

luna moon

lustro lustrum, period of five years

luto mourning; **guardar** or **llevar luto** to be in mourning

luz *f* light

M

machacón(ona) bothersome

machismo virility, manliness

madera wood

madre *f* mother; **madre patria** motherland, mother country

madrileño(a) person or thing from Madrid

madrugada morning, dawn

maduro(a) mature

maestro(a) teacher, instructor

mágico(a) magic

magnífico(a) magnificent

maíz *m* corn, maize

mal *adv* badly, poorly; *n m* evil, harm

malcriado(a) ill-mannered

malo(a) bad, evil; sick

mandar to order, send

mandatario leader, chief, president

mandato command, mandate, term (of office)

mando rule, command

manejarse to get around

manejo use, management

manera way, manner; **de manera que** so that, so as to

manifestación manifestation, demonstration

manifestar (ie) to show, manifest

manifiesto(a) manifest, evident

mano *f* hand; *fig* control; **a manos de** at the hand of; **en manos de** in the hands of, controlled by; **mano de obra** worker, labor, manpower

mantener (ie) to maintain, support; to keep

manual *m* manual, handbook; *adj m* or *f* manual, by hand

manufacturado(a) manufactured

maoísta *m* or *f* Maoist (follower of Mao Zedong)

mapa *m* map

maquinaria machinery

mar *m* or *f* sea, ocean

maravilla wonder, marvel

maravillarse to marvel at

maravilloso(a) marvelous, awesome

marca brand name; cattle brand

marcar to mark, stamp; to note

marcha march

marco frame

margen *m* margin, edge

marginado(a) marginalized

marido husband

marina *n* navy

marinero(ra) sailor

mariposa butterfly

marítimo(a) *adj* sea, maritime

masa mass

masculinidad masculinity

masculino(a) masculine, male

masivo(a) massive

matanza killing, slaughter

matar to kill

matemáticas *usually pl* mathematics

materia subject, matter, topic; **materia prima** raw material

maternidad maternity

materno(a) maternal

matiz(-ces) *f* hue, shade

matrícula registration (in school)

matricularse to register in school

matrimonio matrimony, marriage

mausoleo mausoleum, burial structure

maya *m or f* Maya (Indian)

mayor larger, greater; **el (la, los, las) mayor(es)** the largest, greatest; older, oldest

mayorazgo primogeniture, practice of leaving family goods to the oldest son

mayoría majority

mecánica mechanics

mecanismo mechanism, device

mecanizado(a) mechanized

media average

mediados: a mediados de about the middle of, midway

mediano(a) medium

mediante by means of, through

medicina medicine

medición measurement

médico(a) doctor of medicine

medida measure; means

medio(a) half, mid-; *n m* middle; means, way; **en medio de** in the midst of; **medio ambiente** environment; **medio-ambiental** environmental; **por medio de** by means of

mediodía *m* noon, midday

medir (i) to measure

mediterráneo(a) *adj* Mediterranean

mejor better; **el (la, los, las) mejor(es)** the best; **mejor dicho** rather; **a lo mejor** probably

mejora improvement, betterment

mejorar to improve, better

melancólico(a) melancholic, sad

memoria memory

mencionar to mention, name

menester: es menester it is necessary

menor smaller, younger, less; **el (la los, las) menor(es)** the smallest, youngest

menos *adv* less, minus; **al menos** at least; **por lo menos** at the least; **más o menos** more or less; **menos que** or **de** less than

mentira lie

mentiroso(a) liar

mercado market

mercancía merchandise

merced *f* grant, favor, gift

merecer to deserve

mermar to diminish

mes *m* month

mesa table; mesa, land plateau

meta goal

meteórico(a) meteoric

meterse to go into, get into

método method

metro meter (39.37 in.); subway

metrópoli *f* city, capital

metropolitano(a) metropolitan

mezcla mixture, mix

mezclado(a) mixed

mezclarse to mix into, take part; to meddle

miedo fear

miembro *m or f* member

mientras (que) while, as long as

migración migration

migrar to migrate

mil *m* a thousand

miliciano(a) militia member

militante *m or f* militant

militar *m or f* military

milla mile

millón *m* million

mina mine

minero(a) *adj* referring to mining; *n* miner

miniatura *n* miniature

minimercado minimart

mínimo(a) minimum

ministro minister (of government)

minoría minority

mirar to look (at)

misa mass

miseria misery

misionero(a) missionary

mismo(a) same, equal; **él mismo** he himself; **lo mismo** the same thing

misterio mystery

misterioso(a) mysterious

místico(a) *n* mystic; *adj* mystical

mitad *f* half, middle

mítico(a) mythical

mito myth

mitología mythology

moda fashion, mode; **de moda** in style, fashionable

modalidad area; type, sort; situation

modelo model, pattern; *m* or *f* fashion model

moderado(a) moderate

modernidad modernity

modernizar to modernize

moderno(a) modern

modificación modification, change

modificar to modify, change, adjust

modo way, manner; **de modo que** so that, in order that

mojado(a) wet; wetback

molestar to bother

molesto(a) annoying, bothersome

momento moment

monarca *m* or *f* monarch, king, queen

monarquía monarchy

monasterio monastery

moneda coin; money

monetario(a) monetary

monopolio monopoly

monopolístico(a) monopolistic

monóxido monoxide

montado(a) mounted; **montado a caballo** on horseback

montaña mountain

montón *m* a lot

monumento monument

moralidad morality

morar to live, dwell

mórbido(a) morbid

moreno(a) brown; **gente morena** blacks

morir (ue) to die

moro(a) *n* Moor; *adj* Moorish

mortal mortal, fatal

mortalidad mortality, death rate

mosca fly; **mosca muerta** one who pretends meekness; hypocrite

mostrar (ue) to show; to prove; *refl* to show oneself to be

motivación motivation

motivo motive, reason; impulse, motif

mover (ue) to move (something); *refl* to move

móvil mobile, movable

movilidad mobility

movimiento movement

muchacho(a) boy, girl

mucho(a) much, a lot; *pl* many

mudarse to move, change lodging

muerte *f* death, demise

muerto(a) *adj* dead; *n* dead person

muestra sign, sample

mujer *f* woman; wife

multicolor *adj* multicolored

multiétnico(a) multiethnic

multinacional multinational

mundial of the world, worldwide

mundo world; **el Nuevo Mundo** the New World, the Western Hemisphere

municipio municipality

muralista *m* or *f* muralist

museo museum

música music

musulmán(a)na Moslem, Mussulman

mutuo(a) mutural

N

nacer to be born

nacido(a) born

nacimiento birth

nacionalidad nationality

nacionalismo nationalism

nacionalista *m* or *f* nationalist

nacionalización nationalization

nacionalizar to nationalize

nada nothing, anything, nothingness

nadie no one, nobody

náhuatl *m* Nahuatl (language of the Aztecs)

narcotráfico drug trade

narrativa *n* narrative; **narrativo(a)** *adj* narrative

natalidad birth, birth rate
nativo(a) native
naturaleza nature
navaja razor; knife
Navidad Christmas
necesario(a) necessary
necesidad necessity
necesitar to need
necio(a) foolish
negar (ie) to deny
negativo(a) negative
negociación negotiation
negociar to negotiate
negocio business deal; *pl* business
nena colloquial form of **niña,** child
neolatino(a) neo-Latin, romance
neotrópico neotropics
neoyorquino(a) New Yorker
nepotismo nepotism
nervioso(a) nervous
neutralidad neutrality
nevado(a) snow-covered
ningún, ninguno(a) no, none, not any
niño(a) child, little boy, litle girl
nivel *m* level
noble *m* nobleman
noche *f* night
nocturno(a) nocturnal, night
nómada *adj m or f* nomadic
nombramiento nomination, naming (to a position)
nombrar to name; to nominate
nombre *m* name; noun; reputation
nopal *m* prickly-pear cactus
nórdico(a) Nordic
norma standard
normal: escuela normal school for training teachers
normalidad normalcy
normalizar to normalize
normativo(a) regulations
noroeste *m* northwest
norte *m* north
norteamericano(a) North American (used for a person or thing from the United States)
nota grade (in a class)
notable notable, noteworthy

notar to note, take note of
noticia notice; *pl* news
notorio(a) noteworthy
novela novel
novelista *m or f* novelist
noveno(a) ninth
nube *f* cloud
núcleo nucleus
nuera daughter-in-law
nuestro(a) our
nuevo(a) new
nulo zero
numéricamente numerically
número number
numeroso(a) numerous
nunca never, not ever

O

obedecer to obey
obispo bishop
obituario obituary
objetivo objective
objeto object
obligación obligation, duty
obligado(a) obliged
obligar to oblige; to obligate
obligatorio(a) obligatory, required
obra work; labor
obrar to work, toil
obrero(a) *n* worker; *adj* working
observador(ra) observer
observar to observe, watch
observatorio observatory
obsesionado(a) obsessed
obsesionar to obsess; *refl* to become obsessed
obstaculizado(a) impeded
obstaculizar to create or present an obstacle
obstáculo obstacle, barrier
obstante: no obstante nevertheless, notwithstanding
obtener (ie) to obtain, get
obvio(a) obvious
ocasión occasion
occidental occidental, western
occidente *m* west; **Occidente** West

océano ocean
ochenta eighty
octavo(a) eighth
ocular *adj* eye
ocultista *adj* related to the occult
ocupar to occupy, hold
ocurrir to occur, happen
oeste *m* west
ofender to offend
ofensa offense, crime
ofensivo(a) offensive
oferta offer
oficial *adj* official
oficina office, workshop
oficio trade, task, business
ofrecer to offer
ofrenda offering, gift
ofrendar to offer up
oído(a) heard
ojo eye
ola wave
oler a (huele) to smell like
oligarquía oligarchy
olvidarse (de) to forget
onda wave
ondear to wave
operar to operate; to fund
oponerse to oppose, be opposed to
oportunidad opportunity
oposición opposition
opresión oppression
opuesto(a) opposed; opposite
oración sentence, prayer
orden *m* order
ordenar to order
ordinario(a) ordinary
organismo organization
organizador(ra) organizer
organizar to organize
órgano organ; medium
orgullo pride
orientación orientation, direction
oriental oriental, eastern
oriente *m* east; **Oriente** the East
origen *m* origin
originalidad originality
originarse to originate
orillar to push toward

ornamentación ornamentation, decoration
oro gold
ortodoxo(a) orthodox
osado(a) impudent, shameless
oscilar to vary
oscurecer to get dark, darken, obscure
oscuro(a) dark, obscure
ostentar to show
otorgar to grant, give, donate
otro(a) another, other, the other
ozono ozone

P

paciencia patience
pacificar to pacify
pacífico(a) peaceful, gentle
padecer to suffer from
padre *m* father, priest; *pl* parents
padrino(a) godfather, godmother; *pl* godparents
pagar to pay
página page
pago payment
país *m* country, nation, region
pájaro bird
palabra word, term
palacio palace
pampa *Argentina* plain
pan *m* bread, loaf of bread
panadería bread store, bakery
panamericano(a) Panamerican
pantalla screen (movie, TV, etc.)
pantano swamp
pantanoso(a) swampy
panteón *m* pantheon
Papa *m* Pope
papel *m* paper; role
papelería stationery shop
par *m* pair
para for, in order to, towards, by; **para que** so that
parada stop (train, bus, etc.)
paraguayo(a) Paraguayan
paraíso paradise
páramo high plain
parar to stop; to stay

parcela parcel, piece
parcial partial, part
parecer to seem, look
parecido(a) similar, alike; *n m* resemblance
pared *f* wall
pareja *n* couple
pariente, -ta relative, relation
parlamentario(a) parliamentary
parlamento parliament
parque *m* park
parquear to park (a car)
párrafo paragraph
parranda binge, party
parroquial parochial
parte *f* part, portion; place; **de parte de** on behalf of; **por parte de** on the part of; **por todas partes** everywhere
participante *m* or *f* participant
participar to participate
particular private, personal, particular
partida certificate (of birth, etc.)
partidario(a) partisan, supporter
partido political party; game, match; group
partir to leave; **a partir de** starting at, begin with
parto childbirth
párvulo(a) small child, preschool child
pasado(a) past; *n m* past
pasajero(a) passenger
pasante passing
pasar to pass, go, pass through, go over to, come to; to spend (time)
pasear(se) to stroll, take a walk, drive
paseo stroll, walk; drive, ride
pasión passion
pasivo(a) passive, inactive
paso step, mountain pass
pata foot (of an animal)
patente clear
paterno(a) paternal, fatherly
patio patio, yard, courtyard
patológico(a) pathological
patria native country, fatherland; **madre patria** motherland
patriarca patriarch
patriarcal patriarchal

patrimonio patrimony, inheritance
patriota *m* patriot
patrón(ona) patron, patroness, boss
patrulla patrol
pavo real peacock
paz *f* peace
peana portable platform
peatón *m* pedestrian, walker
pecado sin
pecar (de) to commit the sin (of)
pedagógico(a) pedagogical
pedazo piece, shred
pedir (i) to ask for, request, solicit
pegar(se) un tiro to shoot (oneself)
pelea fight, quarrel
película film
peligro danger
peligroso(a) dangerous
pelirrojo(a) redhead
pelotero baseball player
pena pain, sorrow; **bajo pena** under threat; **en pena** in purgatory
pendiente *f* slope
pensión support payment
peninsular *adj m* or *f* (thing or person) of the peninsula
penoso(a) sorrowful
pensamiento thought
pensar (ie) to think; to intend
peor worse; **el (la, los, las) peor(es)** the worst
pequeño(a) small, little
percibir to perceive
perder (ie) to lose
pérdida loss
perdiz *m* partridge
perdonar to pardon
perdurar to last long; to remain
perfecto(a) perfect
perfilarse to outline
periódico newspaper
periodista *n m* or *f* journalist
período period (of time), age, era
perjudicar to prejudice, damage, impair
perjuicio damage
permanecer to remain, stay
permanencia permanence, stay
permanente permanent

permiso permission; permit
permitir to permit, allow
perpetrado(a) perpetrated
perpetuo(a) perpetual, eternal
perplejidad perplexity, confusion
perro(a) dog
persecutorio(a) persecuting
perseguir (i) to persecute; to pursue
perseverar to persist
persistencia persistence
persistir to persist
persona person
personaje *m* personage, literary character
personal *m* personnel
personalidad personality
personalmente personally
perspectiva perspective; prospect
pertenecer to belong, pertain
perteneciente belonging
peruano(a) Peruvian
pesado(a) annoying; heavy
pesar to weigh; **a pesar de** in spite of
pescadería fish market
pese: pese a despite
pesimista pessimistic; *n m* or *f* pessimist
pésimo(a) very bad, worst
peso weight; currency unit
peste *f* plague
petición petition, request; **a petición de** at the request of
petróleo oil (crude), petroleum
petrolífero(a) of or relating to oil
peyorativo(a) pejorative, derogatory
pico a bit
pie *m* foot; **a pie** on foot
piedra stone
pilar *m* pillar
pintar to paint
pintor(ra) painter
pintoresco(a) picturesque
pintura painting
pirámide *f* pyramid
pisar to step on, set foot on
piso floor, story; **piso bajo** ground floor
pistola pistol
pistolero(a) gunman
placer *m* pleasure
plan *m* plan, scheme

plana page (of a newspaper)
plancha iron
planear to plan
planeta *m* planet
planificar to plan
planta plant; floor
plantación plantation
plantar to plant; to put down
plantear to propose
plata silver; *slang* money
plataforma platform
plato plate; dish; **plato típico** traditional dish
plaza plaza, square; marketplace
plazo term, period; **a largo plazo** long term
pleno(a) full
plomo lead
pluma feather
población population
poblacional *adj* pertaining to population
poblador(ra) settler, colonizer
poblar (ue) to populate, settle
pobre poor; *n m* or *f* poor person; *pl* the poor
pobreza poverty
poco(a) little, scanty; *pl* a few, some; *n m* a little bit; *adv* a little, somewhat, slightly
poder (ue) to be able to, can, may; *n m* power, authority
poderoso(a) powerful, strong
poema *m* poem
poesía poetry, poem
poeta *m* poet; **poetisa** poetess
polémica polemic, debate
policía *f* police; *n m* policeman
policíaco(a) of or by the police
político(a) political, *n f* politics; policy; *n m* politician
polución pollution
polvo dust
pompa splendor
ponderación *n* thinking, consideration
poner to put, place; *refl* to become, turn; **ponerse de acuerdo** to reach an agreement; **poner de relieve** to emphasize; **poner (a alguien) en solfa** to make (someone) look ridiculous

pontífice *m* pontiff
popularidad popularity
popularizar to popularize, make popular
por by, through; for, for the sake of,
    because of; **por ciento** percent; **por**
    eso for that reason; **por favor** please;
    por lo general generally; **por lo tanto**
    therefore; **¿por qué?** why?; **por su**
    cuenta on its own; **por tanto** thus
porcentaje *m* percentage
porción portion, part
porque because, for, as
portal *m* gate, doorway
portarse to behave, act
porteño(a) *adj* of Buenos Aires
portugués, -esa Portuguese
pos- *prefix* after
posado(a) posed, perched
poseer possess, have
posibilidad possibility
postergación delay; omission
postergar to delay
posterior later, behind, after
postura posture, position
potencia power
potencial potential
potenciar to give power to
potente powerful
potestad power
practicar to practice to, perform
práctico(a) practical; *n f* practice, act,
    habit
precio price
precioso(a) precious, dear
precipitadamente hurriedly
precisamente exactly
preciso(a) necessary
preconizar to advocate
predecir (i) to predict
predicción prediction
predominantemente predominantly
predominar to predominate
preferencia preference
preferente preferred
preferible preferable
preferir (ie) to prefer
premiar to reward

premio prize, premium
prensa (printing) press
preocupación preoccupation, worry
preocupar(se) to worry
preparar to prepare
prescrito(a) prescribed
presentar to present; to take (exams)
presente *m* present, present time
preservar to preserve, maintain
presidir to preside over
presidencia presidency
presidencial presidential
presidente(a) president
presión pressure
presionar to pressure
preso(a) *n* prisoner; *adj* captured
préstamo loan
prestar to lend
prestigio prestige
prestigioso(a) prestigious
presumiblemente presumably
presunción presumption; conceit
presupuesto budget
pretender to aim to; to endeavor
pretendido(a) pretended; object of love
prevalecer to prevail, dominate
prever to foresee
prima: materia prima raw material
primario(a) primary, elementary
primer, primero(a) first; **lo primero** the
    first thing
primitivo(a) primitive, early, first
primo(a) cousin
primogénito(a) first-born
principio principle; beginning; **al princi-**
    pio at first
prisa haste; **darse prisa** to hurry
prisionero(a) prisoner
privado(a) private
privar to deprive
privatización privatization
privatizar to privatize, sell to private
    interests
privilegiado(a) privileged
privilegio privilege
probar (ue) to prove; to test
problema *m* problem

procedencia origin, source
procedente coming from
proceder to come from, originate
procedimiento procedure, process
procesión procession, pageant
proceso process
proclamación proclamation
proclamar to proclaim, pronounce
procreación procreation
procuraduría prosecutor's office
producción production
producir to produce
productividad productivity
producto product, result; **producto interno bruto (PIB)** gross domestic product (GDP)
profesor(ra) professor, teacher
profesorado professoriate, group of professors, faculty
profundo(a) deep, profound, radical
progenitor(ra) direct ancestor
programa *m* program; plan of action
progreso progress, advancement
prohibición prohibition, forbidding
prohibir to prohibit, forbid
prolífico(a) prolific
prolija dreary
promedio *n* average, mean
promesa promise
prometedor(ra) *adj* promising
prometer to promise
promover (ue) to promote
promulgar to promulgate, proclaim
pronosticar to predict
pronóstico prediction
pronto *adv* soon, promptly
pronunciar to pronounce, speak
propensión propensity, learning
propicio(a) favorable, propitious
propiedad property
propietario(a) owner; proprietor; landowner
propio(a) one's own; appropriate; **amor propio** self-esteem
proponer to propose
proporción proportion
proporcionar to provide, make available

proposición proposal, proposition
propósito purpose, intention
propuesta proposal
prostitución prostitution
protagonismo significant presence
protagonizar to star in, play the lead in
protección protection
proteger to protect
protesta protest
protestante *m or f* Protestant
protestantismo Protestantism
protestar to protest
prototipo prototype, model
proveer to provide, furnish
provenir (ie) to arise (from), originate
provincia province, political division
provisión provision; *pl* supplies
provocar to provoke
proyectado(a) projected
proyecto project; plan
proximidad proximity, nearness
próximo(a) next; near
proyectar to plan, project
prueba proof; test
psicológico(a) psychological
psicólogo(a) psychologist
publicar to publish; to publicize
publicidad advertising
publicista *m or f* advertising person
publicitario(a) *adj* advertising
público(a) public; *n m* (the) public
pueblo small town; the people, nation, citizenry
puente *m* bridge
puerto port
puertorriqueño(a) Puerto Rican
pues *adv* then; *conj* since
puesto(a) put, placed; *n m* job, position; **puesto que** since
puma *m* puma, American panther
punto point, dot, period; **al punto de** on the point of; **punto de vista** point of view
puntualizar to put the finishing touch on, to complete
pureza purity
purgatorio purgatory
puro(a) pure

Q

que that, which, who, whom, than, when;
el (la, los, las) que the one(s) who;
lo que that which; **¿qué?** what?,
which?; **¿para qué?** what for?; **¿por
qué?** why?

quebrantado(a) broken; desecrated

quebrar (ie) to break

quechua *m* Quechua

quedar(se) to remain, stay; **quedar** to
be located

quejarse to complain

quemar to burn

querer (ie) to want; to love; to try; **querer decir** to mean

querido(a) beloved, lover; dear

quien who, whom; **¿quién?** who?; **¿a
quién?** whom?

quincenal *adj* biweekly

quinina quinine

quiosco kiosk, vending stand

quizás perhaps, maybe

R

racional rational, reasonable

racismo racism

racista *m* or *f* racist

radical radical, basic

radicar to live, settle

raíz *f* root; basis; **a raíz de** soon after, as
a result of, caused by

rancho mess hall; hut; *(southwest Am)*
cattle ranch

rápido(a) rapid, fast

raro(a) rare, strange

rascacielos *m* skyscraper

rasero: medir con el mismo rasero to
treat impartially

rasgo trait, characteristic

raso(a) flat, clear; **soldado(a) raso(a)**
enlisted person, foot soldier, soldier of
low rank

rastro trace, trail

ratificar to ratify

rato while, short time

rayo ray; lightning bolt

raza race; cultural group or people

razón *f* reason; **con razón** with reason,
rightly; **sin razón** without reason,
wrongly

reaccionar to react

real royal; real

realidad reality

realismo realism

realizado(a) realized, brought to fruition,
fulfilled

realizar to complete; to carry out

reanimar to revive

reata rope, lasso

rebelarse to rebel, rise up

rebelde *m* or *f* rebel

recapacitar to reconsider, mull over

recargo surcharge

recaudación receipts

recelo suspicion, misgiving

receta prescription; recipe

rechazar to reject, turn down

rechazo rejection, rebuff

recibir to receive, get

reciente *adj* recent

reclamación claim, demand

reclamar to claim, demand, complain

recobrado(a) recovered

recoger to gather, pick up, collect

recomendar (ie) to recommend

recompensa reward

recompensar to compensate, repay

reconciliar to reconcile

reconocer to recognize

reconocimiento recognition

reconquista reconquest

reconquistar to reconquer, retake

reconstrucción reconstruction

reconstruir to reconstruct, rebuild

récord *m* record

recordar (ue) to remember, remind

recordatorio reminder

recorrer to sweep through, travel
through

recorrido route

recreativo(a) recreational

recto(a) straight; **ángulo recto** right
angle

recuento vote count

recuerdo memory, reminder, remembrance

recuperar to recover

recurrir to recur, happen again

recurso resource

red *f* net, network

redistribución redistribution

reducir to reduce

reemplazar to replace, substitute

referencia reference

referendo policy election

referirse (a) (ie) to refer (to), have relation (to)

refinado(a) subtle, polished, refined

refinar to refine, purify

reflejar to reflect

reflejo reflection

reflexión reflection

reforma reform; Reformation; **reforma agraria** redistribution of land (in Spanish America)

reformar to reform, remodel

reformista *m* or *f* reformer, person or thing favoring reform

reforzar (ue) to reinforce, strengthen

refrán *m* refrain, proverb

refrescarse to cool off

refugiarse to take refuge

regado(a) sprayed, irrigated

regalar to give a gift

regalo *n* gift

regar (ie) to irrigate, spray

régimen *m* regime, political system

región region, area

regir (i) to rule, govern

registrar(se) to record; to be noted, seen

regla rule, principle

regresar to return

regreso return

rehén *m* hostage

rehusar to refuse, decline

reina queen

reinar to reign, rule, govern

reino kingdom; reign

reiterar to repeat

reivindicación claim

reivindicar to claim; to recover

relación relation, relationship

relacionar to relate; *refl* to be related, connected

relatividad relativity

relativo(a) *adj* relative

releer to reread

relegado(a) relegated; banished

relevante relevant

relevo change, relief

religiosidad religiosity, religiousness

religioso(a) religious

remarcar to note

remedio remedy

remoto(a) remote

renacimiento rebirth

rendirse (i) to surrender, give in to; **rendir culto to** honor

renovación renovation

renovador(ra) *n* renovator; *adj* renovating

renovar (ue) to renew

renta income, profit

rentable profitable

renunciar to renounce

reparación repair

reparto distribution

repatriar to repatriate, return to one's country of origin

repente: de repente suddenly

repercusión repercussion

repetir (i) to repeat, do again

representante *m* or *f* representative

representar to represent

represión repression

represivo(a) repressive

reproducir to reproduce, recreate

república republic

republicano(a) republican

repunte *m* rebound

requerimiento requirement

requerir (ie) to require, need

requisito requirement

resaltar to emphasize, make stand out

resbalarse to slip out, down

rescatar to rescue

rescate *m* ransom, ransom money

resentido(a) resentful, offended

reserva reserve

reservado(a) reserved, held back
residencia dormitory, residence
residente *adj m* or *f* residing
residir to reside
resignarse to be resigned to, resign one-self to
resina resin
resistencia resistance
resistir to resist
resolver (ue) to resolve; to solve
respaldo support, backup
respectivamente respectively
respecto respect; **al respecto** in that respect
respeto respect (for something)
respiratorio(a) respiratory
responder to respond, answer
responsabilidad responsibility
responsable *adj* responsible; *n m* or *f* responsible person
respuesta reply, answer, response
restaurante *m* restaurant
restaurar to restore
resto rest, remainder; *pl* remains
restricción restriction
restringir to restrain, restrict
resucitado revived
resultado result
resultante resulting
resultar to result, turn out
resumen *m* summary
resumir to summarize
retener (ie) to retain, hold
retomar to take up again
retornar to return, come back
retrasar to delay
retraso *n* delay
retroceso *n* setback
reunión meeting, reunion, gathering
reunirse to meet, gather
revalorización revaluation
revelar to reveal, show
revista magazine, review
revolución revolution; revolt
revolucionario(a) revolutionary
rey *m* king
rico(a) rich; delicious
riego irrigation

riesgo risk
río river
riqueza riches
risa laughter
ritmo rhythm
rito rite
ritual *adj* ritual; *n m* ceremony
robar to rob, steal
robo robbery
rodado(a) vehicular
rodear to surround; to round up
romanizar to romanize, make like Rome
romano(a) Roman, esp. of ancient Rome
romántico(a) romantic; idealistic
romper to break
ropa clothing, clothes
rosa rose
rudeza roughness
rueda wheel
ruido noise
ruidosamente noisily
ruina ruin
rumano(a) Romanian
ruso(a) Russian
ruta route, way

S

saber to know, know how (to); to find out
sabiduría knowledge, wisdom
sabio(a) wise; wise person
sabor *m* taste, flavor
sacar to take out, remove
sacerdocio priesthood
sacerdote *m* priest
sacrificar to sacrifice
sacrificio sacrifice
sacudir to shake
sagrado(a) sacred, holy
saguaro a type of cactus
sajón(ona) Saxon
sala room, salon, hall
salario salary
saldo balance
salida exit, way out
salir to leave, go out, come out; **salir al paso** to come up against

salud *f* health
saludable healthy
salvación salvation
salvadoreño(a) El Salvadoran
salvar to save
San (*abbreviation of* **Santo**), **Santo(a)**
   Saint; **santo** saint's day
sangre *f* blood
santero(ra) maker of images of saints
sarampión *m* measles
satisfacer to satisfy
satisfactorio(a) satisfactory
sección section
secretariado secretariat
secretario(a) secretary
secreto *n* secret
secta sect
secuestrar to kidnap, abduct
secuestro kidnapping, abduction
secundario(a) secondary
sede *f* seat, headquarters, locale
sedentario(a) sedentary, settled
sedicioso(a) *adj* seditious, *n* rebel
sefardita *adj* Sephardic
segmento segment
segregación segregation
seguidor(ra) *n* follower
seguir (i) to follow; to continue, keep on
según according to
segundo(a) second
segundón *m* second son
seguridad security; certainty; **con
   seguridad** with certainty, surely; certain
seguro(a) sure, safe
selección selection, choice
selva jungle
selvático(a) of the jungle
semana week
semejante similar
semejanza similarity
semestre *m* six months
semilla seed
senado senate
sencillo(a) simple
senderista member of Sendero Luminoso
Sendero Luminoso Shining Path
   (Peruvian guerrillas)

sensual sensual, relating to the senses
sensualidad sensuality
sentar(se) (ie) to sit down, be seated
sentencia (judicial) sentence
sentido sense, meaning
sentimiento sentiment, feeling, sense
sentir(se) (ie) to feel, feel like
señal *f* sign
señalar to signal; to mark, stamp; to
   indicate
señor Mr., sir
señora Mrs., madam
señorío lordship, domain
señorita Miss, young lady
separación separation
separado(a) separate; **por separado**
   separately
separar to separate
separatismo separatism, secessionism
separatista *adj m* or *f* separatist, seces-
   sionist
séptimo(a) seventh
sepulcro sepulchre, tomb
sepultura grave, burial place
ser to be; **a no ser** except; **ser humano**
   being, human being
serie *f* series
serio(a) serious; **tomar en serio to** take
   seriously
serpiente *f* serpent
servicio service
servir (i) to serve; **servir de** to serve as
severo(a) severe, harsh
sexo sex
sexto(a) sixth
sexualidad sexuality
sicología psychology
sicológico(a) psychological
sicólogo(a) psychologist
siempre always, ever
sierra mountain range
siesta nap, midday rest
siglo century, age
significado meaning
significar to mean, signify
siguiente following, next
silencio silence
simbólico(a) symbolic

simbolismo symbolism
simbolizar to symbolize
símbolo symbol
simetría symmetry
simpatía support, fellowship
simpático(a) congenial, likeable
simple simple; mere; silly
sin without; **sin embargo** however, nevertheless
sinceramente sincerely
sindical relating to a union
sindicato labor union
sino but, but rather, but also, except
sinónimo synonym
sintetizar to synthesize, summarize
siquiera *adv* even
sistema *m* system
sistematizar systematize
sitio site, place
situar to situate, locate
soberanía sovereignty
sobre over, on, above; about; towards; **sobre todo** above all
sobrecoger to startle
sobrenatural supernatural
sobresaliente excellent, outstanding
sobresalir to excel
sobresaltado(a) startled
sobreviviente *adj m* or *f* surviving
sobrevivir to survive
sobrino(a) nephew, niece
sobrio(a) sober, staid
sociedad society
socio(a) partner
sociológico(a) sociological
sociólogo(a) sociologist
sofocar to suffocate
sol *m* sun
solamente only
solar solar, of or relating to the sun
soldado(a) soldier
soledad solitude, loneliness
solemne solemn, holy
soler (ue) to be in the habit of, used to, accustomed to
solidaridad solidarity
solidario(a) to feel solidarity
solidez *f* solidity

sólido(a) solid
solitario(a) solitary, lonely
solo(a) alone; only, sole
sólo *adv* only
soltar (ue) to release
solucionar to solve
sombra shadow
someterse to submit oneself
sondeo survey, poll
soneto sonnet
soñar (ue) to dream
Sor *f relig* Sister
sorprender to surprise
sorpresivamente in a surprising way
sosiego tranquility, quietness
soslayar to ignore
sospecha suspicion
sospechar to suspect
sostén *m* support
sostener (ie) to sustain
soviético(a) Soviet
sótano basement
subcultura subculture
súbdito(a) subject (as of a king)
subir to rise; to go up; to raise
subjetivo(a) subjective
subocupado(a) underemployed
subrayar to underline
subsecretario(a) undersecretary
subsuelo subsoil
subterráneo(a) subterranean, underground
subtítulo subtitle
suburbano(a) suburban
subversivo(a) subversive
subyugación subjection
subyugado(a) subjugated
suceder to happen
sucio(a) dirty
sudamericano(a) South American
sueldo salary, wages
suelo soil, ground, earth
sueño dream
suerte *f* luck, fortune
suficiente sufficient, enough
sufrir to suffer; to undergo
sugerir (ie) to suggest
suicidarse to commit suicide

suicidio suicide

suma sum, total; **de suma importancia** very important; **en suma** in short, summary

sumar to add, total

suministrado(a) supplied

sumir to sink

súper *m* (**supermercado**) supermarket

superador(ra) *adj* surpassing; that overcomes

superar to surpass; to pass; to overcome

superior *adj* superior, higher, upper

supermercado supermarket

superstición superstition

supervivencia survival

superviviente *n m* or *f* survivor

suponer to suppose

supremacía supremacy

supresión suppression

suprimir to suppress

sur *m* south

sureño(a) southern

sureste *m* southeast

surgir to break out, come forth

suroeste *m* southwest

surtido selection, supply

suscrito(a) signed

suspender to suspend; to discontinue

suspensión suspension, interruption

sustantivo substantive; noun

sustentar(se) to sustain; to be sustained, held up

sustento sustenance

sustitución substitution

sustituir to substitute (for)

sutil subtle

T

tabaco tobacco

tabaquería tobacco shop

tabú *m* taboo

tacho de basura trash can

taco *Mexico* type of sandwich made with a tortilla

táctica tactics, policy, way of operating

tajante sharp, cutting

tal such, so, as; **tal vez** perhaps; **un (el) tal** a certain

talento talent

tamaño size

también also, in addition, too

tampoco either, neither

tan so, as

tanto(a) *adv* so much, as much; *pl* so many, as many

taquillero(a) popular, moneymaker, box office success

tardar to delay; be late, take a long time

tarde *f* afternoon; *adv* late, too late; **más tarde** later

tardío(a) late

tarea task, homework

tasa rate

teatro theater

techo roof; ceiling

técnica technique

técnico(a) technical

tecnología technology

tecnológico(a) technological

teja tile (of clay)

tejedor(ra) weaver

tejer to weave

tejido woven cloth, textile

tela piece of cloth

tele *f* television

televisor *m* TV set

teléfono telephone

tema *m* theme

temblar (ie) to tremble

temblor *m* earthquake, tremor

tembloroso(a) trembling

temer to fear, be afraid

temor *m* fear

templo temple

temprano(a) early; **temprano** *adv* early, early on

tenaza pincer

tender (ie) to tend to, have a tendency toward

tener (ie) to have, possess, hold; **tener que** to have to

teniente *m* or *f* lieutenant

tensión tension, strain

tenso(a) tense

tentativa attempt, try

tenue tenuous, delicate, subtle

teocracia theocracy

teología theology

teoría theory

teórico(a) theoretical

teorista *m* or *f* theorist

teorizar theorize

tercer, tercero(a) third

tercio one-third

terminar to end, terminate, finish

término term

terminología terminology

termómetro thermometer

ternura tenderness

terrenal earthly

terreno parcel of land, terrain

terrestre of the earth; *m* or *f* "earthling"

territorio territory, region

terrorista *m* or *f* terrorist

tesoro treasure

texano(a) Texan

texto text

tiempo time; weather

tienda store, shop

tierra earth, land

tifus *m* typhus

tinte *m* aspect

tío(a) uncle, aunt

típico(a) typical, traditional

tipo type, kind, sort

tiránico(a) tyrannical

tirano tyrant

tiro shot

titular *m* head, chief; headline

título title; degree

tocado(a) wearing on the head

todavía still, yet

todo(a) all, each, everything; *pl* everyone; all of; **de todos modos** anyway; **del todo** completely; **todo el mundo** everyone, everybody; **todo un (el)** a (the) complete, a (the) whole

tolerancia tolerance

tolerante tolerant, forgiving

tolerar to tolerate, allow

tolteca *m* or *f* Toltec Indian

tomar to take; to drink

tono tone

toponímico place name, toponymic

torear to fight a bull

torero(ra) bullfighter

tormenta storm

tormento torment, anguish

toro bull

torre *f* tower

tortura torture

totalidad totality

totalitario(a) totalitarian

traba obstacle, impediment

trabajador(ra) worker

trabajar to work

trabajo work, job

tradicional traditional

traducción translation

traducir to translate

traer to bring, carry

tráfico traffic; **tráfico rodado** vehicular traffic

tragedia tragedy

trágico(a) tragic

traidor(ra) traitor

traje *m* suit, costume

tramar to design, devise (a plot)

trámite *m* process

tramo section, stretch

trance *m* difficulty

transformar to transform, change

tránsito traffic

transitorio(a) transitory, temporary

transmitir to transmit, relay

transportar to transport

transporte *m* transport, transportation

tras after

trascendental of great importance

trasladar to transfer

traslado transfer, removal

tratado treaty, treatise, tract

tratamiento treatment

tratar to treat, discuss; to try

través: a través across, through

trazar to trace, draw

trébol *m* clover

trecho distance

tremendo(a) tremendous, huge

tren *m* train